조율사

이청준 전집 8 장편소설
조율사

초판 1쇄 2011년 10월 14일

지은이 이청준
펴낸이 홍정선
펴낸곳 ㈜문학과지성사
등록번호 제10-918호(1993. 12. 16)
주소 121-840 서울 마포구 서교동 395-2
전화 02)338-7224
팩스 02)323-4180(편집) 02)338-7221(영업)
전자우편 moonji@moonji.com
홈페이지 www.moonji.com

ⓒ 이청준, 2011. Printed in Seoul, Korea

ISBN 978-89-320-2088-4
ISBN 978-89-320-2080-8(세트)

* 이 책의 판권은 지은이와 ㈜문학과지성사에 있습니다.
  양측의 서면 동의 없는 무단 전재 및 복제를 금합니다.

이청준 전집 8

조율사

문학과지성사
2011

일러두기

1. 문학과지성사판 『이청준 전집』에는 장편소설, 중단편소설, 그리고 작가가 연재를 마쳤으나 단행본으로 발간되지 않은 작품과 미완성작 등을 모두 수록했다.
2. 전집의 권별 번호는 개별 작품이 발표된 순서를 따르되, 장편소설의 경우 연재 종료 시점을, 중단편소설의 경우 게재지에 처음 발표된 시점을 기준으로 삼았다. 단, 연재 미완결작의 경우 최초 단행본 출간 시점을 그 기준으로 삼았다. 중단편집에 묶인 작품들 역시 발표된 순서대로 수록하였으며, 각 작품 말미에 발표 연도를 밝혀놓았다.
3. 전집의 본문은 『이청준 문학전집』(열림원) 발간 이후 작가가 새롭게 교정, 보완한 내용을 충실히 반영하여 확정하였다. 특히 미발표작의 경우 작가가 남긴 관련 자료에 근거하여 수록하였음을 밝힌다.
4. 전집의 각 권에는 작품들을 수록하고 새롭게 씌어진 해설을 붙였으며 여기에 각 작품 텍스트의 변모 과정과 이청준 작품들의 상호 관계를 밝히는 글을 실었다. 이 글은 현재의 문학과지성사판 전집의 확정 텍스트에 이르기까지 주요한 특징적 변모를 잘 보여준다.
5. 이 책의 맞춤법은 국립국어연구원의 '한글 맞춤법'에 따르는 것을 원칙으로 하되, 띄어쓰기의 경우 본사의 내부 규정을 따랐다. 단, 작품의 분위기에 영향을 준다고 판단되는 방언이나 구어체 표현·의성어·의태어 등은 작가의 집필 의도를 살려 그대로 두었다(괄호 안: 현행 맞춤법 표기).
    예) ① 방언 및 의성어·의태어: 밴밴하다(반반하다) 희멀끄럼하다(희멀겋다) 달겨들다(달려들다) 드키(듯이) 뚤레뚤레(둘레둘레) 뎅강(뎅궁) 까장까장(꼬장꼬장)
    ② 작가의 고유한 표현:
    ─그닥(그다지) 범상찮다(범상치 않다) 들춰업다(둘러업다)
    ─입물개 개없고 아심찮게도 목짓 편듯 사양기
    ③ 기타: 앞엣사람 옆엣녀석 먼젓사람 천릿길 뱃손님 뒷번
    그리고 나서(그리고 나서) 그리고는(그러고는)
6. 이 책의 외래어 표기는 국립국어연구원의 '외래어 표기법'에 따라 바꾸었다. 단, 작품의 제목이나 중요한 어휘로 등장하는 경우에는 원본을 그대로 살렸다.
    예) ① 맘모스(매머드) 세느(센) 뎃쌍(데생) ② 레지('종업원'으로 순화)
7. 이 책에 쓰인 문장부호의 경우 단편, 논문, 예술 작품(영화, 그림, 음악)은 「 」으로, 단행본 및 잡지, 시리즈 명 등은 『 』으로 표시하였다. 대화나 직접 인용은 큰따옴표(" ")와 줄표(─)로, 강조나 간접 인용의 경우 작은따옴표(' ')로 묶었다.

차례

조율사 7

해설 작가의 재탄생/이수형 253
자료 텍스트의 변모와 상호 관계/이윤옥 267

1

 길거리를 메우고 서서 차를 기다리는 등산객들이 다방〈호산나〉에까지 밀려들어 자리를 가득 메우고 있었다.
 카운터 박스 위의 벽시계가 10시 5분을 가리키고 있다. 팔기(八起)와 약속한 시각이 아직 25분 전. 벌써 나타났을 리가 없는 친구다. 언젠가는 12시 약속을 두 시간이나 늦은 오후 2시경에야, 그것도 제 딴엔 허겁지겁 서두르는 표정을 하고 나타나서, 그때는 이미 약속을 단념하고 다른 생각을 하고 앉아 있던 나를 놀라게 했던 녀석이다. 나는 별로 녀석을 찾아보려지도 않은 채 운 좋게 비어 있는 구석자리 하나를 찾아내고는 재빨리 그곳으로 비벼 들어갔다.
 자리를 잡아 앉고 나니 자리에선 창유리로 세 개의 정류소가 내다보였다. 동두천까지 나가는 대동 버스와 의정부와 정릉·미아리·도봉산 등지로 나가는 합승, 그리고 수유리행 시내버스의 5가(街) 정류소였다. 그 세 곳으로부터 자동차들은 갖가지 차림을 한 등산객들을 쉴 새 없이 실어내고 있었다. 그러나 좁은 배수구가 한 곳밖에 없는 물웅덩이처럼 사람들은 좀처럼 줄어들 것 같지가 않았다. 다방 안에서 껌을 씹거나 커피를 마시며 정류소 형편을 내다보곤 하는 이쪽 사람들 중엔 그 엄청난 사람 수 때문에 많은 수가 오래잖아 아예 산행을 단념해버리게 될 수도 있을 것 같았다. 그래 봐야 기껏 도봉산이나 백운대, 그도 못 되면 우이동 골짜기 정도에서 술타령이나 하다 돌아올 친구들이 절반도 넘을 것이다. 산색 고운 봄이나 가을철이라면 나는 이 사람들 전부를 도매금으로 그렇게 매도했을 것이다. 하지만 오늘같이 아침부터 등줄기에 땀이 스미는 여름날, 기를 쓰고 산을 찾는 이들이라면 나로서도 별 할 말이 없다. 나의 경험으론 꽃이나 단풍을 보러 산을 찾는 이들치고 정말 꽃이나 단풍을 아끼는 것을 보기 어려웠다. 남 좋다는 것을 짓밟아놓지 않고는 못 배겨내는 축들이 대개는 이들이었고, 그런 친구들일수록 하루 사이에 갑자기 신선이나 된 듯이 시내로 내려와선 어엿한 산인(山人) 행세가 심했다. 게다가 요즘엔 그런 친구들의 수가 놀라울 만큼 늘어갔다. 나는 실상 그게 싫어 봄가을 산행은 늘 먼 코스를 잡았고, 도봉산이나 백운대 근방은 더운 여름이나 눈 많은 겨울, 사람이 뜸할 때만 골라 찾아다녔었지만.

레지 아가씨가 지나는 길에 차 주문을 물어왔다. 사람의 출입이 빈번할 때일수록 차는 제때제때 시켜주는 것이 좋다. 나는 우유 한 잔을 시키고 다시 창문으로 눈길을 돌렸다.

산을 그만두기로 하고 난 뒤의 첫 번 주말—, 모처럼 시내에서 그 주말을 보내자던 게 하필 이런 곳에 약속을 정하다니 아무래도 무슨 악연 같기만 하다. 어떤 배반감 같은 것—, 산으로 가려는 사람들을 보자 나는 대뜸 그런 생각이 들었다. 배반이라는 것은 전에 몸을 담았던 일이 옳았건 글렀건 간에 그곳으로부터 발을 빼 내려는 데에는 어느 경우에나 쓰이는 말이었다. 나의 결단 동기가 어디에 있건 나는 일단 산의 배반자인 셈이었다.

하지만 이제 나는 다시 산을 가진 않는다. 봄철에만 산을 찾는 사람들을 비난했던 유의 독소가 자신에게도 서서히 젖어들어오고 있다는 의식, 또는 나의 사념이나 삶의 에너지를 허투루 흘려오고 있었던 것 같은 느낌을 갖게 된 것이 그 이유 중의 일부가 될는지 모른다. 친구들 중엔 나의 주말 등산에 대해 혹 소설감을 얻으러 다니는 게 아니냐, 진담인지 농담인지 모를 소리를 하는 축들도 있지만, 그거야말로 진짜 악담이다. 그것은 내가 근 1년 동안 소설을 한 편도 쓰지 못하고 있는 데 대한 점잖은 힐난이라는 편이 더 적절한 해석일 것이다. 적어도 결과에 있어서는 그랬다.

나의 산에는 간직할 만한 낭만도 주장할 성스러움도 없었다. 소설감을 얻기는커녕 외려 소설을 영 쓰지 못하게 되고 말 것 같은 불안감만 더해갔다. 사람이나 삶에 대한 나의 관심이 내 안에서 옳게 연소되지 못하고 엉뚱한 산바람에 힘없이 잠재워지고 있는 느낌까지 들었다.

당분간 산을 가지 않기로 했다. 그리고 나의 감정과 지각엔 아직 그만한 이유를 바꿀 일이 일어나지 않고 있는 쪽이다. 산을 그만두었다고 물론 내가 금세 다시 소설을 쓰게 될 거라는 말은 아니다. 산은 내가 소설을 쓰지 못한 이유의 전부가 아니다. 그것은 가장 불확실하고 작은 이유의 하나일 뿐—

10시 30분쯤 되어서야 〈호산나〉에는 산으로 가는 사람들이 서서히 자리를 뜨기 시작했다. 그때 사람들이 나가는 문을 거슬러 들어오는 지면(知面)이 하나 있었다. 그를 보자 나는 슬그머니 얼굴을 돌려버렸다. 그러나 녀석은 어느새 나를 알아봤는지 안경알을 번쩍이며 주적주적 나의 자리 앞으로 다가왔다.

"팔기를 만나기로 한 겁니까?"

그는 지금 막 자리를 비운 나의 맞은편 걸상으로 주저앉으며 제법 정중하게 말했다. 그러고 보니 녀석도 팔기와는 퍽 가까운 사이인 듯했다. 그는 팔기의 영문과 1년쯤 선배가 되는 모양이니까. 한창 읽히는 소설을 썼던 팔기와 가깝다면 그도 소설 이야기를 제법 '읊으려' 들 것이고, 그렇다면 그도 오늘 송 교수 댁엘 함께 가게 되어 있었는지 모른다.

"자식, 한 5분쯤이라도 좀 일찍 나오면 어때!"

녀석이 혼잣말로 투덜거렸다. 내가 대꾸를 하고 싶지 않은 눈치를 챈 모양이었다.

사람은 지면이 생긴 뒤로 일정한 기간 안에 친숙해지지 않으면 공연히 떨떠름한 생각이 들게 마련이었다. 그리고 시간이 가면 갈수록 그 떨떠름한 생각은 까닭 없이 자꾸 깊어지게 마련이다. 이 친구의 경우가 그랬다. 나는 아직 이 친구의 이름조차 모르는 터. 지금부터 3, 4년 전이었던가. 팔기가 영문과 연구실에 있을 때 그 방에서 나는 이 친구를 몇 번 보았고, 그 뒤론 가끔 학교 근방이나 길거리 같은 데서 망설망설 눈인사를 주고받기도 했었다. 그러다 어떤 때 우연히 두 사람이 함께 버스라도 기다리게 되는 일이 생기면 우리는 제법 오래 사귀어온 친구나 된 듯이 요즘 무얼 하오, 지내기가 좀 어떻소 하는 식의 치렛소리를 나누다 헤어진 적도 있었다. 그러나 나는 이 친구에 관해선 거의 아무것도 아는 것이 없는 편이다. 그런 식으로 너무 오랜 기간이 지나고 나니까, 그리고 쓸데없이 자주 마주치는 일이 생기다 보니, 이젠 녀석이 괜히 더 서먹해졌다. 나중에는 어디서 그를 스쳐 만나기만 해도 까닭 없이 짜증이 나고 화가 동했다.

재수 없는 친구—, 그쯤 된 위인이었다.

하지만 이번엔 내가 위인을 그리 길게 상대할 필요는 없었다. 사실은 오늘 팔기를 만나 오랜만에 송 교수라도 찾아가 '조율(調律)'을 좀 하기로 되어 있었다. 그런데 우리들의 그 기괴한 작업에 대한 기대에도 불구하고 나는 은경의 일로 갑자기 송 교수 집엘 가는 것을 단념해야 할 사정이었다. 내가 아침에 신촌서 〈호산나〉까지 나온 것은 팔기에게 그런 내 사정에 양해를 구할 겸 기왕 소개받기로 한 지훈이라는 친구와 인사라도 나누고 가고 싶어서였다.

지훈은 최근까지만 해도 내가 가장 관심을 가지고 글을 읽어온 신인 비평가였다. 그의 비평과 내 소설이 어떤 관계를 갖고 있는지, 또는 그가 내 소설에 눈을 주어본 적이 있는지 없는지, 그리고 내 소설이 그의 소설 이론과 어떻게 서로 어울려 작업해나갈 수 있을지 따위에 대해선 깊이 생각해본 일이 없었다. 하지만 그는 우리 문학을 다만 언어미학 구조의 좁은 테두리에서보다 역사나 사회학, 심리학 같은 여러 인접과학 분야의 도움을 받은 매우 세련된 시선과 방법론 위에 폭넓게 관찰해온 드문 미덕을 지니고 있었다. 논리의 비약이나 오류를 저지르려 하지 않는 조심성을 지녔을 뿐 아니라, 그의 글에서는 늘 피어오르는 열정과 투지 같은 것을 느끼게 해준다는 점에서도 나는 그에게 흔치 않은 호감과 신뢰를 보내고 있었다. 언젠가 한번쯤 그를 직접 만나 이야기를 나눠보고 싶었는데도, 이 참 저 참 여태까지 기회를 못 가져오던 참이었다. 실상은 그런 기회가 있었는데도 내가 어떤 두려움 때문에 외려 그것을 회피해왔는지도 모른다. 그런데 이 1년 가까이론 나도 소설 한 편 쓰지 못했을 뿐 아니라, 지훈의 글도 영 찾아볼 수가 없었다. 그런 현상이 지훈이나 나에게만 한정된 것은 물론 아니었다. 가장 예리하고 무게 있는 평필을 자랑해오던 송 교수조차 근래에는 갑자기 침묵을 해버린 판국이다. 도대체 요즘은 글다운 글을 써내는 사람이 없었다. 기껏해야 여성 잡지에 잡담 같은 걸 써내는 정도가 고작이고, 대부분은 그나마도 아주 이름을 거두어 담아버린 형편이었다.

그러던 참에 팔기가 오랜만에 송 교수님네로 '조율'을 좀 하러 가쟀다.

"지훈이라는 친구 있지? 그 친구가 너하고 얼굴을 텄으면 해서 이번에 함께 가자고 했는데……"

팔기의 말에 나는 물론 둘 다 바라고 있던 바라고 대꾸했고, 그는 다방〈호산나〉에 오늘로 만날 시간을 정한 것이다.

한데 생각지도 않았던 녀석까지 불쑥 함께 끼어들어올 건 무언가.

다방 안은 이제 듬성듬성 빈자리가 나기 시작했다. 시계가 약속 시간에서 5분을 넘고 있었다.

"팔기 그 친구 이름은 좋은데 요즘 통 소설을 쓰지 못하더군요. 걱정입니다."

녀석은 뭔가 자꾸만 '읊어'대고 싶은 눈치였다.

"녀석의 이름에 그런 고급 해석은 어울리지 않습니다. 녀석의 이름은 워낙 성적(性的)인 연상 작용이 강해서요."

나는 팔기의 이름을 빌려 녀석의 비위라도 좀 건드려주고 싶었다. 아무래도 마음에 들지 않는 친구다. 그러나 그는 나의 속셈을 아랑곳하지 않을 작정인 듯 쾌활하게 웃었다. 팔기의 그 익살맞은 얼굴이 연상되었는지 모른다. 아닌 게 아니라 팔기는 꼭 만나는 사람을 모두 다 웃겨놓기 위해 태어난 것 같은 괴상한 얼굴을 하고 다녔다. 익살맞은 것은 얼굴만이 아니었다. 그와 가깝게 지내며 늘 그의 익살을 경험해온 우리는 녀석의 어느 것을 상상해도 금세 웃음이 터져 나올 지경이었다.

그때 정말로 그 익살맞은 얼굴이 다방으로 들어섰다. 그리고는 시간이 늦은 변명도 없이 털썩 옆자리로 주저앉았다. 하더니 그는,

"아니, 어떻게 벌써들 아는 사이던가?"

새삼 생각이 미친 듯 의자 등판에 몸을 되세우며 두 사람의 얼굴을 번갈아 쳐다본다.

"어허 참, 이 친구가 갑자기 무슨 쌍소릴 할 참인고?"

녀석이 우리는 벌써부터 서로 익숙한 사이며 방금도 썩 허물없는 이야기를 나누는 중이었다는 듯 팔기를 보고 웃었다. 팔기는

뭔가 낭패한 듯한 표정으로 킁킁 애매한 콧소리를 냈다. 나는 다시 창밖으로 얼굴을 돌렸다. 녀석이 나를 알고 있다고 말할 수 있을 만큼 둘 사이엔 이미 지면이 깊다는 사실도 그리 달갑지가 않았지만, 그가 '쌍소리'라는 우리 식의 말투를 거침없이 쓰고 있는 것이 더 못마땅했다.

'쌍소리'란 갑자기 '엄숙한' 소리를 꺼낼 때, 분위기와 맞지 않는 이야기로 혼자 열을 올릴 때, 누구를 면전에서 칭찬하거나 더듬한 소리를 하여 좌중을 겸연쩍게 만들 때 우리끼리 흔히 사용해 온 일종의 은어투였다. 이 '쌍소리' 외에도 우리 사이에선 그런 은어투 용어를 꽤 많이 써왔는데, 그건 이를테면 우리들 사이의 썩 소중한 공동재산인 셈이었다. 아무리 만나고 다시 만나도 이야기는 늘 그게 그것으로 도대체 새롭고 시원한 화제가 없을 때, 대화를 이어주는 유일한 활력소는 그 은어의 뉘앙스였다. 우리는 자주 그것을 즐겼다. 아무 새로울 것도 없는 이야기에 그 은어들을 집어넣어, 다행히 거기에서 재미있는 의미의 충돌이 이루어지면 우리는 모두들 눈물을 짜며 좋아했다. 그런 우리들만의 재산을 녀석이 함부로 넘보다니. 팔기 녀석이 전파시킨 것이리라. 달가울 리가 없었다.

"넌 왜 혼자 왔어?"

나는 녀석의 말을 깔아뭉개며 팔기에게 물었다. 팔기는 아직 지훈에 대해선 무슨 말을 하지도 않았고, 따로 내게 물어온 일도 없었다.

"누구?"

녀석은 영문을 몰라 하는 눈치였다.
"오늘 송 선생 댁에 같이 가기로 한……"
"이런!"
역시 자신도 다른 누군가를 기다리고 있었던 듯 끼어드는 녀석의 말참견에 팔기는 정색을 하다 말고 갑자기 배를 싸쥐며 웃어댔다.
"넌 도대체 누굴 기다리고 있는 거야?"
겨우 웃음을 삼키고 나서 팔기가 다시 나를 보고 물었다.
"지훈……"
아차, 대답을 하는 순간 나는 번쩍 머릿속을 지나가는 것이 있었다.
"그리고 넌?"
이번에는 맞은편 녀석이었다.
"아까 이 형을 보고 이미 짐작하고 있었지만, 이자가 괜히 오늘 모일 사람을 다 밝히지 않아 혹시 또 다른 사람이 있나 했지요."
녀석도 여태 좀 긴가민가 싶은 데가 있었던지, 팔기를 빗대가며 새삼 내게 겸연쩍은 변명을 해왔다.
"새끼들, 어떻게 알고들 있다는 거야. 그럼 얼굴과 이름을 서로 따로따로 알고 있었던 거 아냐."
해놓고 팔기는 또 턱없이 재미있어한다.
우스운 일이긴 했다. 나는 문득 이상한 기우 같은 것에 싸여들고 있었다. 전에도 이따금 그런 일이 있었다. 글을 먼저 보고 간간하고 매서운 인상을 지녔다가 막상 사람을 만나보면 뜻밖에 됨됨이가 너무 서글서글한 데 놀라거나, 또는 헤프고 어쭙잖은 생활만

조율사 15

하는 친구가 쓴 글을 보고 너무나 정연하고 매듭이 확실한 논리에 놀라거나…… 또는 그 반대로 글을 보고 지독히 익살맞거나 구질구질한 인상을 지녔다가, 실제론 전혀 정갈하고 의젓한 용모를 만났을 때…… 그런 경우는 얼마든지 있었다. 그리고 그런 경우 그 사람을 오래 사귀어가면서도 처음 지녔던 두 상반된 인상이 좀처럼 조화를 잘 이루어주지 않을 때가 있었다.

지훈의 경우도 마찬가지였다. 더구나 그의 경우는 양쪽을 다 미리 알고 있던 터였다. 지훈은 이미 다른 두 인물로 내 머릿속에 깊이 자리 잡고 있었다. 나의 내부에선 아마 그 지훈의 두 얼굴이 오랫동안 제각기 따로 남아 있으면서 나를 퍽 혼란스럽게 할 듯싶었다.

"자, 그럼 이젠 또 누굴 기다릴 사람 없지, 양쪽 다?"

우리들이 약간 씁쓸한 표정을 하고 있으니까, 팔기는 장난스럽게 둘을 번갈아 보며 이젠 그쯤에서 자리를 일어서려 했다.

"오늘 조율 담당자는 누구지?"

다른 한 녀석—지훈이 다시 그 팔기를 주저앉혔다.

"그야 우리는 조율을 시키러 가는 거니까 역시 주 조율사는 송선생님이어야지."

선입견이란 참 지독한 고집쟁이다. 지훈이 말한 '쌍소리'라든가 '조율' 따위, 우리들의 은어를 그가 자유로 쓰고 있는 것은 이제 지극히 자연스런 일일 텐데도 나의 느낌 속엔 계속 미적지근한 것이 남아 있었다. 팔기의 대꾸에 나는 비로소 그 미적지근한 느낌의 정체를 알았다. 지훈을 포함한 네 사람의 조율 광경이 머리를 지나갔다.
"그리고 우리는 모두 조율보(調律補)."
"난 유감이지만 오늘 이쯤서 물러가야겠어."
"왜 전번엔 좋다구 하구선?"
"좀 그럴 일이 생겼어. 지훈 형에겐 모처럼인데 미안하지만."
 지훈은 허물이 자신에게 있기나 한 듯 내 말에 어색하게 웃었다. 하긴 아침에 이곳을 나올 때까지만 해도 은경의 일은 그만 단념을 하고 말까 망설이던 나였다. 뭔가 지금 갑자기 쑥스러워지지 않고, 더욱이 그 조율사들의 궁상맞은 환영이 떠오르지만 않았어도 나는 뒤늦게 다시 송 교수 쪽을 택했을는지 모른다. 하지만 이제는 생각이 달랐다. ─ 은경의 일에 확실한 결말을 지어두자. 은경과의 일은 이게 마지막 기회다. 지훈과 함께 송 교수 댁을 찾는 것은 그처럼 절박한 일이 아니지 않은가.
"그런 일이라는 게 뭐야. 장가라도 가게 되냐?"
 팔기는 금세 나를 단념한 듯 자리를 일어섰다. 지훈도 따라 자리를 일어서며 웬만하면 같이 가는 게 어떠냐는 표정이다.
"정말 장갈 가게 될지 어쩔지 결판을 내러 가려는 참이다."
 말하고 나서 나도 이젠 마지막으로 자리를 따라 일어섰다.
"미스 윤 말인가? 말썽도 많구나."
 다방 문을 앞서 나가면서 팔기가 큰소리로 떠들어대고 있었다.
"이젠 자주 만납시다. 함께 조율도 좀 하고……"
 다방 문을 나서자 지훈이 부끄러움을 타듯 주뼛주뼛 말했다. 그러고 보니 그의 은어투는 어딘지 좀 서툰 데가 있는 것도 같았다.

"그러지요. 사실 오늘 여기까지 온 것은 지훈 형 때문이었습니다. 오늘 같이 못 간 것은 용서하시고……"
"하, 요놈들, 보자 하니 제법 쌍소리들을 읊고 있는데, 인마 꺼져! 가서 미스 윤이나 잘 물고 늘어져."
팔기가 벌써 저만치서 악을 쓰고 있었다.
여자와의 맹세는 가급적 피하는 것이 좋은 것 같다.
나는 팔기들과 헤어져 혼자 종로 길을 돌아 나오면서 생각했다. 그들과 함께 어울려 송 교수 집에나 가는 편이 낫지 않았을까 싶기도 했다. 실상은 은경과의 일은 이미 끝이 나 있었다. 그러나 그녀와 나를 함께 얽어매고자 했던 약속의 그물에서 나는 아직 풀려날 수가 없었다. 아니 그것은 영영 나를 풀어줄 수 없는 것이었다.
"그렇담 마지막으로 묻겠어요. 정말 더는 견딜 수 없어요?"
그리고 나서 은경은 입술을 꼭 깨물었다. 차마 용서를 구한다고 말할 수는 없었던 것일 게다. 어쨌든 나는 견딜 수가 없었다. 물론 그녀로서는 자유롭고 싶었겠지. 그러나 용서하기는 싫었다. 자유로워지고 싶은 건 언제나 좋다고 했다. 하지만 다른 사람을 좋아하기 전에 나에 대한 것을 미리 정리해달라고 했다. 나는 절대로 다른 누구와 비교되기 싫다고. 나를 비교하지 말라고. 자신이 없었을까. 그것도 물론 부인할 순 없다. 그러나 나는 애당초 저울의 한쪽 쟁반 위엔 앉아 보이기가 싫었다. 은경이 좋아하거나 싫어하거나, 좋아하면 그것으로 싫어하면 그것으로 그뿐이라 생각했다. 저울질을 당하기 싫었고, 저울질하는 은경을 생각할 수가 없었다. 그것은 서로 간에 약속된 일이었다. 그런데 은경은 '고민'

을 한다는 것이었다. 그녀 친구의 전언이었다. 내가 그녀에게 물었을 때, 은경은 사실을 시인하면서 자신은 나로부터 좀더 자유로워지고 싶다고 했다. 자유롭게 저울질하고 싶다고 했다. 그 남자와 나를 저울질할 때, 특히 내 쪽에만 죄의식을 느끼게 되지 않았으면 싶다고 했다. 그리고 마지막으로 그렇게 물었다.

"비상구로 나갑시다."

비상구— 서로가 용서받을 수 없을 때 우리는 제각기 헤어져서 자기 자리로 돌아갈 비상구를 약속해놓고 있었다. 서로의 삶이 함께 파멸한대도 좋을 만큼 '사랑'은 귀한 것이 아니라고 우리는 동의하고 있었다. 그러나 나는 그 비상구가 우리 앞에 영원히 녹슬어버리기를 바랐다. 그런데 나는 이제 그것을 함께 열고 나가자 말한 것이다.

"알겠어요. 우리의 모든 약속은 이제 서로 자신에 대해서만 책임을 지면 되겠군요."

그녀는 마지막 '안녕히'를 말하고 돌아섰다.

두 주일 전의 일이었다. 그러나 그녀가 말한 모든 약속이라는 말에 속하지 않는, 아직도 서로 상대방에게 책임을 져야 할 약속이 한 가지 남아 있었다. 어느 날인가 둘이서 제2한강교 부근의 저녁 강둑을 둘러 나오다, 한 외딴 찻집을 들른 일이 있었다. 〈강〉이라는 다방이었다. 이름이 퍽 정답게 느껴졌다. 우리는 그 이름 때문에 외떨어지고 한적한 그 찻집 문을 들어선 것인지도 모른다. 둘은 자리에 앉아 그 찻집 이름에 관해서 이야기했다. '좋아하는' 사람끼리 둘이만 있을 때, 사람들은 얼마든지 그렇게 유치해지는

지 모른다. 우리가 그 찻집을 나올 때는 서로 엉뚱한 약속 하나를 나눠 가지고 있었다. 둘 사이에 행여 어떤 배반이 생기고, 그래서 서로 간 마지막 말을 하고 난 뒤에라도 우리는 한 번 더 그 정다운 이름의 찻집에서 만나 그것이 정말 마지막일 수 있는가를 생각해 보자는 약속이었다. 그런 일이 생기면 다음 달 첫 번 일요일 2시, 우리는 거기서 만나게 되어 있었다. 그때까지 얼마간의 시간을 가진 다음 거기서 다시 정말로 확실한 이야기를 하자고. 그러니까 그 약속은 둘 사이의 다른 모든 약속이나 말의 효력을 벗어나, 그것들에 가장 우선하는 것이었다. 은경이 거두어간 마지막 '모든 약속'에도 그것만은 여전히 예외로 남아 있을 수 있었다. 하기야 지금 와서 은경으로서는 그런 시시한 이야기 따위가 기억에도 남아 있지 않을지 모른다. 하지만 쉽게 단정할 수는 없었다. 일은 너무나 갑작스럽게 일어났고, 그녀는 너무 서둘러 선언해버렸으므로. 그때 나는 모든 것이, 적어도 그녀와 나 사이엔 모든 것이 이미 끝난 거라고 생각했다. 그러나 그 후 아직도 지워질 수 없는 하나의 약속이 남아 있음을 알았을 때, 나는 우선 한숨을 놓았다. 그리고 그 순간 그녀가 내게 되돌려주고 간 '모든 약속'에도 불구하고 그것까지 염두에 두었을 여유는 없었으리라 생각했다.

그러나 이 두 주일을 지내오는 동안 나는 줄곧 두 개의 상념 속을 헤매고 있었다. 어떤 날은 하루 종일 그녀의 크고 맑은 눈과, 가만히 쥐기만 해도 상처가 생길 것 같은 작고 흰 손만을 생각했고, 또 어떤 날은 상처를 입기 전에 스스로 미리 도망질을 치려는 약삭빠르고 교활하고 뻔뻔스러운 자신의 저열성에 스스로 시달림을 받았다. 날짜가 다가오는 것이 차츰 두려워졌다. 팔기와 약속을 해놓은 것도 실상은 그런 식으로 마지막 결정의 마당에서 슬그머니 몸을 피할 구실을 만들기 위해서였음이 분명했다.

하지만 이제 나는 가고 있다. 은경은 나와 있을까? 나올 것인가? 나는 종로 2가(街)까지 걸어갔다가 거기서 우선 신촌행 합승을 탔다.

은경을 떠나보내는 것은 내 자신에게 또 하나 숙제를 남기는 일이었다. 그녀가 말한 그 '자신에 대한 책임'. 사실 그간 나는 은경에게 그녀가 원할 때는 언제든지 나를 떠나가도 좋다고 지레 실없는 소리를 자주 했다. 그녀가 원하기만 하면 언제든지 나로부터 자유로워질 수가 있다고, 제풀에 짐짓 허세를 부리곤 했다. 그러면서 거꾸로 그녀를 무겁게 협박했다.

"너를 사랑한다. 내가 이 말을 다른 여자에게 다시 할 경우가 생긴다면 그때 나는 소설을 그만둘 것이다."

나는 그녀에게 소설 같은 건 몰라도 좋다고 했다. 은경이 나를 생각하는 데도 내가 소설을 쓴다는 사실과는 별로 상관이 되지 않았다. 그러나 그녀는 소설이 나에게 얼마나 소중한 일이라는 것쯤은 짐작하고 있었다. 은경을 배반하고 나면 소설도 쓸 수 없다는 말은 그녀에 대한 내 지독한 협박이었다. 자신의 소설과 한 여인에 대해 다 같이 자기 진실을 맹세하고 나서, 어느 한쪽을 배반하게 된다면 그것은 곧 자신에 대한 배반이며 다른 한쪽에 대해서도 이미 진실을 주장할 권리를 상실하는 것이라 말했다. 하지만 은경이 나로부터 떠나가는 것은 나의 배신이 아니라고 했다. 그때까지는 나는 아직 소설을 쓸 수 있다고, 그리고 은경 이외의 다른 여자에게 내가 또 한 번 내 진실을 맹세하게 될 때 비로소 나는 은경과 나를 함께 배반하는 것이며, 그때는 정말 소설을 쓰지 않을 것이라고 했다. 처음에는 장난처럼, 그리고 한참 뒤에는 나 자신도 정말 그렇게 믿어버릴 만큼 진지하게.

하지만 그런 내 협박에도 불구하고 은경은 나를 떠나간 것이다. 내가 소설로부터 떠날 수 없는 한 은경의 선언은 나에게 완전한 여자의 부재를 선언한 것과 같다. 아니 완전히라고는 말할 수 없을지 모른다. 나의 주변에는 아직 한 사람 여자의 이름이 남아 있기는 하니까.

배영인— 대학 동창. 나와는 무척도 많은 이야기를, 특히 소설에 관한 이야기를 해온 여자. 그러나 그녀는 나에게 여자의 의미는 없었다.

차가 아현동 고개를 넘고 있었다.

2

 나는 결국 그날 제2한강교 부근의 다방 〈강〉까지 가질 못했다. 신촌 근방에서 비실비실 차를 내려버리고 만 때문이다. 은경과 나의 일에 마지막 확인을 못하고 만 셈이었다. 혹은 내가 그 마지막 약속을 지키지 않았다는 것은, 그것으로 마지막 확인 절차를 끝내버린 것이라 할 수도 있었다. 하지만 내가 한강교로 가던 차를 내려버리고 만 것은 마지막 결정 앞에서 두려움을 느꼈거나, 무슨 다른 이유 때문이 아니었다. 차에서 갑자기 배가 아파오기 시작했다. 나의 배앓이는 꼭 그런 중요한 계제에, 긴장을 느끼거나 하면 어김없이 발작을 일으키곤 하였다. 그리고 그렇게 한번 배가 아파오기 시작하면 나는 별안간 숨이 컥컥 틀어막히고 더 이상 아무것도 생각할 여유를 잃어버리게 되곤 했다.
 또다시 나는 단식을 결심하지 않을 수 없었다. 그때 나는 오로지 그것만을 생각했다. 이제 정말 단식을 실행하지 않으면 안 될 것이라고, 오로지 그 생각만 하면서 나는 끝내 차를 내리고 만 것이다.

배앓이와 단식──그것들은 나에게 있어 그리 터무니없는 병이나 근거 없는 처방이 아니었다. 나의 그 배앓이와 단식에 관해선 가장 많은 이야기를 한 곳이 있었다. 어둡고 괴상한 조율실(調律室)──그 조율실이 바로 그곳이었다.

앞서도 말한 일이 있지만, 우리에게는 '조율'이라는 뜻깊은 은어가 한 가지 있었다. 여기서 나는 잠시 나의 배앓이 증세와 관련해 이 은어의 내력을 밝혀둘 필요가 있을 것 같다.

신촌역 광장을 내려다보는 다방 〈기적〉에는 손님이 별로 없었다. 그리고 손님보다 그 목조 2층 다방에서 찾아볼 수 없는 것은 음악이었다. 가끔 역을 드나드는 기차의 기적 소리가 썰렁한 홀 안을 가득 채우다 물러갈 뿐, 다방은 언제나 넓은 공간이 무료스럽게 방치되어 있었다. 우리들이 저녁마다 그 〈기적〉을 찾는 것은 〈기적〉의 바로 그런 점 때문이었다. 아니 사실은 그 다방 부근에 몇 친구의 집이 진을 친 것이 더 적절한 이유가 될지도 모른다. 하여튼 우리는 저녁 무렵이 되면 별 약속도 없이 그 다방으로들 모여들었다. 약속이 없는 모임이니까 꼭 나가야 할 일이 있는 건 아니었지만, 또 어느 밤에 들러도 그 다방에는 늘 몇몇 친구가 자리를 지키고 앉아 있게 마련이어서 저녁만 되면 우리는 쉬운 대로 그곳을 자주 찾아가게 되곤 하였다. 따라서 거기 모이는 친구들은 일정한 이야깃거리를 갖고 있을 리도 없었다. 소설을 쓰는 팔기나기 형, 나 그리고 시인 정 형과 R일보 문화부의 김 형이나 그 밖에 몇몇 친구들이 모인 그 자리에서는 아무 얘기나 꺼내놓기만 하면 거기서부터 화제는 밤새껏 꼬리를 물고 번져나갔다. 어떤 땐 다방으로 몰려 들어온 기적 소리 때문에 잠시 이야기를 중단했다가, 그 기적 소리가 지나가고 보면 어느새 화제가 다른 데로 바뀌어져 있을 때도 있었고, 또 어떤 때는 이야기가 한창 재미있는 논쟁으로 번져나가고 있는데, 처음 이야기를 꺼냈던 친구는 이미 다방을 나가버리고 없거나 자리를 다른 데로 옮겨 가 레지 아가씨와 허튼 수작을 벌이고 있는 수도 있었다. 이야기라야 모인 친구들이 거의 문학도들이고 보니 시 아니면 소설 따위 문학에 관한 것이 대부분이었다. 문학과 상관없는 이야기가 화제에 오른 적도 더러 있기는 했다. 어느 날인가는 한 친구가 조루증 기미가 있는 사내는 첫딸을 낳기 쉽다는 주장을 펴고 나선 일이 있었다. 그의 지론에 의하면 여자의 질강은 평상시에 대개 알칼리성으로 되어 있다가 성교 시의 마찰에 따라 그 알칼리성의 질강이 산성으로 전이되어간다는 것인데, 이상하게도 남자의 정충 중에 남아가 될 수 있는 인자를 포함한 것은 알칼리성에 약하고 산성에 강하며, 여아의 인자를 포함한 것은 반대로 알칼리성에 강하고 산성에 약하다는 것이었다. 그러므로 첫딸을 낳는 것은 총각 시절의 순진성을 증명할 수 있는 조루증의 증거이며, 첫아들의 경우는 신혼 초부터 신랑이 충분히 섹스에 숙달되어 있다는, 말을 바꾸어 총각 시절의 심한 난봉기를 증거하게 된다는 것이었다. 곧이들어도 좋을지 어쩔지는 알 수 없는 이야기였다. 굳이 그걸 따지려 들었을 리도 없는 이야기였다. 그저 그런 이야기도 화제에 오른 일이 있었다는 것뿐이다. 하지만 어쨌든 그런 이야기는 가끔, 아주 가끔씩뿐이었고, 모임의 화제는 어느 면에서든지 대개 문학과 관련이 있는 것이 대부분이었다. 가령 최근에는 전체주의 체제의 권력 구조가 섹스를 인간에게서 말소시키려고 하느냐, 섹스의 방종을 조장하느냐 하는 문제로 논란을 벌인 일이 있었다. 또 한 번은 그즈음 부쩍 늘어난 어린이 유괴 사건의 범인 처벌 문제를 둘러싼 시민 여론에 대해, 인간 생명의 절대성과 사회성에 관련하여 긴 논쟁을 벌인 일도 있었다. 하나의 국민성이란 그 민족사에서 발원하는 것인가, 그 국민성이 민족 역사를 규정해나가는가라는 닭과 달걀의 문제 같은 것도 있었다. 심지어는 요즘 들어 통 작품을 활자화시키지 않고 있는 팔기가 소설의 원고를 가지고 와서 돌려 읽히거나, 그 소설의 독후감을 이야기할 때도 있었다. 그러나 그게 무슨 이야기가 되었든 그들은 다들 열심히 이야기를 하였다. 밖에서 작품 활동을 하지 않는 그들은 〈기적〉에서나마 그것을 대신하고 있는 것 같았다. 다만 어느 때고 그 이야기에는 결론이 없었다. 아니 결론을 말하려고 하지 않았다. 결론은 누구나 가지고 있었다. 그러나 그것을 말할 필요가 없었다. 결론을 강조하여 말해도 아무 소용이 없으며, 애초에 결론이 필요하지도 않다는 것을 누구나 분명하게 알고 있었다. 그래서 이야기 중에 돌아가버리는 친구도 있었고, 또 끝까지 남아 있는 자들도 이야기를 언제 끝냈는지 모르게 한참씩 역 광장을 내다보다가는 슬그머니 자리를 일어서버리곤 하였다. 그리고 별반 인사도 없이 역 광장의 어둠 속으로 뿔뿔이 헤어져 갔다가는, 다음 날 저녁이 되면 시름시름 다시 〈기적〉을 찾아들곤 하였다.

하지만 사실을 말하자면 나는 그런 이야기에 별로 열을 내본 일이 없었다. 그리고 나와 비슷하게 이야기에 잘 끼어들지 않는 것이 기 형이었다. 우리 두 사람은 그 공동의 화제에 휩쓸리는 대신 언제나 두 사람만의 화제를 따로 가지고 있었다. 그것이 바로 아까 말한 나의 배앓이였다.

나는 참으로 나쁜 위장을 점지 받은 듯싶다. 술을 조금 많이 한 허물은 있지만, 언제부턴지 나는 위산 과다 증세가 생겨났고, 그래서 걸핏하면 자꾸 배 속이 심하게 쓰려왔다. 술로 얻은 병이니 술로 고칠 수 없을까— 오기 반 자포자기 반으로 술을 계속 퍼마셨더니, 이번엔 숫제 위궤양 근처까지 증세가 악화되어갔다. 밥을 먹고 나면 두 시간도 못 되어 벌써 배가 쓰리고 아파오기 시작했다. 그것은 위산이 많아서 음식물을 일찍 다 소화해버리고 위벽을 깎기 때문이라고 했다. 다리콘이니 뭐니 하는 제산제를 며칠 먹고 나면 증세가 조금 뜸해진 것 같았다. 그러면 나는 또 재빨리 다시 술을 마셔댔다. 그러고는 다시 약을 사 먹고…… 그러면서 한편으로 나는 기 형에게 그즈음의 내 위장 상태와 배앓이 증세에 관해 열심히 이야기를 하곤 했다. 몇 번 그런 이야기를 하고 난 후로 나는 그러지 않고 혼자선 견딜 수가 없는 버릇 같은 것이 생겼다. 배앓이 증세를 혼자 안에 담고 지내기가 두렵고 답답했던 때문일까. 나는 꼭꼭 이야기를 해버려야 속이 후련했다. 사람 좋은 기 형도 그때마다 묵묵히 소리를 다 들어주었다. 그리고 푸념을 듣고 나서는 어김없이 나에게 단식을 권해왔다. 위장병엔 단식이 최선의 처방이랬다. 어디서 들었는지 단식의 요령과 효험에 대해서도 제법 많은 것을 알고 있는 기 형은 자기도 기회가 나면 한번 시행해볼 작정이라면서 나더러 우선 꼭 그걸 시험해보라는 조언이었다.

단식은 보통 예비 단식 10여 일, 본 단식 15일, 회복기 15일, 총계 40여 일 정도를 잡아야 하지만, 우선은 기간을 절반쯤으로 줄여도 효과가 제법 대단한 거랬다. 나는 그 단식에 관해 기 형 정도의 설명을 듣고서도 마음이 썩 깊이 기울었다. 오랫동안 시달려온 내 위병이 그렇게 만들었는지 모른다. 하지만 내가 언제고 한번 단식을 결행해보리라 작정한 것은 꼭 그 위장병 때문만은 아니었다. 단식 요법 과정에는 그만큼 깊이 끌리는 데가 있었다. 무엇보다 그 가사 상태로 들어가기 전의 절망에 가까운 공포감과 회복기의 진통, 그것을 한번쯤 경험해보고 싶었다. 말하자면 처음의 공포는 죽음에의 두려움이며 가사 상태에서 회복기로 들어설 때의 진통은 새로운 생명의 탄생에 따르는 것이라 했다. 가사 상태에서는 말초 세포까지도 기능이 거의 정지되며 회복기는 옛 생명의 회복이 아니라 새로운 생명의 탄생이라고…… 진위를 장담할 수는 없는 일이었다. 그러나 그게 사실이든 아니든 단식에 관한 기 형의 설명은 나를 충분히 끌리게 했다. 그리고 일단 단식을 작정한 뒤로 나는 줄곧 적절한 기회를 기다려온 셈이었다.

기 형과 나는 다방 〈기적〉에서 늘 그 이야기에만 열중하고 지냈다. 그런데 사실은 그곳의 이야기에 잘 끼어들지 않는 사람이 기 형과 나 말고 또 한 사람 있었다. 시를 쓰는 정 형이었다. 그는 절대로 누구의 이야기에도 끼어드는 일이 없이 언제나 혼자 창유리 쪽에 붙어 앉아 어둠에 덮인 역 광장만 내려다보고 있었다. 그렇다고 그가 이야기패들을 싫어하는 얼굴을 한 것도 아니었다. 그는 아무 때나 그림자처럼 슬그머니 나타나선 그 창유리 쪽에 혼자 붙어 앉아 있다가 다른 사람이 자리를 일어서면 그도 똑같이 자리를 일어서곤 했다. 그러면서도 그는 누구보다 더 열심히 〈기적〉을 찾아다녔다. 사실 우리는 누가 하루 다방을 나오지 않았대도 별로 관심을 두거나 그걸 기억하는 일이 없었지만, 만일 정 형이 하루쯤 자리를 비웠더라면 우리는 더더욱 그랬을 터였다.

  그래서 어느 날 —, 그가 정말로 〈기적〉엘 나타나지 않았을 때도 우리는 그의 결석 사실에 대해 아무 생각을 하지 않고 있었다. 아니 그가 도대체 결석을 하고 있다는 사실조차 염두에 없었다. 그런데 그날 우리는 무슨 이야긴질 하고 있다가 어느 순간 갑자기 기적 소리가 다방으로 가득 밀려들어온 바람에 이야기를 잠시 멈추고 그 소리가 사라지기를 기다리고 있은 적이 있었다. 그런데 어찌 된 일인지(사실 그런 일은 자주 있었지만) 우리는 그때 기적 소리가 다방을 물러가고 나서도 방금 전의 화제를 잊어버린 듯 아무도 다시 이야기를 계속하려지 않고 멍청한 표정으로 가만히 앉아 있기들만 하였다. 음악이 없는 다방은 그런 때 무척 썰렁했다. 그때 레지 아가씨가 무엇인가 갑자기 생각이 난 듯 계산대 아래서 종이쪽 접은 것을 하나 꺼내 쥐고 우리 쪽으로 걸어왔다. 그리고 그 종이를 누군가의 탁자 위에 놓아주며,

  "어느 분이나 펴보세요. 아까 낮에 정 선생님이 나오셨다 거기 걸상에 앉아서 적어놓고 가셨어요. 선생님들 이야깃거리가 없어 보일 때 드리라고요"

하고는 다시 카운터 박스로 돌아가버렸다.
 이제 이야기의 줄거리를 다시 찾아가자. 다름 아니라 바로 그 종이의 사연이 아까 말한 '조율'이란 뜻 깊은 은어의 유래인 것이다. 거기에는 다음과 같은 이야기가 씌어져 있었다.

 ……이 다방을 나오면서 나는 참으로 많은 이야기를 들었다. 그리고 나는 너희들에게 언제나 이야기를 듣기만 했다. 그 점 우선 감사한다. 그러나 사실을 말하면 나는 너희들의 이야기엔 언제나 동의하고 있지 않았다. 오해 없기 바란다. 동의하지 않았다는 것은 이야기 내용이 아니라는 점을 말이다. 내가 동의하지 않은 것은 오히려 우리들 모두의 이야기라고 해야 할 것이다. 우리가 다방으로 모이고 밤마다 무엇인가에 대해 열심히 이야기하고, 그리고 별 뚜렷한 결말도 없이 흐지부지 헤어지고 나선, 다음 날 다시 똑같은 얼굴들을 하고 어정어정 이 〈기적〉으로 모여들지 않을 수 없는 그 전부를 말이다. 하지만 한편으로 나는 너희들의 이야기에 끼어들고 싶은 생각이 전혀 없었던 건 아니다. 오히려 그 이야기에조차 끼어들지 못하고 있다는 의식이 나를 더욱 그렇게 만들었다. 그러나 나는 끝내 그러지를 못했다. 하지만 언젠가는 그래도 한번쯤 내가 이야기를 해야 하리라는 생각을 버리지 못하고 있었다. 언젠가는 나도 너희들의 그 많은 이야기에 빚을 갚아야 하리라고 말이다.
 이제 나는 그 오랜 부채를 더 미룰 수 없게 된 것 같다. 이제 이걸로 나는 이 〈기적〉을 하직할 참이니 말이다. 그래서 오늘은 그

빚도 갚을 겸 마지막으로 한 가지 이야기를 남기고 싶다. 왜 내가 새삼스럽게 이 〈기적〉을 떠나려고 하는지는 나의 이야기 속에 그 해답이 얻어질 수 있을지 모르겠다. 그 이상의 이유는 나로서도 분명히 말할 수가 없으니까. 스스로 명백한 이유가 없기 때문이다.

그럼 이제 나의 이야기를—별로 길지는 않지만—시작하겠다. 언제부터 시작되었는지 확실치는 않지만, 그것은 일종 내 기묘한 환상에 관한 것인데, 실상은 이 〈기적〉에서 너희들의 이야기를 들으면서 나는 수없이 이 환상에 빠져 있었다는 사실을 먼저 고백해 두지 않을 수 없다.

나의 환상이란 것은—'조율하는 사람들'이라는 이상한 친구들에 관한 것이다.

조율하는 사람들—

그것은 참으로 기이한 환영이다. 가령 여기 어떤 악단이 있다. 그들은 청중이 없어서든지 적당한 장소를 얻지 못해서든지 오래도록 연주회를 갖지 못한다. 또 그 이유를 그들의 연주곡목이 어떤 특정 집단의 비위에 거슬리는 것뿐이어서 언제나 연주 허가를 받지 못한 때문이라 생각해도 무방할 것이다. 하여튼 그들은 오래도록 연주회를 갖지 못한다. 그래서 악사들은 가끔 모여 앉아 옛날에 있었던 연주회의 화려한 추억을 나누고, 언젠가 있게 될 새로운 연주회에 대한 희망도 가져본다. 하지만 연주회는 언제까지나 마련되지 않는다. 그렇게 무한정 시간이 흐른 다음을 상상해보라. 그들에게 일어날 수 있는 일은 어떤 것이 될 것인가. 아마 그들은 문득 자기들의 손이 둔해져서 악기를 마음대로 다룰 수 없게 되어가고 있음을 알고 놀랄 것이다. 그리고 그때쯤엔 악기들에도 녹이 나고 곰팡이가 잔뜩 슬어 있을 게 당연하다. 피아노는 키를 눌러도 괴상하게 식식거리기만 하고, 현악기의 줄들은 늘어질 대로 늘어져 흉한 마찰음만 빚어낸다. 악사들은 당황하여 버려뒀던 악기들을 붙들고 우선 그것을 손질하고 굳어진 손을 다시 익혀 자신들의 소리를 되찾으려 애쓰게 될 것이다. 그리하여 간신히 옛날의 소리들을 찾아내고는 안도의 한숨들을 내쉰다.

그러나 이제 악사들은 무작정 연주회만 기다리고 있을 수 없게 된다. 그들은 다시 소리를 잃어버리지 않기 위해 때때로 악기를 돌보고 손봐야 하는 것이다. 그렇게 하지 않을 수 없을 것이다.

그런 세월이 또 무한정 흐른 뒤에는 어떻게 될 것인가. 그들은 어느덧 연주회에 대한 희망은 까마득히 사라지고, 오로지 악기의 소리를 잃지 않으려고 애쓰던 기억만을 갖게 되리라. 자기들은 연주회를 가지려는 악사임을 잊어버리고, 조율이 자신들의 본래 몫이었던 것처럼 착각을 하게 된다는 말이다. 그리하여 이제 이들은 조율에만 열중하고 조율에만 만족한다. 언제까지나 연주회를 갖지 못하고, 그 연주회의 꿈조차 잃어버린 영원한 조율사들 — 내가 이야기하고 싶고, 너희들에게 들려주려 한 환상이 이것이다.

어느 때부터였는지 나는 그런 달갑잖은 환영을 지니게 되었고, 나의 속에는 지금도 그 조율사들이 역력히 살아 있다. 그리고 그건 사실 그리 기분이 좋을 수 없기 때문에 나는 늘 그 앞에 혼자 고개를 저으며 스스로를 달래왔다. 하지만 지금 생각해보면 나는 실상 그러면서도 그 환영의 의미가 우리 시대의 어떤 현실과 만나는 것을 늘 두려워하며 그것을 부질없이 부인하려고 했던 것이 아닌가 싶다. 왜냐하면 그 두렵고 인내 어린 고갯짓에도 불구하고, 그동안 나는 내 가장 가까운 주변 현실에서 그 무서운 환영의 의미를 만나고 있었고, 이젠 그걸 더 이상 부인할 수도 없음을 깨닫게 됐으니 말이다. 내 부족한 인내력 탓일지도 모르지만, 현명한 너희들은 이쯤 내 얘기의 의도를 벌써 눈치챘을 것이다. 하지만 너무 화를 내진 말았으면 좋겠다. 사실 그보다 나를 더 무력하고 화가 나게 했던 것은 나 자신은 늘 그런 조율판에조차 쉽게 끼어들지 못하고 있다는 사실에 있었으니 말이다.
 그럼 이제 여기서 나의 이야기는 그만 끝을 내는 것이 좋겠다. 이곳의 이야기가 언제나 그랬듯이 결말은 필요한 것이 아니니까.
 자 그럼 영원한 조율사들이여(용서해라), 당분간 그대들에게 이 창연스런 역두의 조율실을 맡기고 떠나노라……

 정 형의 글을 읽고 나서도 좌중은 약속이나 한 듯 모두 덤덤한 표정이었다. 정말 정 형이 지금까지 곁에서 그 이야기를 하고 있었던 듯, 또는 다른 누구의 이야기를 듣고 나서도 늘 그랬던 것처럼 정 형의 이야기에 대해서도 우리는 거기서 무슨 결말 같은 것을 말하려 하지 않았다. 그저 덤덤한 표정으로 한동안 유리창들만 내다보고 앉았다 이윽고 말없이 자리를 일어서고 말았다. 그리고 그 어두운 광장에서 우리들은 헤어졌다.
 그러니까 정 형이 그 후 정말 소식이 감감해져버렸다면 '조율'이란 말도 그것으로 그냥 잊혀버렸을지 모른다. 아니 그다음 날 정 형이 전날처럼 그 다방으로 나와 유리창을 내다보고 앉아 있기만 했더라도 사정은 마찬가지였을 것이다.
그런데 정 형은 그 둘 중의 어느 쪽도 아니었다.
며칠 후에 그는 다방으로 나오는 대신 혼자서 송 교수를 찾아왔더랬다. 그리고 그런 말이 있은 며칠 뒤엔 다시 팔기를 찾아왔더라 했고, 그러다 어느 날은 잡지사 사무실로 나를 찾아 나타난 일까지 있었다. 그런데 잡지사로 나를 찾아온 정 형은 다방에서와는 달리 뜻밖에 제 편에서 먼저 많은 이야기를 쏟아놓고 돌아갔다. 다른 사람을 찾아갔을 때도 그는 역시 마찬가지더랬다. 마치 이쪽에서 입을 다물고 있으니 이젠 제 편에서 아무 소리나 이야기를 꺼낼 수밖에 없다고 생각한 것처럼 말이다.
하여 우리는 그런 정 형을 두고 곧잘 이런 농담을 주고받게 되었다.
"그 친구 정말 조율을 하러 다니더군."
처음에는 우리끼리만 그러다가 나중에는 정 형이 찾아오면 그를 면대해놓고도,
"조율하러 왔나?"
하게끔 되었다. 그러자 이번에는 정 형 스스로가,
"어, 오늘 조율을 좀 해볼까 하고 왔소이다"
하고 첫인사를 하는 정도가 되었다. 그것이 나중엔 아주 누구에게나 쓰이는 유행어가 되고 만 것이다.
—그 친구 글은 써내지 않으면서 열심히 문학 얘기는 하고 다녀.
—글을 쓰지 않으니까 오히려 더 그러는 거지. 생각하는 방법을 잊어버릴까 봐.

—이를테면 자기 악기에서 옛날처럼 소리가 나나 안 나나 확인을 해보는 거겠지.
—어제 정릉 P집엘 갔더니 그 동네도 조율들은 열심히 하고 있더구만.
그런 식이었다. 이상한 것은 그러면서부터 우리는 정말로 그 신촌의 〈기적〉을 잊어버린 것이다. 우리는 차츰 〈기적〉을 나가지 않게 되었다. 우리들의 조율이 그 멋없는 다방으로부터 더 넓고 요란스런 장소를 얻어 나간 셈이었다. 그리고 조율이 우리의 새 은어로 등록이 된 후로 정 형은 스스로 유능한 '조율 담당사'가 된 것이다.
그런데 문제는 우리들 사이에 그 조율이 그렇듯 널리 성행한 사실이었다. 누구도 글은 써내지 않았다. 그러면서 열심히 조율들만 일삼았다. 그들은 정말로 이제는 조율 그것이 바로 자신들의 본업이라고 믿고 있지나 않은지 의심스러울 지경이었다. 진짜 연주가 아무 데도 없었다.
'연주'라는 말이 있긴 했다. 그러나 그것은 그 악사들의 연주와는 다른 뜻으로 쓰이는 말이었다. 무슨 영화던가, 세계의 기문진경(奇聞珍景)들을 모아 편집한 진행 가운데 해괴한 음악을 연주하는 광경이 한 대목 들어 있었다. 한 사내가 피아노를 연주해가는 음에 맞춰 다른 한 사내가 음정을 표시하여 늘어선 일곱 사내의 뺨을 철썩철썩 갈기고 돌아갔다. 그것도 연주자가 아주 격렬하게 그리고 재빠른 몸짓으로 리듬을 주어 갈기고 돌아갔기 때문에 곁에서 나는 피아노 소리는 마치 그 일곱 인간 악기의 구타에서 들려

나오는 것 같은 착각이 들게 했다. 연주곡목은 「헝가리 광시곡」이었다. 이 곡의 조음 상태를 아는 사람은 연주자가 그 한 음 한 음마다 두 손으로 뺨을 갈기고 돌아가는 '연주' 광경을 충분히 상상할 수 있을 것이다. 살아 있는 악기들은 곡이 진행됨에 따라, 그리고 주자(奏者)의 손길이 점점 빠르고 거세어짐에 따라 아픔을 견디지 못하고 얼굴이 흉하게 일그러져갔다. 그리고 그 해괴한 연주가 끝날 무렵, 그 불쌍한 인간 악기들은 코에서 줄줄 피가 흐르거나 입술들이 무참하게 깨져 있었다. 연주가 끝나 피아노 주자가 단정히 일어나 청중에게 인사를 하고, 또 난폭한 연주자가 성공적인 연주의 공로를 전혀 그 일곱 명의 살아 있는 인간 악기들에게 돌리겠노라는 손짓을 했을 때, 청중은 박수와 환호성으로 열광했다. 그리고 이어 앙코르를 청했다. 하는 수 없이 다시 연주 자세로 돌아서는 주자의 난처한 얼굴, 그리고 닦아내도 닦아내도 치솟아오르는 그 인간 악기들의 원망스런 눈물.

영화 장면은 거기서 끝이 나는데, 그것은 묘하게 웃음을 참을 수 없게 만들었고, 그렇게 웃다 보면 무엇인가 문득 섬찟한 것이 느껴져오기도 했다.

―너를 상대로 간단히 한 곡 연주할까 하는데.

―긴 곡을 연주해주고 싶은 놈이다.

이런 말투는 그 영화 이후로 생긴 것이었다. 이때 '연주'라는 말이 상대를 좀 패주겠다는 뜻임은 두말할 것도 없었다.

모두가 한강으로 가던 날의 배앓이와, 그리고 거기서 연상된 단식과 관련하여 생각난 일들이다.

어쨌든 그런 식으로 끝나버린 은경의 일은 그러나 나에게 또 하나 크나큰 절망감 같은 것을 안겨주었다. 그것은 지금까지 내가 찾고 있던 외종형 김규혁 씨를 만나게 될지도 모른다는 끈질긴 집념에 대해서였다.

그것은 또 다른 내 이상한 강박증이었다. 사람은 누구나 행운을 만났던 기억보다는 낭패의 경험을 더욱 오래 지니고 있게 마련이다. 나에게도 역시 낭패의 기억들은 수없이 많았다. 그런 낭패를 겪을 때마다 나의 내부에서는 반드시 두 가지 반응이 동시에 일어나곤 했다. 그 하나가 지금까지 지루하게 설명해온 단식 결행에 대한 다짐이었다. 그리고 다른 하나는 어떻게 생각하면 나를 더욱 난처하게 만드는 절망감 같은 것이었는데, 그것이 바로 지금 말한 나의 외종형 규혁 씨에 관한 것이었다.

나는 가족이 많지 않고 친척도 없는 탓엔지 어렸을 때부터 규혁 형에 대한 이상한 그리움 같은 것을 가지고 있었다. 나의 어머니는 원래 전남 고흥 사람이었는데, 규혁 형은 그 어머니의 단 하나 남은 사내 살붙이였고, 그리고 어머니가 우리 집으로 시집을 오게 되자 외할머니는 그 아비도 어미도 없이 자란 손주 아이와 일제 말기를 고흥의 딸네집에서 보냈다고 했다. 그때 규혁 형은 목포에서 상급 학교를 다녔고, 방학이 되어 고향엘 돌아오면 나를 무척이나 귀여워해줬다고 했다. 나는 도대체 그런저런 기억이 없었지만, 그 규혁 형은 나중 태평양전쟁이 일어나기 직전에 어떤 무역선을 탔는데, 그를 따라 외할머니가 인천으로 떠나간 뒤로는 외할머니네와도 영영 다시 상봉을 못하게 되고 말았다고. 처음에는 그래도 종종 편지 내왕을 가졌으나, 전쟁 말기 규혁 형이 '군함을 타게 되었다'는 소식을 마지막으로, 이후로는 그마저 아주 끊어지고 말았다는 것— 어디서 주워들은 말인지, 남양 군도로 가던 규혁 형의 배가 남중국해 복판에서 미국 비행기의 폭격을 받고 바다 밑으로 폭삭 가라앉아버렸다더라며, 어머니는 이후 두고두고 불쌍타 불쌍타 소리만 외우며 날을 보냈다.

해방이 되자, 어머니는 끝내 외할머니를 찾아 그때 겨우 열네 살이 된 형을 앞세우고 인천 길을 나섰다. 그러나 겨우 닷새쯤 만에 되돌아온 어머니는 편지 겉봉 주소엔 이미 다른 사람이 살고 있더라며 그동안 덧없이 지나간 세월을 원망했다. 그리고 그 사람은 여태 외할머니네가 그런 변을 당한 줄조차 모르고 있더라며 새삼 깊은 한숨을 깨물었다.

그럭저럭 어머니의 슬픔이 가라앉을 무렵 다시 6·25가 일어났다.

전쟁이 끝나고 나니 어머니에게는 또 새로운 슬픔이 하나 생겼다. 어떻게 된 일인지, 남태평양으로 가던 배와 함께 바다 밑으로 가라앉았다던 규혁 형을 대구 근처에서 보았다는 사람이 나타난 때문이었다. 그것도 인민군 측에 부역을 한 죄로 수복 직후에 대구 거리를 '개처럼 끌려다니다' 총살을 당하고 말았다는 소식이었다.

어머니는 슬픔이 되살아났다. 이번에는 열아홉 살 난 형을 앞세우고 또 대구 쪽으로 가서 보름을 지내고 돌아왔다. 외할머니네는 물론 만나지 못한 채였다. 그리고 또 몇 년이 지났을까. 다음에는 또 부산 쪽에서 규혁 형을 본 사람이 있다는 풍문이 들려왔다. 이번에는 규혁 형이 너무도 당당한 모습이어서, 그를 보았다는 사람조차 감히 자네 규혁이 아니냐 앞을 나서 물어볼 수가 없었다는 거였다……

그렇게 하여 규혁 형은 내게 어떤 불사조 거인 같은 신비한 존재가 되고 있었다. 언제나 죽었다는 소문이 있고, 그리고는 또 살아 있다는 풍문과 함께 새로운 죽음이 전해지곤 하는 그였다. 그런 과정이 나를 그렇게 만들었을까. 드디어 나는——물론 어머니나 형까지도 포함하여——이후로도 그 규혁 형이 어디엔가 아직도 살아 있을 것 같은 막연한 희망을 지니게 되었다. 물론 그걸 어떻게 알아볼 길은 없었다. 그러나 그는 이제 내게 언젠가는 꼭 찾아내야 할 사람으로 되어 있었다. 더욱이 오랫동안 집을 떠나 지내온 나는 고향 쪽에 생각이 가면 같이 살아본 기억도 없는 그의 생각이 앞질러 떠오르곤 할 정도로 규혁 형은 내 머리의 제일 쉬운 곳에 자리 잡고 있었다. 어떤 때는 나의 모든 일이 오로지 그를 찾아내기 위해서인 것 같은 착각이 들 때도 있었고, 그와는 아무 상관도 없는 일에 낭패를 당하고 나서도 나는 그 규혁 형을 찾는 일에 어떤 이상스런 절망감까지 느끼곤 하였다.

이유 같은 건 모른다.

어쨌든 나는 낭패를 당할 때마다 그를 찾는 일에 새삼스럽게 절망을 느끼고, 그런 다음엔 다시 그를 찾아야겠다는 다짐 비슷한 것을 새로이 하곤 했다.

그런데 이번 은경과의 일로 나는 또 한 번 심한 절망을 맛보게 된 것이다. 그럴 무렵 때마침 나타나준 것이 지훈이었다. 지훈은 그 뒤로 갑작스럽게 나와 가까워졌는데, 내가 그 기분 좋지 않은 선입견을 이겨낼 수만 있다면 그는 지극히 맘 맞는 친구였다. 알고 보니 그는 집까지도 나와 멀지 않은 아현동 산번지였다. 그것을 알게 된 뒤로 우리는 더욱 자주 만나게 되었으며 만나서는 또 열심히 조율을 했다.

3

 12시도 되기 전이라 바깥 날씨는 그렇지도 않은데, 지하실 다방 안은 이상한 무더위가 꽉 차 있는 것 같다. 하릴없이 극장에나 갈까 하다가 들렀다는 지훈을 따라 사무실을 나온 지가 한 시간은 되었다. 이젠 사무실로 다시 들어가야 할 것 같다. 일이 많이 밀려 있는 것은 아니지만, 자리를 자주 비우다 보면 윗사람들 보기가 좀 민망한 게 아니다. 공연한 오해를 사는 수도 있었다. 그러나 무엇인가 이야기를 할 듯 말 듯하면서도 굳이 입을 다물고 있는 지훈이 나를 좀처럼 놓아주지 않았다. 나의 지껄임이 끊어지고 나자 무덥고 답답한 공기가 다방 입구까지 흘러넘칠 듯했다. 두툴두툴한 천으로 아가리를 반쯤 가린 스피커에선 어디서 굴러온 판인지 분위기와는 어울리지 않는 멘델스존의 「바이올린 협주곡 1번」의 밝고 행복한 멜로디를 끈질기게 쏟아내고 있었다. 그러나 다방의 무거운 분위기는 그 여린 선율에 쉽게 물들지 않았다. 멜로디는 헐떡거리며 간신히 다방 구석까지 퍼져 나가다가는 일시에 다시 그 반쯤 막힌 스피커의 아가리로 되몰려 들어가는 듯했다. 매끄러운 실크로 곱게 싼 탐스런 엉덩이를 내저으며 레지 아가씨가 부지런히 찻잔을 나르고 있었다. 생기에 차 있는 것은 오직 그 레지 아가씨뿐이었다. 나는 숨이 막힐 듯한 기분을 느끼며 다시 지껄이기 시작했다. 마치 이야기를 토해냄으로써 그 무거운 공기를 쫓고 나의 코끝에 조그만 호흡 공간이라도 만들어내듯이.
"난 전에 이런 소설을 생각해본 일이 있었지."
우리가 말을 놓은 것은 두번째 그를 만날 때부터였다. 그는 내 말에 멀거니 바라보고 있던 천장에서 겨우 시선을 끌어내렸다.
"가령 하루는 주인공이 잘 아는 A라는 어떤 친구를 찾아간단 말이지. 그런데 그 A는 없고 대신 낯모른 친구 B가 나와서 그를 맞게 되는데, 그 B는 굳이 자기가 A라고 고집하며 주인공을 보고 오히려 이상한 녀석이라 야단이란 말야. 그리고 B를 자세히 보니 그는 정말 A와 비슷한 데가 많고 목소리도 제법 비슷하더란 말이지. 이야기를 해봐도 그는 평소 주인공이 알고 있던 A 그대로였으며, B는 그 주인공에 대해서도 A 못지않게 잘 알고 있는 거야. 그래 주인공은 정말 자기가 이상해졌는가 싶어 B를 A로 믿고 이야기를 나누는 거야. 그런데 주인공에게 문득 한 가지 이상한 생각이 들기 시작한 거야. 즉 B는 사생활이라든가 여자 문제, 사회적인 관심이나 가정 관계 따위에선 평소의 A와 일치하지만, 문학에 관한 한은 거의 젬병식으로, 이를테면 그는 문학 같은 건 세상을 남들같이 떳떳하게 살지 못하고 비렁뱅이처럼 저열하고 남루하게 살아가는 얼띤 친구들이나 할 짓이라 막무가내로 매도하고 드는 식이거든. 그래 주인공은 평소 문학과 생활의 조화를 잃고 늘 고심을 해오던 A이기는 했지만 사람이 그토록 일시에 돌변할 수도 있을까고 다음 날 다른 장소에서 다시 A를 만나는 거야. 그랬더니 이번에는 그 A가 어제의 B 얘기는 전혀 남의 말이듯 열심히 문학을 위한 조율을 하는 거지.

그래 영 갈피를 잡지 못한 주인공이 어느 날 B를 데리고 A를 찾아가보는 거지. 그런데 그때 A가 그의 사무실에서 멍하니 넋을 놓고 앉아 있다고 해봐. 아니, 그냥 잠을 자고 있다고 하고 있는 편이 낫겠어. 하여간에 그 A가 정신이 들고 나면 A와 B는 서로 간에 깊은 혐오감과 증오심에 불타는 눈빛을 하면서 그 앞에서 일시에 도망쳐 없어져버리는 거야.

말하자면 이야기는 이런 거지. 한 사람 속에 대립하고 있는 이질적 욕구나 성격을 그 내면의 갈등이 아니라 완전한 두 인물로 대립시켜 서로 싸우게 한다는 것인데, 그러니까 A와 B는 같은 인간 내면의 두 현신인 셈이지. 적당히 분위기를 환상적으로 조립하고 우화적인 수법을 빌리면 제법 이야기가 될 것 같지 않아? 나중에 두 인물이 하나로 증명되는 방법이 좀 어렵기는 하겠지만……"

행복의 멜로디는 이제 거의 발악을 하고 있었다.

"어째서 요즘 생각하는 것들은 한결같이 발상이 우화적인 환상에 근거하는 것들뿐이지?"

안경을 벗어 들고 조금 충혈된 듯한 눈길로 지훈은 나를 쏘아보았다. 그의 눈알은 늘 그렇게 조금 충혈이 되어 있었다. 문학에 관한 그의 이야기도 그렇게 늘 가파르고 매웠다. 그러나 지금 그는 나의 대답을 추궁하고 있는 것이 아니었다. 그의 눈은 오히려 슬프게 보였다.

두 가지 이상한 현상이 일어나고 있었다. 갑자기 등산 붐이 일어나고 해수욕장이 붐비고 고궁과 교외 놀이터가 인파로 들어찼다. 극장들은 007시리즈와 그 아류들이 손님을 독점했고, 이웃 섬나라의 번안물 같은 외설스런 잡지들이 바야흐로 민중을 소비가 미덕인 사회로 유혹하고 있었다. 때를 같이하여 곳곳에는 단속을 받지 않는 사창가가 번창 일로에 있었다. 강력한 국가 재정의 뒷받침을 받는 스포츠계는 국내외서 자주 기염을 토했고, 그때마다 국민은 흥분하고 열광했다.

그러나 그런 것에 대한 나의 연상은 불행히도 상서롭지가 못했다.

한편 문필가들의 관심과 발상은 자꾸만 핵심을 우회하고 있었다. 여러 가지 이유가 있을 터였다. 그들은 이미 무슨 이야기로도 독자를 놀래줄 수가 없었다. 어떤 말로도 그들을 진실로 감격시킬 수 없었다. 풍요한 사회에 몸을 담을 욕심에 취하고, 영화에서, 라디오에서, 상류 사회의 현란한 생활을 만끽한 시민은 위인들의 간간하고 비루한 잔소리 따위는 거들떠보려고도 하지 않았다. 왜소한 사고를 동정하려지도 않았다.

아무도 글을 쓰려고 하지 않았다. 누구나 조율만을 일삼았다. 그러나 우리는 알고 있었다. 왜 사정들이 그렇게 되어가는가를. 사고가 왜 그토록 정체되고 발상이 환상과 우화류에 흐르고 이야기가 핵심을 우회하는가를. 그리고 우리는 지금 바야흐로 어떻게 되어가고 있는가……
 우리들의 이야기는 끝나 있었다. 멜로디가 그 반쯤 가린 스피커의 아가리에서 뱀처럼 기어 나와 꼬리를 흔들며 흩어지려고 발악했다.
 "그런데 사실은 그 소설을 나는 그렇게 환상적인 수법을 쓰지 않아도 좋을 희한한 일화를 하나 얻어냈거든."
 지훈이 아직 자리를 일어날 기색이 없었으므로 나는 좀더 이야기를 계속했다.
 "너도 마찬가지겠지만, 나는 학교의 팔기네 방이나 그 부근 길에서 만난 너와, 글에서 대해온 지훈을 따로따로 알고 있었거든. 한데 그게 요즈음도 나는 영 두 개의 네가 일치하질 않고 있단 말야. 이를테면 생활에서 보는 너와 문학을 이해하고 이야기하는 지훈 둘이가 말이지."
 멍하니 듣고 있던 지훈의 눈빛이 한순간 번쩍 되살아나는 듯했다.
 "그래서 나는 우리들에게서와 같은 그런 방법으로 인간의 양면을 분리시켜놓고 관찰하고 대립시켜볼 참이었지."
 "그건 너의 소설에 대해서라기보다 나 자신에 관한 야유로 더욱 음험한 공박이 되겠는데……"
 지훈이 말을 꺼내다 말고 잠시 멀거니 천장을 쳐다보며 생각에 잠겨들었다. 그러다가 그가 천천히 다시 나를 바라보았다.
 "그 문제에 대해선 뜻밖에 빨리 내 해답을 듣게 될 수 있을지 모르겠어. 혹시 너는 그 두 개의 조화된 나를 영영 만나지 못하게 될지도 모르겠지만."

조율사 45

그는 잠깐 숨을 돌렸다가 갑자기 풀이 죽어 다시 말했다.

"아직은 망설이고 있어. 사실 오늘은 조율을 하러 온 게 아니야. 나도 이제 조율엔 지쳤거든. 하지만 역시 그 이야기는 지금 꺼내고 싶지 않아서 그냥 가야겠어."

지훈은 비로소 안경을 집어 들었다.

— 혼처확정某月某日만반준비기필코하향

"어마! 그게 전보 내용이에요?"

맞은편 자리 아가씨가 반색을 하며 나를 건너다본다. 사무실로 올라오니 우체부가 전보를 한 장 주고 갔다. 시골 어머니로부터였다. 나는 전보문을 얼핏 훑어본 다음 그것을 서랍에 구겨넣고 앉았다. 전보 종이에 낙서를 하고 있었다. 그러나 그것은 전보문과 같지 않았다. 공상이었다. 그런 식의 전보를 받고 난처해하는 친구들을 공상해본 것이다. 서랍에 구겨 넣은 전보는 ─모위독화급내향─이었다. 나는 피식 웃으며 종이를 구겨버렸다.

"그렇게 재실 것 없잖아요?"

아가씨는 내가 부끄러워 그러는 줄 아는지 무안당한 사람처럼 얼굴을 붉혔다. 아는 일이었다. 벌써 세번째 받는 같은 전보였다. 편지로 구슬리고 애걸하다, 정 안 되니까 요즘은 전보질이었다. 재작년 가을 노름빚에 선산까지 팔아넘긴 형이 이제 더 팔아먹을 게 없게 되자 드디어는 약을 싸들고 장어잡이를 나갔다. 그 약을 자신이 먹고 타세(他世)해버렸다. 일곱 살짜리 사내와 세 살짜리 여아 둘을 남겨놓고서였다. 내가 집으로 내려갔을 때는 벌써 장례를 치르고 난 다음이었다. 물론 어머니와 젊은 형수 그리고 두 조카는 나의 권속이 되어야 했다. 나는 후견을 약속하고 서울로 돌아왔다. 젊은 형수에게는 특별한 위로와 생활에 대해서 안심스런 말이 필요했다. 내가 그들을 돌보겠다는 결의를 보인 데에는 조금 지나친 과장이 있었다. 나로선 그게 어쩔 수 없는 일이었다. 중학생마저 몇 되지 않은 내 시골 마을에선 서울까지 올라와 대학을 다니고 있던 나에 대해 기대가 무척 대단했었다. 나의 학교 성적은 중고등학교 시절부터 어떤 방법으로 해서든지, 그리고 과장될 대로 과장되어 속 마을로 전해져 들어갔다. 방학 때 집으로 내려가면 나는 어리둥절할 만큼 치켜세워졌고, 어머니와 형은 민망스러울 만큼 기대에 들떠 있었다. 그러나 나는 판사나 경찰서장이 되리라는 마을 사람들과 어머니와 형의 기대를 외면하고 대학 진학을 문학부로 작심하고 말았었다. 만약 내가 가족에 대해, 또는 친척이나 마을에 대해 어떤 식으로든 부채를 지고 있었다면, 나는 정말로 법과를 가서 지금쯤 판사나 검사 나리쯤 되었을지 모른다. 그러나 나는 그렇지 못했다. 나는 형의 주벽이 노골화되면서 가세가 기울기 시작한 고등학교 1학년 때부터 사실상 집과는 인연을 끊고 지냈다. 고되었다. 그 힘겨운 학업의 내력에는 아랑곳없이 터무니없는 기대에 차 있는 주위의 칭송은 참으로 역겨웠다. 엉뚱하게 남의 기대를 짊어지고 비틀거리던 나는, 그래도 끝내 붙잡고 일어설 손이 없는 것을 알고 나자 드디어 그 기대에 배반할 용기를 얻었다. 나는 그 기대에 배반했다. 배반하기 위해서보다 나는 그 기대의 중압감에서 해방이 되었다. 그리고 제법 홀가분한 기분으로 엉뚱하게 문학부를 지망하고 말았었다.
 그러나 뭐라고 해도 나는 그 당장 어머니의 휘황한 꿈을 짓부숴 줄 수는 없었다. 그 무렵 어머니는 벌써 환갑을 지난 노인이었다. 큰아들의 주벽에 쫓기면서 아무것도 가진 것 없이 그저 작은아들에 대한 휘황한 꿈에만 잠겨 지내는 노인이었다. 나는 졸업을 기다리라고 약속했다. 어머니는 어느 때고 그 꿈속에서 지내다가 그 꿈속에서 평온히 종생하게 되시기를 바랐다. 그러나 어머니는 뜻밖에 노년의 근력이 좋으셨다. 대학을 졸업하고도 어머니는 더 몇 년을 지내시다 드디어는 당신의 큰아들의 죽음을 보게 된 것이다. 그러자 어머니는 그 꿈이 이제 꿈으로서만 아니라 정말로 당신에게 필요한 현실로 바뀌기를 바라게 되었다. 그것을 알기 때문에 나 역시 후견을 약속하지 않을 수가 없었다.
 그러나 일단 서울로 올라온 나는 이렇다 할 도움을 줄 수가 없었다. 두 달이나 석 달씩 걸려 겨우 몇천 원을 보내주면서 우선 이걸로 지내고 조금만 더 기다리라 거듭거듭 새 약속을 덧붙였다. 그 구멍을 메우느라고 바둥바둥 매달리고 있는 나에게 되돌아오는 소식이란 점점 더 우울한 것뿐이었다. 어머니는 살아생전 당신을 그토록 괴롭히던 형에게 새삼 눈물바람이 잦아지고 있댔다. ─자식놈 부모 생각하는 덴 뼈를 못 속이제. 큰것(형)이나 작은것(나)이나 매일반이던 것을. 뭣에 홀려 제 마음 저도 맘대로 못해 가산 망치고 제 목숨 끊는 놈이 더 불쌍하제.
 나에 대한 꿈이 헛되었음을 알았다는 것일까. 그 꿈은 참이로되 내가 불효하다는 것일까. 어머니는 먼 친척네 산비탈을 얻어 묻어

준 형의 무덤으로 가서는, '이놈아! 조상들 뼈가 묻힌 네 선산까지 팔아먹고 여기가 뉘 땅이라고 말도 없이 누워서 잠자리가 편하더냐'고 늘상 눈물바람을 했고, 팔아버린 선산으로 가서는, '꽃이 핀들 아는가, 새가 운들 아는가' 말 없는 조상들을 탓한다는 것이었다. 이미 남의 땅이 된 산을 둘러보며 형을 옮겨 묻을 곳과 당신의 자리를 잡아놓고는 문득 한스러운 한숨을 내쉬며 주저앉아 한나절씩 시간을 보낸다고도 했다.
　나를 불효시하기 시작한 징조였다.
　어머니의 그런 슬픔이 나에 대한 배반감 때문임을 새삼 분명하게 확인한 것은 지난해 가을이었다.
　형의 소상(小祥)길에 내려간 나를 붙들고 어머니는 갑자기 '장가를 들라' 했다. 나는 처음 그것을 으레 부모들이 자식에게 갖게 마련인 어떤 의무감 때문이 아니면 새 며느리나 손주 아이를 보고 싶은 욕심 탓이거니, 그저 웃어넘기고 말았다. 그런데 노인이 계속 집요하게 권해오는 폼이 심상치가 않았다. 당신의 생각이 그런 소박한 욕심에서 비롯된 것이 아닌 듯했다. 게다가 형수까지 덩달아 노인을 거들어왔다. 나는 속셈을 몰라, 그럼 날 장가보내 줄 준비가 돼 있느냐, 농담투의 어깃장을 놓아보았다. 그런데 노인은 집에서 무슨 준비가 필요하느냐는 것이었다. 그래 내가 짐짓 정색을 하고 돈이 없이는 장가들 생각 아예 못하는 세상이라니까, 노인은 다시 돈이 들면 얼마나 들겠느냐는 것이었다. 그 어세가 그만한 돈쯤은 네가 좀 모아두지 않았겠느냐는 눈치였다.
　당시만 해도 나는 은경에게 내 시골집 이야기를 차마 다 해주지 못하고 있었다. 은경은 내가 이유를 잘 밝히지 않는 고향길에 기대가 퍽 많았다. 혹시 우리들 일에 결말이 지어졌나 해서 나를 다시 만날 때면 무척 눈치를 살피곤 했다. 사랑이라는 것이 정말 두 사람의 마음만으로 성취될 수 있는 것이라면 나는 분명 은경을 사랑했다. 때로는 결혼을 못하고 있는 자신의 처지가 짜증스럽고 화가 나기도 했다. 왜 어머니는, 형수는 나를 정말로 결혼 같은 건 염두에도 없는 숫기 없는 총각으로만 몰아세우려고 하는가. 집엘 다녀올 때마다 나의 처지가 새로워지고, 은경으로부터는 차라리 꺼져 없어져버리는 편이 나을 것 같은 참담한 심경 속에 때마다 그녀의 말 없는 추궁을 견뎌야 하는 처지까지는 짐작할 수가 없다 치자. 하지만 무엇을 기대하는 것인가. 그것을 알았을 때 나는 다시 한 번 그 잔인스런 배반을 가슴 깊이 다짐하지 않을 수 없었다.

  서울로 떠나오기 전날 밤 어머니는 형수 모르게 다시 내게 타이르셨다. 돈을 너무 헤프게 쓰지 마라. 홀몸 때는 그게 어쩔 수 없는 일일 게다. 살림을 시작하면 달라진다. 장가들 생각을 해라. 혼인 비용이야 몇 푼 들겠느냐. 뭣하면 시골에도 가세 좋은 규수가 얼마든지 있다. 살림을 시작하라는 데는 또 한 가지 뜻이 있다. 젊은 형수가 가진 것 없는 살림에 마음을 붙이지 못하고 있다. 언제 훌쩍 떠나가버릴지 모른다. 그 사람이 마음을 거는 건 너뿐인데, 너만 좋고 어떻게 그 사람을 모른 체 버려둘 수 있겠느냐. 어미는 어떻게 버려둬도 상관없다. 네가 들쏟고 다니는 돈을 조금만 아껴주면 그 그늘에 에미랑 형수랑은 다 같이 얼굴을 펴고 살 수 있을 게 아니냐……

서울로 돌아온 나는 그 몇천 원마저 다시는 보낼 일이 없어졌다. 나는 벌써부터 그들에게 불효자식이 되어 있었다. 그 꿈이 원래 잔인한 것이었음을 알아차린 것이 아니라, 어머니는 당신의 꿈속에서 이루어진 모든 것을 나 혼자 움켜쥐고 사라진 거라 한탄하고 있었다. 꿈은 더 이상 그 사람들을 취하게 할 수 없었고, 그들에게 다시 꿈을 심어주기엔 내 쪽이 너무 지쳐 있었다. 차라리 입을 다문 채 외면하고 지내고 싶었다. 무용한 관심은 내 헛된 소모만을 더해갈 뿐이었다. 나는 은경만을 열심히 생각했다. 그리고 거기 방해가 되는 것에서는 애초부터 단호하게 외면해버렸다. 눈을 스칠 때마다 위축되고 힘 팔리게 하는 곳으로 나는 절대로 다시 눈을 돌리려 하지 않았다.

그러자 집에서는 다시 편지가 시작되었다. 소식을 전해라. 다녀가거라. 끝끝내 나의 응답이 없자 종당에는 전보질까지 시작되었다. 그래도 나는 눈을 돌리지 않았다. 전보가 계속해서 날아들었다. 모친 위독, 모친 위독. 오늘도 그 한 장이 온 것이다. 모친 위독……

4

저녁 8시 나는 한강교 부근 〈강〉에 앉아 있었다. 다시 증세가 발작한 탓이다. 어쩔 수 없었다. 나는 몇 가지 병 증세를 함께 가지고 있었다. 우선, 과음으로 인해 생길 수 있는 증상은 거의 다 가지고 있는 셈이다. 위산 과다증, 간장 기능 감퇴로 인한 소화 불량과 피부 증상, 장 기능 저하 따위, 누구나 때때로 조금씩은 가질 수 있는 증상이요, 그쯤은 대개 약물요법 정도로 치료가 가능한 증세였다. 리포탄이나 다리콘, 뉴트라시트, 비타민…… 그리고 지금 이름을 다 기억할 수 없는 다른 몇 가지 약들도 제약회사 광고나 약국 주인들이 그 약효를 보증한 만큼 치료 효과도 신통했다. 그런데 그 약들을 너무 믿은 게 탈이었다. 그 어느 것이나 약효는 처음 한동안뿐이었고, 약에 비례하여 계속된 폭음에 제약회사나 약방 주인들의 보증은 오래잖아 맥을 못 추게 되었다. 그 바람에 한 반년 동안은 아예 술을 못 마시게 되어버린 적도 있으니까.

하지만 실상 그런 육신의 이상에 대해선 너무 두려워할 것이 못 됐다. 나는 어쨌든 지금 다시 술을 마실 만큼 회복이 되었으니까. 보다 고약한 것은 내 또 다른 마음속 증세다. 이 증상은 내가 술을 마시기 시작한 훨씬 전부터도 있어왔고, 술 때문에 혼이 난 후로 그럭저럭 육신의 건강을 되찾고 나서도 아직 끈질기게 남아 있다. 그것은 약이 필요한 증세도 아니고, 누구에게 진단을 의뢰할 성질의 것도 아니다. 그것은 바로 내 기분의 상하 진동 커브였다. 바로 내 기분의 변덕 주기, 골 깊은 조울 주기 같은 것이다. 즐겁고 슬프고 노여운 기분의 변화는 누구에게나 있는 것. 그리고 때로는 감정 때문에 옳은 사리를 거부할 때도 있고, 반대로 지나치게 깐깐한 논리만을 좇고 싶어질 때도 있는 법이다. 그러나 그런 경우 대개는 그럴 만한 계기가 있게 마련이고, 당사자로 보면 그런 기분 속으로 말려 들어가려는 자신을 미리부터 알아차리기 힘든 것 또한 사실이다.

그런데 나는 경우가 달랐다. 나의 경우에선 그 기분의 변덕을 부를 만한 계기를 찾을 수가 없었다. 그러면서도 한편으론 그 증상의 시작부터 내 의식 상태가 그려갈 감정의 굴곡이 너무나 똑똑하게 감지되곤 하였다. 그것은 아마 내 천성이든 습벽이든 둘 중의 하나이겠는데, 나는 한 번 내 기분 속에 그런 낌새를 느꼈다 하면, 마치 좁은 논길을 가다가 체중의 균형을 잃은 사람이 몸을 바로잡아야겠다 생각하면서도 이미 기울어진 자세를 어쩔 수 없어 허리춤을 몇 번 추다가 물로 뛰어들어버리듯, 제풀에 더 속절없이 그 속으로 빠져들고 마는 강박적 증세였다. 어쩔 수 없는 일이었다. 소리 내어 통곡을 하는 여자는 자기 목소리에 더 슬퍼져 울음을 계속해나간다던가. 한번 어떤 감정 속에 발을 담그고 나면 나는 거기서 빠져나오려 하기는커녕 더욱 그 속으로 깊이 빠져들기를 원했다. 거기에 괴상한 쾌감이 있었다. 슬퍼지기 시작하면 세상에서 가장 슬픈 사람이 되어야 했고, 화가 나기 시작하면 이 시대를 말세쯤으로 여길 정도가 되어야 직성이 풀렸다. 소설작품 같은 데서 조그만 만족이라도 얻기 시작하면, 기왕엔 스스로 졸작이라 부끄러워하던 것들까지 제법 그럴듯한 가작으로 여겨지는 판이었다. 자기 망상이랄까, 기만이랄까, 그런 감정의 조울주기 골이 또 터무니없이 깊었다. 기분이 가라앉는 울 주기 쪽이 더욱 그랬다. 그쪽으로 한번 증세가 시작되면 나는 그 깊은 울파의 밑바닥에 가능한 한 자신을 오래 잠재워두고 싶어 했다.

나는 그 모든 것을 너무나 잘 알고 있었다. 그러면서도 어쩔 수가 없었다. 어려운 병이었다. 지난번 〈강〉으로 은경과 마지막 대면을 하러 가다가 신촌 근방에서 차를 내려버렸을 때도 바로 그런 기분이 시작되었었다. 그때 내가 도중에서 차를 내려버린 것이 그때 갑자기 덮쳐든 복통 때문(사실을 말하자면 그 은경의 마지막 선언 앞에 나서기 두려워서였는지도 모른다)이었다고 한 앞서의 진술도 사실이기는 하지만, 동시에 나는 어떤 비극적인 상황을 음험스레 즐기기 시작한 때문이기도 하였다. 만약 나의 그런 시기들만의 진술을 가장 유치한 부분까지도 모두 삭제 없이 그려놓는다면 참으로 기묘한 원색 감정의 잔치판이 될 것이다.

회사를 나오자 오늘 나는 다시 그런 증상이 시작되고 있었다.

산봉우리를 스치기 시작한 초여름 안개가 단숨에 온 산을 가리워 버리듯 나는 순식간에 깊은 절망감 속으로 떨어져 들어갔다. 하지만 내가 하필 이곳을 택해 나온 데는 특별한 이유가 있을 리 없었다. 이유랄 만한 것이 있다면 나는 언제나와 마찬가지로 그런 내 감정을 방해받고 싶지 않았고, 그럴 만한 곳으로 언젠가 은경과 함께 그 묘한 약속을 하고 간 이 강가 찻집이 머리에 떠올라왔던 것뿐이다. 사실 나는 이런 땐 은경 쪽보다 영인 쪽을 자주 택했었다. 영인은 그런대로 마음이 편한 여자였다. 그래 그녀는 차라리 친구였다. 오늘도 나는 잠시 그녀를 떠올려봤던 게 사실이다. 그러나 나는 이내 그만두고 말았었다. 오늘은 그저 아무도 싫었다……

이유가 어쨌든 〈강〉은 정말로 한적했고, 창유리로는 제법 기분에 알맞은 강안 풍경이 들어오고 있었다.

두 줄로 늘어선 다리 위의 아크릴 등열이 어두워오는 하늘에 푸르스름한 원광을 이고 서 있었다. 그 아래론 포켓판 유행가집에 끼인 삽화 같은 정경들이 떠오르곤 했다. 손을 맞잡은 남녀 산보객이 등불 아래로 밝게 떠올랐다간 다음 조명을 향해 천천히 흐려갔다. 계속된 가뭄으로 강물은 겨우 교각의 발잔등 근처에 머물러 있었지만, 그것도 어둠 속에선 잘 구별이 되지 않았다.

다방 안에는 나와 또 다른 두 사람, 마치 내가 예의 없는 침입자이기나 한 것처럼 경계 어린 눈초리로 이따금 눈길을 건네오곤 하는 아베크 객 한 쌍이 손님의 전부였다. 하지만 그나마 두 사람은 나와 직선 좌측으로 구석진 자리에 박혀 앉아 있어서, 나의 전면에는 차 주문을 받을 생각도 않고 멍하니 앉아 있기만 한 레지 아가씨 하나뿐이었다.

나는 금세 창 아래로 몸을 날려 내리기라도 할 사람처럼 계속 강물만 내려다보고 앉아 있었다. 강 건너 영등포 쪽의 외등들이 아득히 건너다보였다. 나의 상념은 그보다 더 아득해졌다. 외종형 규혁 씨에 대한 해후의 기대가 언제나 그 구체적 노력의 실패에서가 아니라 전혀 엉뚱한 곳에서 좌절을 맛보듯이, 이번에도 먼저 그런 절망감부터 일었다. 지훈이 낮에 무슨 이야긴가를 끝내 꺼내 보지 못하고 간 것도 그와 나 사이에 어떤 절망의 그림자를 던져주는 것 같았다. 그러나 나를 가장 망연스럽게 만든 것은 은경에 대한 것이었다. 잠시나마 그녀의 숨결이 배어들었음에 틀림없는 장소를 찾아와 있는 때문일까. 내가 너무 엄살을 부리는 것인가. 그녀에 대한 생각은 나를 더욱 막막하게 하였다. 은경은 정말로 가버린 것인가. 그렇다면 나는 정말 그녀를 잊을 수 있을까. 그녀를 잊고도 다시 여자 친구를 갖지 않을 수 있을까. 끝끝내 여자 부재의 상태를 견디어낼 수 있을까. 그 모든 것이 가능하다 치더라도 그것만으로 나는 진실을 배반하지 않음이 될 수 있을까. 소설을 계속해서 생각해도 좋을까.

사실은 그런 내 모든 가정은 확실한 것이 아니었다. 오히려 그 반대쪽에 진실이 머물러 있는 것 같기도 했다. 그렇다면 이 모든 생각은 아직도 은경을 떠나보내지 못하고 있는, 또는 떠나보낼 수 없는 변명이 아닌가.

은경과 나는 가끔이지만 일부러 장난기 어린 불화를 만든 적이 있었다. 그러나 그때마다 우리는 단 몇 시간이 못 되어 화해를 하곤 했다. 그리고 나서야 우리는 서로를 헤어져 보낼 수 있었다. 어쩌다 아직 화가 가시지 않은 얼굴로 따로 갈아탈 버스를 기다리게 되는 일이라도 생기면, 그녀는 느닷없이 내게로 달려들어 어리광을 부리듯 졸라댔다.

—나 배고파요. 빵 사줄래요.

—아이스크림 사줘야 집에 갈 테예요.

그 큰 눈을 껌벅이며 정말 못 견디게 배가 고파 그러는 것처럼, 또는 아이스크림에 홀린 아이처럼 나를 졸라댔다. 그런 식으로 우리는 끝내 화해를 하고서야 헤어질 수 있었다.

망측한 '약속'이 하나 있기는 했지만, 설마 그것을 다시 생각해 내야 할 일이 있으리라곤 믿지 않았다. 아니 그랬기 때문에 가령 우리가 헤어지는 일이 있다고 해도 그런 식으로 헤어지려고 하지는 않았을 것이다. 나는 내 소설에서 언제나 그런 식으로 고별을 만들었다. 아픔을 감추고, 인간이란 으레 그런 게 아니냐는 듯 달관하는 얼굴로 마지막 인사를 나누게 하였다. 그러나 그것은 소설에서였다. 나는 실상 그렇게 할 수 없었다. 나라면 아마 눈물을 숨기며 울었을 것이다. 내 소설의 주인공들은 미움을 타도록 되어 있는 사람들이었다. 정말로 그 사람들을, 미워하는 사람들을 미워하기 위해서 나는 소설에서 그렇게 해온 것이었다. 그러나 내가 그런 사람이 되기는 싫었다.

구석 자리에서 킬킬거리는 소리가 났다. 별로 조심스런 소리가 아니었다. 그럴수록 나는 열심히 창밖의 어둠만 노려보고 있었다.

벌써부터 자리를 일어나고 싶었다. 그러나 차를 마시라지 않는 레지 아가씨 때문에 나는 계속 덜미가 잡혀 앉아 있었다. 레지 아가씨가 오기를 기다렸다. 그러나 그녀는 이제 아주 카운터 박스 위로 엎드려 졸고 있었다. 나는 슬그머니 자리에서 일어섰다. 그리고는 그녀가 잠에서 깨어나지 않도록 살금살금 다방을 나와버렸다. 힐끗 문에서 돌아다보니 구석 자리의 여자는 보이지 않고 등을 둥글게 굽혀 머리를 숙인 남자만 보였다. 그들은 내가 나가는 것을 모르고 있었다.

찻집 문을 나온 나는 다리 위로 걷다가 잠시 멍하니 교각을 기대고 서 있었다.

그러나 다음 순간 나는 전혀 뜻밖의 광경에 놀라, 영등포 쪽에서 들어오는 택시를 향해 부지중 손을 들어버렸다. 택시가 내 앞에 멈추고 문이 열리고 그리고 차체가 다시 미끄러져 나가기 시작할 때까지 나는 줄곧 한곳에다 눈을 주고 있었다.

조금 전 내가 나온 찻집 문 앞에 희미한 빛을 받고 여자가 하나 서 있었다. 내가 그쪽으로 눈길을 돌렸을 땐 여자도 나를 향해 우두커니 서 있었는데, 그런 그녀로부터 은경의 모습을 읽어내자 나는 불시에 남의 일기장이라도 훔쳐보다 들킨 사람처럼 제풀에 당황했다. 그리고 그때 여자가 무심히 나를 향해 걸어오기 시작했고, 나는 겨를 없이 지나가는 빈 차를 세워버린 것이었다.

착각이었을까? 허나 차 속에서 그녀 앞을 지나치면서 내다본 여자는 분명 은경이었다. 더욱이 그녀는 내게 썩 눈 익은 옷차림을 하고 있었다. 조그맣고 빨간 꽃무늬가 박힌 흰색 블라우스에 매끄럽고 부드러운 우윳빛 스커트. 바람결에 머리칼이 조금씩 날리고 있는 것 같기도 했지만, 그녀의 스커트는 언제나처럼 시원스러웠다. 그리고 내가 타고 있는 차를 향해 갑자기 크게 열리는 것 같던 그녀의 익은 눈빛.

유엔 참전 기념탑이 거대한 여인처럼 가랑이를 벌리고 서 있었다. 차가 다리를 벗어져 나와 그 가랑이 밑을 지나고 있었다. 나는 뒷차창으로 그녀를 계속 좇았다. 탑의 가랑이 끝으로 내다보이는 아크릴 등열이 그 가랑이 안쪽에 매달려 깊고 어두운 곳을 밝혀주고 있는 것 같았다. 그 거대한 가랑이 사이로 그녀가 조그맣게 멀어져가고 있었다. 이쪽으로 되돌아 걸어오고 있는지, 여전히 다리를 향해 걸어나가고 있는지, 또는 가만히 서 있는지조차도 구분할 수가 없었다.

5

"네놈이 오늘 낮에 훈이 녀석 정곡(正鵠)을 뻥 뚫어버렸다면서?"
 11시가 지나서 막 잠이 들려는 참에 대문 안에서 쿵 소리가 나더니 이내 방문이 왈칵 열어젖혀지며 팔기가 들어섰다. 그는 술 냄새를 뿜으며 대뜸 잠옷바람을 한 내 멱살을 잡아 쥐고 대갈했다.
 "이 자식아, 그렇게 아주 뻥 뚫어버리면 다음에 찌를 정곡이 없어지지 않아!"
 녀석은 어리둥절해 있는 나의 귀를 쭉 잡아당기며 한 번 더 눈을 부라려댔다.
 "너무 요란하게 짖어대니 무슨 소린지 알아들을 수가 있어야지."
 녀석은 털썩 요 위로 주저앉았다. 그리고 금방 자신이 한 행동을 잊어먹은 듯 흥흥거리며 유행가를 읊조리기 시작했다. 그러다간 또 머리도 돌리지 않은 채 엉뚱한 소릴 해왔다.
 "미스 윤과는 잘 돼가냐?"

나는 피식 웃으며 머리를 끄덕여주었다. 요즘엔 은경과의 일을 아무에게도 들려준 일이 없었다. 아직은 말하고 싶지가 않았었다. 나는 아직도 녀석의 이야기에 갈피를 잡지 못하고 있었다.
"그런데 너 요즘 지훈이 놈과 자주 만난다면서?"
그가 이번에는 머리를 돌려 나를 바라보았다.
"오늘 낮에 회사로 왔더구만."
"그 녀석처럼 미스 윤을 다루지 마라. 어쨌는 줄 알아? 녀석 늘상 한다는 소리가 제 계집과의 대화 속에는 자기 존재가 부재라는 거야."
그는 담배를 꺼내 물고 불을 붙였다. 이야기를 좀 길게 늘어놓고 싶은 모양이었다.
"녀석은 제 계집을 한입에 중산층으로 규정해놓고서는 이러는 거지. 중산층은 언제나 서민 계급 세계에 대한 애정보다 상류 계층에 대한 환상적 동경 속에 살아간대나. 대한민국 판도에서 열 손가락이 넘을 만큼 호화판 주택을 소개해놓으면 그 때문에 판매고가 높아진다는 여성 잡지계의 뒷소문이나, 술은 바에서만 마시고 일류 호텔에서 잠을 자고 생각 내키면 아무 여자한테나 다이아 반지를 사 끼워주고, 가끔 비행기로 외국 유학 유람이나 나갔다 고국의 애인을 못 잊어 불원천리 학업도 팽개치고 되돌아오고, 그것도 새파란 총각 녀석이 그런 판을 치는—이웃 나라 해적판 영화 붐 같은 것이 그 가장 좋은 예란다. 특히 여자란 원래 근본이 그런 동물이랜다. 그래 녀석은 제 여자와의 대화 속에 항상 자기 부재를 느끼게 된다는 게야. 훈련을 시키니까 조금 달라진 듯하기는 하지만 근본은 조금도 나아진 게 없더라구. 놈은 촌놈이거든. 여자가 그러는 걸 보면 웬일인지 시골 계신 부모님께 뭔지 자꾸 죄송스런 생각이 들곤 한다구."
팔기는 차라리 지훈에 대한 자신의 생각을 쏟아놓고 있었다.
—맨 처음 시골에서 서울로 오던 날 나는 해가 질 무렵에 서울역에 내렸어. 시커먼 석탄들이 산처럼 쌓여 있는 사이로 기차들이 꽥꽥거리며 지나다니고, 어떤 것은 식식 소리와 함께 하얀 증기를 추운 하늘로 뿜어 올리고 있었지. 북구적인 정경이었어. 그뿐이 아니었지. 나는 그날 먼 누님뻘이 되는 친척집으로 갔는데, 그렇게 해서 처음 본 누님이 나에겐 또 너무 예뻤어. 내 손길이 도저히 닿을 수 없는 아름다움의 표상처럼 말야. 대뜸 절망감 같은 것이 느껴지더군. 게다가 지나치게 상냥스럽고 친절한 누님의 말씨는 나를 형편없이 부끄럽게 했지 뭐야. 제길, 난 어쩔 줄을 모를 지경이었어. 또 있어. 누님은 그때 물컵에 양파를 얹어 흰 수염뿌리를 길러놓고 있었는데 그게 또 묘했지. 아무래도 난 갑자기 어떤 다른 세계 속으로 끌려 들어온 느낌이었어. 우리가 먹는 것으로만 생각하는 그 양파를 그 사람들은 구경거리로 만들어놓고 있었단 말야. 내가 양파를 잘못 알고 있었던 거지. 이런 모든 것들이 나를 형편없이 절망시키고 만 거야. 도저히 꿈도 꿀 수 없는 세계가 거기 있었단 말이지. 나는 어렴풋이나마 어떤 복수를 결심했어……
언젠가 술집에서 털어놓던 지훈의 고백이 생각났다.
"콤플렉스지. 그러니까 네가 오늘 낮에 뚫어버렸다는 지훈의 정곡은 잘못 겨냥한 거야. 놈의 갈등은 너의 선입견이 지닌 기분 나쁘고 허황한 그림자와 그의 내부의 정결한 논리 위에 선 진실 간의 그것이 아니라 다른 두 개의 진실, 말하자면 대량 소비 시대의 취향에 흐르려는 생활이, 또는 근래에 입을 다물고 말했던 소시민적 생활 감각이 자신의 내적 진실과 문학을 배반하고 있는 데서 오는 것이지. 그런 콤플렉스 자체가 대량 소비 시대의 소시민적 발상에 근거한 것인지 모르겠지만 말야. 하긴, 누구나 그런 콤플렉스를 제대로 해소시켜나가기가 힘드는 것 같기는 하더라. 송 교수로 말하더라도 요즘 전화를 새로 한 대 놓았는데 한국적 상식의 학자 양식과 전화기 사이에서 상당히 감정의 조화를 잃고 있는 것 같았거든. 하여튼 그런 콤플렉스가 사람을 흐리게 하는 건 사실이야. 초점이 맞지 않는 사진기는 꼭 사람이 둘로 보이지 않나. 그런 때는 그 둘 중 어느 하나도 확실하지가 않거든. 우리가 누굴 관찰할 때마다 그 렌즈의 초점을 조작해야 하는 번거로움 때문에 보통 때는 그냥 그 둘인 채로 지내는 셈이지. 아마 내가 지훈 녀석 때문에 쌍소리를 너무 길게 읊은 모양인데, 하여튼 오늘 낮 네가 지훈에게 한 소린 옳았달 수가 없어."

그리고 그는 나에겐 거의 한마디도 말을 시키지 않은 채 자리에서 일어섰다.

"헌데 말야. 그렇게 못 견뎌 하는 척하던 지훈이 녀석이 막상 그 아가씨가 도망가버리고 나니까 술기만 있으면 어떻게 찔금찔금 짜쌓는지, 사실은 내가 그거 닦아주느라고 손수건 마를 날이 없었지 뭐야. 너는 모쪼록 그런 일이 없도록……."

그리고 그는 문을 나섰다. 하더니 조금 있다가 다시 몸을 돌이켜 세우며 물어왔다.

"오늘 지훈이 녀석 나한테 와서 무슨 이야긴가 할 듯 할 듯하다가 그냥 가던데 혹 무슨 일인지 짐작 가는 게 없어?"

"그건 내가 묻고 싶은 건데."

하지만 팔기는 내 대꾸도 다 듣지 않은 채 이번에는 정말로 문을 나가버렸다.

6

"이번엔 정말이었어."
나는 웃으며 말하고 가득 부어진 술잔을 들었다. 그리고 좌중을 둘러보았다. 좌중이라야 팔기와 지훈이, 나, 세 사람뿐. 술을 따르겠다는 여자들을 내보내고 술상 앞에 둘러앉은 다음이었다. 나의 목소리는 의외로 카랑카랑했다. 안에서 소용돌이치는 말들을 어느 것부터 꺼내야 할지 모르는 때문이라 여긴 것일까. 팔기와 지훈은 묵묵히 술잔들만 비워내고 있었다. 이제껏 억눌러온 감정을 한꺼번에 터뜨릴 작정을 하고 온 사람에게 다음 이야기를 천천히 기다리겠다는 표정들이었다.
― 할머니가 돌아가셨습니다. 정말입니다. 빨리 오십시오.
조카의 이름이 붙어 있는 그런 전보를 받고도 나는 망설이고 있었다. '정말입니다'라는 말을 구태여 첨가한 것이 아무래도 수상쩍었다.

두번째 같은 전보를 받고 어슬렁어슬렁 내려가보니 이번에는 진짜 정말이었다.
"기껏해야 나는 어머니를 배반했을 뿐이야. 나를 억누르고 있는 것과 나는 참으로 지혜롭게 싸우고 있다고, 그 고의적인 나의 방심과 방관 속에 나름대로 괴롭고 영리하게 싸우고 있다고 생각했지. 그런데 알고 보니 나는 기껏 그 가엾은 시골 노인 어머니를 배반하고 있었을 뿐이었어."
나는 이윽고 녀석들의 기대에 맞을 만한 소리를 늘어놓았다. 소설 속에서 나는 사람을 절대로 울린 일이 없었다. 언제나 차라리 웃게 하였다. 그러나 나 자신은 그러지 않으리라 했다. 그렇게 될 수 없을 것 같았다. 그렇게 되기도 싫었다. 오늘 밤 술자리는 어머니를 장사 지내러 갔다 온 나를 위해 녀석들이 마련한 자리였다. 오늘 밤에야말로 나는 맘껏 술을 마시고 슬퍼져도 좋았다. 그러나 나는 막상 입가에 웃음기만 맴돌았다. 내 소설 속의 주인공을 닮아가는 느낌이었다.
놈들은 여전히 술잔만 빨고 있었다. 나는 좀더 비감해질 방법을 궁리했다. 그럴 만한 일을 상기하려 애를 썼다. 팔아버린 선산의 새로운 주인에게 사정하여 늘 원하던 자리에 어머니를 묻어드리고 산을 내려오던 때의 느낌을 되살려내보려 했다. 형수에게 아무 말도 못하고 두 조카를 딸려놓은 채 되돌아 나오던 때의 난감스럽던 심사도 되씹어보았다. 나의 혼처가 결정되면 당신의 몫으로 혼사에 보태라며 임종 직전에 꺼내놓았다는 돈 천오백 원 일도 생각했다. 그것이 당신이 마지막 입고 갈 수의가 되어야 했던 일까지도.

하지만 그 어느 것도 적합지 않았다. 할 수 없이 나는 낭패한 얼굴로 두 녀석의 얼굴을 건너다보았다. 그러다 문득 지껄이기 시작했다.

"언젠가 내가 얘길 한 적이 있는지 모르지만 내게는 외사촌형 한 사람이 있거든. 우리와는 벌써 해방 전에 헤어진 사람인데, 우리 친척 중에선 제일 가까운 사람이지. 하지만 그 후로 통 소식다운 소식이 없단 말야. 소식이라곤 이따금 아리송한 풍문으로 오는 것뿐인데, 그것도 번번이 그 형이 어떻게 죽어갔다는 후문투뿐인 게야. 그런데 얼마 있으면 다시 또 그 형이 어디서 어떻게 죽은 걸 보았다는 뒷소문이 생기거든. 맨 나중 소문을 기준으로 하면 그전에 죽었다는 소문은 늘 거짓말이 되고 마는 격이지. 말을 뒤집으면 그런 소문이 다시 들려오지 않으리라는 확증이 없는 한 형은 아직도 살아 있다는 것이 된단 말야. 나는 정말 그렇게 믿어버리게 되었어. 언제고 꼭 그 사람을 찾아야겠다고 생각하고 있었지. 요즘에 와선 내가 그 형을 찾아야겠다는 이유가 전혀 다른 데 있는 것 같기도 하지만 말야. 어쨌든 내 이야기는 그 형을 부산에서 마지막 보았다는 사람이 있었다는 거야. 그래 난 그 형이 아직 살아 있는 게 정말이고, 그래 늘 그 형을 찾아야겠다는 생각을 하고 있었는데, 이상하게도 내게 무슨 일이 생기고 나면 별 상관도 없이 그런 내 생각에 좌절감이 들곤 하거든. 이번에도 그래. 이젠 영 틀린 것 같은 생각이 들어. 하지만 난 다른 때와 마찬가지로 또 그를 꼭 찾지 않으면 안 된다는 새로운 결심을 다지고 있는 중이지. 말하자면 그 형을 찾아내겠다는 결의에 대한 좌절감 역시 내겐 늘 또 다른 새 결의를 유발시키는 힘을 낳고 있단 말이지. 우리 어머니는 아마 돌아가실 때까지도 그걸 생각하고 있었을지 몰라."
어째서 나는 갑자기 그런 이야기를 꺼냈는지 모른다. 하여튼 그 소리를 지껄이면서 나는 한편 망연해진 기분이면서도 다른 한편으론 두 사람에게 행여 어떤 반응의 기미가 나타날까 열심히 표정들을 살피고 있었다. 그러나 녀석들은 내게서 그런 식의 이야기를 기대하고 있지 않았던 때문일까. 팔기가 불쑥 잔을 내려놓으며 내게 핀잔을 주었다.
"알고 있어. 거둬넣어. 그따위 술맛 초치는 소리."
목소리에까지 노골적인 짜증이 섞여 있었다.
그것은 물론 내 외종형에 대한 것이 아니라 오늘 밤 나의 이야기와 기분 전체에 관한 것이었다.
"그래, 그만두지."
지훈도 동의했다. 그러고 보니 나는 거꾸로 화가 났다. 그런 종류의 답답한 이야길 하다 보면 공연히 서로 상대방이 지겹고 미워지게 마련이었다. 늑대는 개를 싫어한다. 호랑이도 고양이를 싫어한댔다. 아프리카의 고릴라는 사람을 제일 싫어한댔다. 하지만 녀석들이 오늘 하루쯤은 나를 내버려둬야 하지 않는가.
하긴 녀석들은 원래 그런 놈들이다. 내가 아무리 배가 아프다고 해도 이자들은 곧이듣지 않는다. 단식에 관한 얘길 해도 괜한 엄살이랬다. 녀석들은 언제나 위에 구멍이 난 것 같다는 내게 서슴없이 술을 권했고, 단식 이야기를 하면 그럴듯한 엄살쯤으로나 들어넘겼다. 놈 둘 중의 한쪽과 이야기할 때는 그렇지도 않았다. 그릴 땐 그럭저럭 고개를 끄덕여주면서 들은 척들을 해주었다. 하지만 상대가 두 사람만 되어도 녀석들은 이내 고개를 흔들었다. 재수 없는 소리 말랬다. 그래서 보통 때는 그런 자리에서 '재수 없는 소리'는 애초부터 꺼낼 생각을 안 했다.

오늘 밤도 그런 편이 나왔을 뻔한 게 당연했다.

조금 있다가 팔기는 그의 특기처럼 되어 있는 유행가를 부르기 시작했다. 그리고 머리를 깊이 숙인 채 젓가락 장단질을 시작했다. 그는 유행가를 청승맞게 잘 불렀다. 그가 즐겨 부르는 노래는 모두가 20년도 더 묵은 유행가들이었다. 「선창」이라든지, 「목포의 눈물」이든지, 「황성 옛터」든지…… 오래된 것이면 뭐든지 알고 있었다. 그리고 누구보다도 그 유행가 가락에 절실해했다. 녀석은 늘 눈을 지그시 감거나 술상으로 엎으러지듯 하며 노래를 불렀다. 그것이 그에게는 여간 자연스러워 보이지가 않았다. 그리고 그의 노래에는 이상하게 섬찟섬찟 듣는 사람의 가슴속을 깊이 파고드는 애조가 어려 있었다. 그의 소설 문장이 유행가처럼 소박하면서도 형언할 수 없는 힘으로 독자를 휘어잡아온 것도 그의 그런 유행가 벽과 무관하지 않으리라는 생각이 들 때가 있었다. 똑바로 말하자면 나는 그의 문장을 부러워했다. 그의 문장에는 그렇게 유려하고 신비한 매력이 있었다. 사실과 논리에 급급하여 무딜 대로 무딘 나의 문장에 비하면 그의 문장은 한참이나 그 구차한 논리를 넘어선 다른 차원의 설득력과 힘이 있었다. 그리고 그의 유행가 벽에 대해 더욱 깊이 기억해야 할 것은 그의 다음과 같은 어느 땐가의 고백이었다.

— 나는 시골에서 나고 자라 중학교 때부터 서울로 올라와 도시 생활을 시작했어. 중학교 때라는 것은 나에게 가장 적당한 시기였지. 만약 내가 좀더 일찍 시골을 떠났다면 그것에 대해서 나는 거의 아무것도 기억을 지니지 못했을 테니까. 또 좀 늦게 그곳을 떠났다면 나는 그곳에 대해 깊이 싫증을 내게 됐거나, 어린 시절의 많은 추억거리에도 불구하고 그곳의 현실을 미워하게 되었을 터이구. 나는 진달래꽃이 만발한 산비탈이라든가 이른 봄 자운영꽃 논에 웅성거리는 벌 떼 소리와 논갈이하는 황소의 요령 소리, 그리고 살구꽃이 피는 언덕, 보리밭을 지나가는 들바람, 심지어는 시골 국민학교에 게양된 태극기에 이르기까지 어느 것 하나도 마음에 빠뜨림이 없이 오롯이 그곳을 떠나올 수 있었어. 그다음부터는 도시를 배우기 시작했던 거지. 난 서울 친구들 못지않게 외국의 팝송 같은 것도 좋아하지. 그러면서도 서울 친구들이 대폿집에서 나 배운 유행가를 늘 깊은 향수와 감동 속에 부르곤 하지. 하지만 난 알고 있어. 이젠 다시 돌아간대도 그 모든 것이 어린 시절의 환각일 뿐이라는 걸 말야. 우리들의 추억이 우리 마음속뿐, 우리 밖에서는 어디에도 남아 있지 못한 것은 슬픈 일이지. 우리의 아버지와 어머니와 누님들의 거친 손길이 우리에게 그런 것을 가르쳐 주고 우리를 꾸짖을 때…… 우리가 보아오고 생각한 것이 어떤 것이었던가를 되돌아보게 될 때……

그러면서 그는 패배자처럼 옛날 유행가들을 자주 불러댔다. 그리고 그는 그런 갈등의 감정을 교묘할 만큼 잘 써냈다. 그의 소설의 꿈과 동경과 환멸은 그의 유려한 문장에 힘입어 독자들을 무섭게 매혹시켰다. 그러나 또는 그렇기 때문에 그의 소설은 그의 체구와 행동과는 반대로 지나치게 여성적이었다. 하지만 나는 물론 그의 그런 점을 아쉬워하진 않는다.

　ㅡ그으대에와 두울이서어 꼬옻씨를 심던 그나알 바아암도 지이금은 어데로 갔나아아 찬비만 내애리누나아……

이제 술잔은 거들떠보지도 않고 목청을 돋우고 있는 팔기 곁에서 지훈은 멍하니 앉아 있기만 하기가 미안한 듯 이따금씩 함께 젓가락을 두드려주고 있었다. 나는 노래를 잘 부르지 못하는 화풀이로 거푸 술잔만 비우고 있었다. 그러나 팔기의 노래는 혼자서도 흥겹고 끝이 없었다. '차앙문 열고 바라보니 하늘은 저어쪽……' 어쩌고 한동안 일제 시절을 헤매던 녀석의 노래는 하다하다 '목포는 항구다아 여수도 항구다아 이별의 부두다아' 식으로 이윽고 8·15해방기를 넘어오더니, 종내는 '서울이 좋다지이만 나는야아 싫어 정든 땅 언덕 위 운은……'까지 훌쩍 6·25사변기로 건너왔다. 그리고 나중에는 아주 엉망이 되어서, '양양한 앞길을 바라볼 때에 한 손에 한 손에 사랑……' 어쩌고 뒤죽박죽 악을 써대다가는 마침내 몸을 비실비실 상 밑으로 드러누워버렸다.

그러자 한동안은 나와 지훈만이 조용히 술잔을 비우고 앉아 있었다. 그리고 얼마를 있으려니 잠이 든 줄 알았던 팔기가 오뚝이처럼 다시 불끈 일어났다. 그리곤 그간 갑자기 잊었던 일이 뒤늦게 생각난 듯 새삼스럽게 물었다.

"너 집에 갔다 와서 미스 윤 만났어?"

녀석이 너무 정색을 한 표정이어서 나는 잠시 녀석의 눈빛부터 살폈다. 술기에 빨갛게 충혈이 되어 있었지만 그의 눈엔 어느새 그 난잡스럽던 기색이 말끔 다 사라지고 없었다. 그도 이윽히 나를 마주 바라보다가는, 역시 그렇군, 알았어, 하면서 어깨를 툭 쳤다. 무엇을 알았다는 것인가. 나는 은경과의 일을 누구에게도 아직 입 밖에 낸 일이 없었다. 그러나 팔기는 모든 걸 알고 있다는 투였다. 그는 갑자기 화가 치민 듯 꽥 소리를 질렀다.
"그깟 년들 다 잊어버려!"
그리고는,
"1년만 기다려라. 내 누이년이 제법 밴밴하니까 내가 잘 훈련시켜서 넨테 앵겨줄 테니"
하고 엉뚱한 큰소리까지 쳐댔다. 내가 아직도 맹맹한 얼굴을 하고 있으니까 팔기는 또 한 번 나를 툭 치면서 너털너털 웃어댔다.
"그런데 너 이 새끼, 아직 그깟 년을 생각하고 있구나. 말 않으려는 걸 보니."
녀석이 끄윽 트림을 한 번 하고 나서 다시 정색을 했다.
"실은 이놈에게도 말하지 않았지만, 네가 내려가던 날 역에서 미스 윤이 보이지 않는 것이 이상했지. 나중에 전화 해서 네 일을 아느냐고 물으니 짐작했던 대로 깜깜 아냐. 아무래도 눈치가 뭘 미적미적하는 것 같아 다방까지 끌어냈더니 다 실톨 했어. 지훈이 녀석만 계집 다루는 법이 서툴다고 우습게 알아온 걸 후회했지. 요즘 사내새끼들은 다 병신들이거든. 한데 계집들은 뭐랜 줄 알아? 제 년들 편에서 사내의 동정을 유린했노라 기염들이랜다. 뭐 지네들이 누굴 짓밟았다거니 먹어치웠다느니…… 하긴 그쪽이 옳은 말일는지도 모르지만."

녀석은 말을 마치고 나서 무얼 생각했는지 또 정신없이 웃어댔다. 그리고는 무슨 말인지 몰라 두릿거리고 있는 지훈까지 싸잡아 사뭇 엄숙한 어조로 훈계했다.

"그깟 년들 잊어버려. 거리에 드러누운 게 여자야."

하숙방으로 돌아오자 급히 안주머니에서 사진 한 장을 꺼내어 한참 동안 그것을 물끄러미 들여다보았다. 대학 졸업을 하던 날 일부러 학사복을 입고 찍어 어머니에게 보냈던 나의 사진이었다. 어머니가 임종하신 후 수의를 갈아입히려다 품에서 나온 것이라고 형수가 나에게 건네주던 것이다. 그 의젓한 학사복 차림의 사진에게 어머니는 날마다 무슨 말을 건네고 있었음에 틀림없었다. 그것은 나의 사진이면서도 내 사진이 아니었다. 어머니의 체취와 한이 스며 있는 어머니의 흔적이었다. 끝내 버리지 못한 나에 대한 어머니의 꿈이 거기 묻어 있었다. 갑자기 배가 아파오기 시작했다. 나는 사진을 코끝으로 가져가 잠시 냄새를 맡아 보다가 성냥불을 그어댔다.

7

다음 날은 아침에 회사를 나가자마자 영인으로부터 전화가 걸려 왔다.
"그렇게 제게는 아무 얘기도 안 해주시기예요?"
그녀는 학교 때처럼 아직도 내게 반말을 하고 싶어 하면서도 마지못해 존댓말을 써온 터였다. 더구나 고등학교 교무실 전화를 쓰고 있는 영인은 오늘따라 더 정중하고 또 그만큼 듣기가 거북했다.
"사과는 만나서 하도록 하지요. 오늘 끝나고 나올 수 있어요?"
말하지 않고 집에 갔다 온 일을 영인에게 변명할 필요가 있을까. 하지만 그녀에게 그렇게 내세울 수는 없는 처지였다.
"일전에 사무실로 전화를 걸어보고 알았어요. 집에 내려간 다음 날이었을 거예요."

저녁을 마치고 덕수궁을 들어서면서 영인은 못내 섭섭한 듯 말했다. 이 여자는 왜 이런 식으로 나를 간섭하려 하는가. 그러나 그것은 내 잘못 생각이었다. 만약 그러는 영인을 경계하자면 어수선한 다방을 피해 이 한적한 덕수궁에서 밤바람이라도 쐬자고 한 내 쪽의 허물이 더 컸다. 하지만 그녀를 경계할 필요는 없었다. 나는 영인에게 모든 것을 이야기해왔다. 은경과 나누지 않은 소설 이야기는 물론, 은경에게는 함부로 털어놓지 못한 사사로운 일들도 모조리 이야기해온 터였다. 심지어는 은경에 대한 이야기까지도. 하고 보면 그토록 너무 많은 것을 속속들이 얘기해버린 여자는 여자로는 좋아질 수가 없는 것인지도 모른다. 나의 그런 점은 그녀에게도 증명되어 있는 셈이었다. 내가 덕수궁을 들어가자고 했을 때도 그녀는, "거긴 애인들끼리 가는 곳일 텐데요?"
하면서도 선선히 따라와준 여자였다. 하지만 오늘 밤 그녀의 간섭은 유난히 짚이는 데가 있었다. 그것은 이 여자에게 내가 은경과 헤어졌다는 것을, 그것만은 얼핏 얘기하지 못하고 있는 그런 비슷한 이유에서가 아닐까. 영인 역시 오늘 밤엔 아직 한 번도 은경의 일을 입에 올리지 않고 있었다. 차량 소음이 들리지 않는 안쪽 깊숙한 곳에 이르자 우리는 빈 벤치에 나란히 자리를 잡고 앉았다.
"가까이 좀 앉아요. 누가 보면 싸운 연인들인 줄 알겠네."
영인은 그러면서 자신이 나의 곁으로 다가왔.
그녀의 여름옷은 그녀의 표정이나 말씨와는 다르게 늘 노출이 심한 편이었다. 은경은 오히려 그 반대였다. 영인이 그러는 데는 뭔가 어울리지 않는 데가 있었고, 언제나 그녀의 살을 깊은 곳까지 들여다볼 수 있다는 것은 싫증이 나는 일이었다. 물론 오늘 밤도 그녀는 그런 차림이었다.
 남산 꼭대기에 밤안개가 자욱했다. 그 자욱한 안개 속으로 줄을 대고 선 등열이 마치 하늘로 사라져가고 있는 것처럼 보였다.
 "이젠 좀 정리를 해야 할 게 아니에요?"
 영인이 불쑥 물어왔다.
 "뭘요?"
 "정리되어야 할 일은 많지 않아요? 곁에서 보기도 심란해요."
 나는 벌써 짐작이 가고 있었다. 하지만 어떻게 하라는 것인가. 정리될 것은 이미 다 정리된 셈이었다. 아직 정리되지 않은 일은 나로선 어떻게도 할 수 없는 것뿐이었다.
 "피곤해 죽을 지경이오."
 나는 엉뚱한 푸념을 했다. 영인은 그 말을 다르게 들은 모양이었다.
 "그러니까 남의 집 대문을 드나든 게 전부 몇 년이죠?"
 "중고등학교 6년, 대학 6년, 군대 1년 반, 그리고 또 졸업을 하고 나서 4년, 전부 18년이군요."
 "이제 자기 생활을 좀 가져봐도 좋을 때가 되지 않았어요?"
 "글쎄, 지금까지 난 그 생활이란 걸 해오지 않았던가?"
 "그건……"
 나는 갑자기 영인이 새삼스럽게 정리를 하라고 몰아대는 게 혹시 그녀와 나 사이의 일 같은 것일지도 모른다는 생각이 들었다. 그러나 거기에 새삼 정리해야 할 일은 아무것도 없었다.
 "배 선생께선 시집갈 생각 아주 잊어버린 거요?"

나는 이야기를 그녀 쪽으로 돌렸다.
"데려갈 사람만 있으면."
"누워서 감 떨어지길 기다리는군."
"내가 딸 수 있는 감이 있었으면 여태 따지 않고 참았을까."
"생각을 달리해야지."
"그건 그 조율인가 뭔가만 하면서 진짜 작품을 쓰지 못하고 있는 누구네 형편과 비슷한 거죠."
이야기는 다시 나에게로 돌아오고 말았다.
조금씩 밤바람이 일고 있었다.
"오늘 밤 뭐가 좀 이상한 것 같아요."
잠잠하던 영인이 다시 입을 열었다.
"뭐가요?"
나는 줄곧 영인에게 끌려가고만 있었다.
"말마다 뭐가 뭐가 하고 시치밀 떼는 바로 그 태도 말예요. 전에는 우리 이야기가 이런 식이 아니었는데…… 혹시 뭐 감춘 게 없으신지?"
"원 천만에, 감출 게란."
나는 필요 이상으로 펄쩍 뛰는 시늉을 했다.
익살투로 지껄이던 영인이 어조와는 다르게 그러는 나를 뚫어져라 쳐다보고 있었다. 그러다가 다시 그녀가 말했다.
"거봐요. 또 터무니없이 당황하는걸요. 손에 뭘 감췄거나 바지 같은 데 어디가 찢어진 사람은 길을 갈 때 늘 뒤에 서려고 하는 법이거든요. 대수롭잖은 말에도 펄펄 뛰길 잘하고."

조율사 77

어김없이 얻어맞은 기분이었다. 아닌 게 아니라 오늘 밤엔 이야기가 이상했다. 어느 때고 나는 영인에게만은 내 기분을 원색 그대로 내보일 수 있었다. 그리고 그렇게 늘 지내온 셈이었다. 그러나 오늘 밤 나의 기분은 그녀 앞에 지나치게 채색되어 나오고 있는 것 같았다. 대꾸가 없으니까 영인은, 자 이제 감춘 것을 내놓아보라는 듯 나를 빤히 들여다보고 있었다.
"그럼 우리 이제부터 좀 점잖아집시다."
"갑자기 어른이 된 것 같군요."

8

　집으로 돌아오자 나는 어느 때보다 피곤했다. 그래 그런지 모든 게 짜증스러웠다. 배영인, 그녀를 만나고 또 타협 같은 걸 하고, 그리고 그런 행위들 뒤엔 언제나 은경의 그림자가 어른거리는 것이 느껴지고…… 그러나 당분간 나는 영인을 자주 만나고 싶어질 것 같은 막연한 생각을 털어버릴 수가 없었다. 그래 나는 차라리 내 단식에 대한 생각을 새로 시작했다.
　조율에 관한 이야기를 한 일이 있었다. 나는 이제 그 이야기에 조금 수정해야 할 일이 생긴 듯싶다. 가령 그 조율사들의 악기에 아주 녹이 슬어 못 쓰게 되어버린 소리가 있었다 하자. 그 음가는 특히 중요한 것이 아니래도 상관없다. 아니, 이해의 편의상 그것을 악기들 고유의 '반음가' 소리라고 하면 좋겠다. 그리고 애초 악기에 녹이 슬도록 그 반음을 연주하지 않게 된 내력을, 그 반음의 역할을 잘 이해하지 못하는 사람들이 음계의 규율을 복잡하게 만들 필요가 없다고 해서라거나, 또는 연주자 자신들의 어떤 불편 때문에서라 해도 좋을 것이다. 행진곡밖에 모르는 자들이 행진곡에 반음 따위가 끼어들 필요가 없다고 생각하거나, 연주자 자신들이 자기연명과 대중기만의 한 계책으로 그런 금기를 만들 수 있는 가능성은 현실적으로도 충분하니까. 그러나 악기는 그 한 음가를 잃음으로 하여 모든 화음이 불가능해진다. 반신불수 꼴이 된 악기. 그래 혹 연주 비슷한 것(그것을 온전한 연주라고 할 수 없으니까)이 있으면, 그 연주는 반음이 제거된 다른 소리들로만 이루어지게 마련이다. 더러는 아직도 어두운 조율실에서 은밀히 반음을 즐기는 조율사들도 있지만, 실제 연주의 마당은 모두 그 반음이 제거된 행진곡 일색이 된다. 악기의 반음은 차츰 녹이 슬어 못 쓰게 되고, 종당엔 사람들의 기억에서까지 그 반음의 존재가 까맣게 잊혀져간다…… 그러자 이윽고 그 조율실의 몇몇 조율사들이 당황한다. 그리고 잃어버린 반음을 되찾으려 열심히 그 악기를 다시 매만지기 시작한다……

그것이 조율실의 최근 풍경이었다. 그런데 하루아침 그 조율사들 중 한 사람이 잃어버린 반음을 찾아냈다는 소문이 있었고, 드디어는 그것이 헛소문이 아니라는 것이 밝혀졌다. 그는 용케도 잃어버린 반음을 찾아내어 그 반음을 위한 통쾌한 연주를 해낸 것이다. 그것은 물론 아름다운 곡조는 아니었다. 곳곳에서 듣기 흉한 파열음까지 섞여 나오는 연주였다. 연주자가 아마 그 잃어버린 반음을 되찾은 기쁨에 흥분을 억누를 수 없었던 탓이리라. 그러나 그 연주는 통쾌한 것이었다. 그 잃어버린 반음을 되찾은 데 대한 우리들의 기쁨은 대단했다.
 '비극적 지식인론'이란 제목으로 장문의 글을 써낸 것은 지훈이었다. S지(誌)가 싣고 있는 이 글에는 '비극적 숙명을 거부하는 한국 지식인의 비극'이란 부제가 붙어 있었다.
 그는 먼저 한국 지식인의 특성을 이야기하고 있었다. 그의 생각으로는, 지식인이란 당연히 전문가의 상위 개념이어야 한다고 했다. 그리고 지식인은 다른 곳이 아닌 그 전문가들 가운데서 태어나야 한다는 것이다. 어떤 전문가가 그가 종사하고 있는 일이 어떤 것이든 그 일의 궁극적 질서에 이르게 되면 그는 곧 인간과 우주의 보편성에 바탕한 지식인의 위상에 자리하게 된다는 것이다. 역사를 공부하든 언어학을 전공하든, 지리나 심리학을 연구하든, 그들은 각기 그 자기 전공을 통하여 궁극적으로 어떤 동일한 인간의 보편성에 도달하게 된다. 그때 그는 자신의 전공 분야뿐만 아니라, 그가 속하고 있는 사회 공동체 전반에 대해 그 공동체가 안고 있는 본질적 문제에 상도하게 되며, 인간과 우주의 전반적 질서까지 함께 궁구하는 지식인, 새 이념 창조자로서의 지식인이 된다는 것이다. 그러나 우리나라의 경우엔 그 전문가가 좀처럼 지식인상으로까지 발전하지 못하고 언제까지나 전문가에 머물러버리는 것이 한 특징적 현상이라고 그는 말한다. 대부분 지식인으로 행세하는 사람들이 사실은 그런 전문가에 불과한 사이비 지식인들이라는 것. 그리고 극소수이기는 하지만 제법 지식인의 몫을 감당할 수 있을 만한 사람들도 어떤 이유에서든 대개 그것을 거부하고 있다는 점에서 역시 참다운 지식인이라고는 할 수 없다는 것이다.

그에 의하면 '지식인'이란 '아는 사람'이 아니라 '지식'과 '인간 전체'의 결합된 상태를 말하기 때문이라고. 그리고 이 '지식인'의 경우 '인'은 정적이고 생물학적인 의미가 아니라 역사나 사회 또는 시간이나 우주와 동시적 관련을 맺고, 그 시간과 공간을 총체적으로 소유해가는 동적인 의미라고 했다. 지식인 일반에 대한 정의를 그 나름으로 대충 이렇게 정의하고 나서 지훈은 그 지식인의 문제를 문학인과 관련하여 다음과 같이 검토해나갔다.

―여기서 나는 문학인―, 소설가·시인·평론가들이 지식인이냐 지식인이 아니냐 하는 문제를 잠깐 생각해볼 필요가 있을 것 같다.
그들은 그가 속한 사회를, 또는 그 사회에 속한 개개인의 본질적 존재 상황을 정밀하게 이해하려 노력하며, 그 실존적 유의성에 누구보다 민감하게 대응해가는 사람들이다.
이러한 그들의 작업은 역사나 사회와 관련하여 그들 개인의 의지와 가장 밀접하게 결합되어 있을 뿐만 아니라, 새로운 질서에 대한 그러한 힘과 지향성은 절대로 문학인 개인 속에 머물러 있기만 하는 것이 아니다. 다른 말로 하면, 문학은 언어예술을 통한 자기 구제 행위의 하나이지만, 그러한 자기 구제는 역사적 사회적 연관성의 조명 아래서만 가능한 것으로 여겨진다. 자기 한 개인에 한정된 구제는 우리 문학예술의 목적이 되어서는 안 되며, 그러한 에고이즘은 필경 자기 한 개인의 구제조차도 불가능한 것이 될 수밖에 없다. 문학예술의 이런 점은 문학인이 곧 역사와 사회 속에 지식인의 어떤 몫을 가지고 있음에 분명하다는 말이 될 수 있을 것이다.

문학과 문학인에 대한 나의 이러한 요구가 작금의 우리 상황에 매우 유효한 것이라면, 문학인이 지식인인가, 문학인이 어째서 지식인이어야 하는가 하는 문제의 해답은 퍽 자명한 것이 될 것이다……

지훈의 글은 거기서부터가 본론이라 할 수 있었다. 그는 이제 지식인의 역할과 기여에 대한 자신의 주장을 펴나가기 시작했다.

—지식인의 개념은 새로운 이념 창조자로서의 그것이 가장 기본적인 몫이 되어야 함은 물론이다. 새로운 이념의 창조라는 것은 동시에 그가 속해 살고 있는 시대의 진실에 얼마나 가까이 접근하고 있느냐 하는 문제와 밀접하게 상관되는 것이기도 하다. 그러나 이념 창조자로서의 지식인은 그 시대의 진실이나 새로운 가치관의 탐색만으로 책임이 모두 끝나는 것이 아니다. 그는 더 나아가 자기가 도달한 어떤 진정성, 자기가 탐색해온 이념을 한 시대의 문화나 사회 속에서 어떻게 실현해나갈 수 있을 것인가 하는 문제에 대해서도 똑같은 책임을 짊어져야 한다. 하나의 이념이나 진실이 그 자체로서 독자적인 가치를 지닐 수 있음은 이미 자명한 사실이지만, 그것이 우리들에게서 어떻게 실현될 수 있으며 또 우리 삶에 어떻게 기여할 수 있느냐는 실천성을 동반할 때, 보다 참된 가치를 지닐 수 있기 때문이다.

따라서 나는 여기서 우리 지식인에 관한 다른 한쪽의 책임(그것을 기본적 속성이나 기능이라 말해도 좋다)을 지적해내지 않을 수 없는데, 그것을 나는 그의 '실천성의 요구'라 부르고 싶다……

지훈은 그러면서 사실 하나의 지식인이란 그가 성찰해온 진실과 이 실천성의 요구를 총체적으로 포괄할 수 있을 때라야 비로소 그의 시대에 대한 참된 이념의 창조자가 될 수 있다고 했다. 따라서 이 지식인의 실천성의 요구는 그의 창조 작업과 별개의 것이 아니며, 그 안에서 동시에 이행되어가야 한다는 것이다.

―그러므로 지식인은 그가 도달한 진실(주관적 진실)에 그의 실천성을 결합시킴으로써 보다 객관적인 시대진실을 창조해낼 수 있고 그것으로 비로소 그의 지식인으로서의 책무를 완수할 수 있게 된다.

그렇다면 이때 그 지식인의 실천성이라는 것은 무엇인가. 그것은 곧 그 시대 상황에 대한 예언자적 각성이며, 그 각성 속에 이루어지는 과감한 결단이다. 그러나 그의 결단은 물론 그 자신의 것일 뿐 아니라 우리 시대 만인의 것이이어야 한다. 그의 결단은 만인에 대해 책임을 져야 한다. 사람들은 물론 그에게 그런 결단을 요구한 일이 없다. 그의 결단이 이루어지는 순간을 아는 사람도 없다. 그러나 그의 결단은 그들을 위해서도 책임을 져야 한다. 왜냐하면 그는 지식인이기 때문이다. 그것이 곧 외롭고 고통스런 지식인의 숙명이기 때문이다. 지식인은 이 외롭고 고통스런 자기 숙명을 회피하려고 할 때 보다 큰 파멸을, 보다 참담한 비극을 만나야 하기 때문이다.

지훈은 여기서 한 일반적인 일화를 삽입해가면서 그가 지금까지 전개해온 논지를 총체적으로 재부연했다.

―지식인이란, 누구의 말을 빌려 말하면, 대중과 더불어 역사의 배에 동승하고 현대라는 광포한 바다를 저어 나아가는 뱃사공이다. 지식인은 배가 가야 할 방향을 가장 정확하게 파악하고 있어야 함도 중요하지만, 배가 가야 할 방향에 그 힘을 가장 효과적으로 작용시킬 줄 아는 구체적 행동성도 똑같이 중요하다. 배를 함께 탄 사람들이 꿈꾸는 배의 진로는 가지가지다. 어떤 사람은 동쪽을 원하고 또 어떤 사람은 서쪽을 원한다. 그들이 배를 탄 목적과 이익과 판단이 다르기 때문이다.

그들은 각기 자신이 원하는 쪽으로 삿대질을 해나간다. 그러한 사람 가운데에는 지극히 위험한 방향으로 배를 끌고 가려는 자도 있을 것이다. 그러나 배는 그 어느 한 사람이 원하는 방향으로 나아가지 않는다. 그러한 모든 사람의 힘의 총화가 지향하는 쪽으로 그 진로를 잡아나갈 것이다. 그것이 역사라는 배의 진로다.

만약에 그 진로가 옳은 방향이라면, 그 배를 이끄는 힘은(비록 위험한 쪽으로 나아가려는 힘까지도 포함하여) 결과적으로 모두 유용한 것이다. 왜냐하면 그 힘 가운데에 어느 한쪽의 것이라도 작용을 중지한다면 배의 진로는 그 방향에서 다른 쪽으로 바뀔 것이기 때문이다. 여기에서 지식인은 그 최종적인 합력이 지향하는 방향을 가장 정확하게 상정하고 있어야 함이 물론이다. 그러나 그것을 알고 있는 것만으로는 아직 부족하다.

잠시 어떤 특정 집단의 이익을 가정해보자. 이때 그 집단이 지향하는 힘의 방향이 언제나 다수 대중의 그것과 일치한다고 할 수는 없다. 때로는 그 특정 집단의 힘이 대다수 시민의 양식을 배반하는 것일 수도 있을 것이다. 바로 오늘 우리의 처지가 그런 상황일 수도 있다. 따라서 그 힘이 다수 대중의 이해와 상충하는 방향으로 독주를 일삼을 때, 지식인은 그 힘을 견제하여 우리 시대의 역사의 배가 옳은 방향으로 나아갈 수 있도록 그 구체적인 힘을 작용해야 한다. 성찰과 판단만으로는 아직 부족하다. 오히려 '판단'과는 방향이 다르더라도, 배를 저어서 반대쪽 힘이 가장 효과적으로 견제될 수 있는 방향으로 그 힘을 작용시켜가야 한다. 그것이 아는 자의 큰 진실이요 진정성이다.

그런데 여기서 문제가 되는 것이 바로 그 '진실'이라는 것이다.

문학 이야기를 해보자. 문학예술인에게는 이 진실이 무엇보다 중요하다. 문학 행위는 자기 진정성의 가장 성실한 진술이라고 할 수 있다. 문학인은 어떤 경우에도 진실을 말해야 한다. 그것은 당연하다. 배가 나아갈 방향이 남쪽이어야 한다면 그 남쪽이 진실이다. 그러나 그렇게 증언할 경우 순박한 사람들은 그 남쪽 방향으로만 배를 저어 나가려 할 것이다. 사람들 가운데엔 자신들만의 특정 목적에서 배를 서쪽(혹은 동쪽)으로 몰아가려는 어떤 음흉한 힘의 비밀을 알아차리지 못할 경우가 많을 것이기 때문이다. 그리하여 결과적으로 그 순진한 사람들은 서쪽 가까운 곳으로 배를 기울게 하고, 끝내는 불행한 파선을 만날 위험까지 직면하게 된다. 파선의 비극—보다 큰 우리들의 진실은 남쪽의 정직성보다 이 파선의 비극 속에 있다 할 것이다. 파선의 비극 속에 우리들의 마지막 진실이 숨어 있는 것이다. 이때는 남쪽을 알고 있는 자, 남쪽을 말해서는 안 된다. 동쪽(혹은 서쪽)을 말해야 한다. 그것이 우리의 마지막 큰 진실이 되는 것이다. 그는 자신의 용기로 배의 진로가 그 힘의 총화에 의해 옳은 방향을 잡아나갈 수 있도록 그가 처한 상황에 대해 실천적 결단을 내려야 한다. 그리고 거기에서 그는 창조적 자아와 실천성의 요구라는 지식인의 두 요인 간의 참된 조화와 성취를 얻을 수가 있게 된다. 그러기를 마다하는 자, 오로지 자기 판단만을 일삼고 거기 취해 한껏 제 목소리나 높이려는 자는 그러므로 참된 지식인이 아니다. 일방적인 힘에 이끌려 서쪽으로 나아가고 있는 배에 대해 그 자신은 아무 힘도 작용하려 들지 않는 고고한 심판자, 가장 현명한 체 남쪽으로 배를 저으며 자기 알리바이나 꿈꾸는 자들은 결과적으로 배를 서쪽으로 끌고 가려는 자들과 야합을 하게 되고, 미구에는 그 배에 타고 있는 모든 사람들과 함께 역사의 파선의 운명을 감수해야 할 것이다. 그리고 그러한 비극은 참된 용기와 결단력으로 그의 상황을 극복해내야 하는 지식인의 책임을 배반했기 때문에, 판단은 외롭고 책임은 가혹한 지식인의 비극적 숙명을 외면하려 했기 때문에 스스로 짊어지게 된 또 다른 비극인 것이다……

—지식인은 외롭다. 대중은 언제나 그를 배반하기 쉽다. 그가

매우 정확한 진로를 파악하고 있을 때에도 그는 그 방향이 아니라 다른 힘을 중화하여 배가 그쪽으로 나아갈 수 있도록 엉뚱한 삿대질을 해야 하는 슬픔을 감수해야 한다. 그러나 그러한 지식인의 위상은 때로(혹은 매우 자주) 화창한 설명이 불가능하다. 설명은 차라리 오만스런 심판자로 남기를 원하는 자들의 몫일 때가 더 많다. 그리하여 끝내 불행한 파선을 맞게 되는 경우 사람들은 성을 내어 책임을 물을 것이다. 우리가 이런 꼴이 된 것은 당신들 때문이오. 우리와 다른 노를 저은 당신들의 책임이오. 지식인이기 때문에 그들만이 당해야 하는 억울한 힐책일 터이다. 하지만 그보다 더 억울하고 슬픈 일은 그들이 말한 곳과는 다른 곳(남쪽)에서 안전한 항구를 찾고 나서도 역시 그들을 비웃을 때일 것이다. 우리들은 여기서 우리 항구를 찾았소. 물론 우리는 그때 방향이 틀렸었소. 하지만 이제 보니 당신들도 틀리긴 마찬가지였구려. 그들은 그 슬픔을, 비극을 숙명으로 받아들여야 하는 것이다. 그들의 진실은 때로 영원히 증명될 수가 없으며, 그러면서도 그 결단에 대한 오류는 누구보다 지식인 자신의 책임으로 남게 되는 것이니 말이다……

마지막으로 지훈은 이렇게 묻고 있었다.

—지식은 배반을 숙명으로 견디어야 한다. 우리들은 지금 그러한 비극적 운명을 의연히 감내하고 있는 지식인을 가지고 있는가. 또는 그러한 문학인을 얼마나 가지고 있는가.

그것이 지훈의 결론이었다.

"남더러는 그러지 말라면서 저는 심판대를 턱 타고 앉아 기세 좋게 질타해댔더군. 어쨌든 지훈 자신의 알리바이는 남긴 셈이지?"

그 글이 나오고 난 며칠 뒤 팔기는 나를 만나자마자 그렇게 말하고는 쑥스럽게 한번 씩 웃었다. 뭔가 자책감 같은 걸 느낀 모양이었다.

"녀석, 말똥말똥하고 다니더니 그렇게 오기 찬 생각을 하고 다녔단 말이야. 언젠가 내게 와서 무슨 이야긴가 꺼낼 듯하다 만 게 바로 그 글에 대한 것이었던 모양이지."

그는 그 지훈이 놀랍다는 듯 새삼 혀를 내둘렀다. 하지만 지훈으로 인한 팔기의 그런 자책감은 그 글을 보고 나면 누구나 한번쯤 가져볼 수 있는 것이었다. 하지만 당사자인 지훈 자신은 그 후 자기의 글에 대해 내게 썩 자신 없는 한마디를 덧붙였을 뿐이었다.

"언젠가 뭐가 잘 합해지지 않는다는 너의 말에 내가 어느 때고 대답을 해줄 수 있을지 모른다고 했었지. 이번 글이 그 숙제에 대한 조그만 해답이 될 수 있을까. 물론 이것으로 완전한 것은 아니지만, 그런 갈등이 내게 어떤 식으로 제대로 자리 잡고 있으며, 내가 그에 대해 어떻게 고심하고 있는가 하는 점은 대충 이야기한 셈이 되지 않았을까."

어쨌든 그의 글은 잃어버린 그 '반음'만으로 거의 모든 시간을 사용한(그래서 곳곳에서 무리한 소리가 났지만) 통쾌한 연주였다.

그러나 막상 연주를 끝낸 지훈의 얼굴은 지극히 어두웠다. 그는 뭔가 초조해하고 있었다. 무엇이었을까. 그를 그렇게 초조하고 불안스럽게 한 것은. 그러나 우리는 미처 누구도 그것을 알려고 하지 않았다. 말하려고 하지도 않았다. 그것을 말하기엔 우리는 너무 초라해진 느낌이었고, 지훈의 연주가 너무 통쾌한 아픔이었기 때문이다. 그러니 그는 늘 혼자서 초조하고 불안해할 뿐이었다.
"문학을 성실하게 접해본 일도 없이 우리 문학에 대해 위험한 편견을 만들어준 사람들이 요즘엔 너무 많아."
그는 이따금 그 혼잣소리식으로 그런 말을 입에 담곤 했다. 그러면서 안절부절 자신을 달래보려는 낌새가 역력했다.
"견딜 수 없는 일이지만 그런 자들은 영혼의 질식을 알지 못하지. 어디서 어떻게 그런 일이 생기는지도…… 나는 내 작지만 외롭고 소중한 땅을 지키고 싶었지. 그런 것이 무엇일까를 생각하려고 했었지. 내 주변에서 문학을 성실하게 생각하려고 노력하는 고마운 사람들을 위해서도…… 하지만 어떤 식으로든 그 값은 치러야겠지, 그게 당연한 이치지."
그런 지훈은 아직도 초점이 맞지 않는 렌즈 속에서처럼 두 개의 흐릿한 영상으로 서 있었고, 지훈 자신도 미처 그걸 되살펴볼 여유를 못 지닌 채 계속 어떤 정체 모를 불안기에 쫓기고 있었다.

9

7월로 들어선 어느 날 시골로부터 또 편지가 왔다.
그 무렵도 우리는 아직 그 지훈의 글에 관한 조율을 계속하고 있었고, 지훈은 이제 며칠씩 집을 비우는 일까지 잦았는데, 그는 그만큼 누구에게도 자신에게 일어나고 있는 일에 대해 입을 열려고 하지 않았다. 우리는 어차피 그 어두운 표정으로 유쾌한 일이 아님을 짐작하고 있었지만, 그는 점점 다른 일에까지 이야기를 기피하는 기색이 역력했다. 말하자면 그는 이후 자신의 선언대로 우리와의 조율을 완전히 외면하고 만 것이다. 한 번 통쾌한 연주를 치른 악기는 이제 녹이 슬도록 내팽개쳐져버린 것이었다.
"너흰 알 거 없어. 사는 일엔 종종 그럴 때도 있는 거야."
어느 날 누군가의 뒤늦은 추궁에도 그는 그저 한동안 우리들을 바라보기만 하다가 겨우 그 한마디를 내뱉곤 혼자서 묘한 한숨을 지었을 뿐이었다. 그에게 일어나고 있는 일이란 대체 무엇인가.

말하기조차 싫은, 또는 처음부터 말할 수가 없는 어떤 일, 수모? 비열한 자기 도피? 무엇 때문에? 누구에게? 그런 모든 우리들의 의구심을 그는 간단히 외면하고 만 것이다. 하지만 이젠 정직하게 말하자. 우리는 사실 그때 이미 그런 자신들의 의구심에 대해 스스로 어떤 해답을 가지고 있었다. 다만 그것을 말하지 않은 것뿐이었다. 차마 말을 할 수가 없었기 때문이었다. 그리고 그런 가운데 그 지훈의 글로 인한 우리들의 흥분은 다시 실망과 불안으로 변해갔다.

그럴 즈음 시골집으로부터 편지가 왔다. 편지는 조카의 이름으로 온 것이었지만, 내용은 물론 형수의 말이었다. 편지의 사연인즉, 형수와 조카들은 나를 믿고 나를 우러르며 내가 잘되기만을 축원하며 지내고 있다는 것과, 또 하나 예기치 않았던 소식을 담고 있었다. 이번에 다시 두번째로 외종형 규혁 씨를 부산에서 본 사람이 나타났다는 것이었다. 이번에도 역시 사실이 확인된 것은 아니지만, 그 규혁 형을 보았다는 사람의 말로는 나이며 생김새며 대개 돌아가신 어머니의 말씀과 일치할 뿐 아니라, 잘 입은 옷차림, 건장한 체구, 얼굴 생김새 등속이 전번에 그를 보았다는 사람과도 맞아들어간다는 것이었다. 그러니 틈이 나면 내가 한번 부산을 내려가보는 것이 어떻겠느냐며, 부산을 내려가서는 그 소문을 전해온 사람을 만나볼 방도까지 일러주고 있었다.

지훈에 관한 일에 급속도로 생각이 빨려 들어가고 있던 나는 그 편지로 하여 호되게 덜미를 붙잡힌 기분이었다. 먼저 내 관심을 낚아챈 것은 규혁 형에 대한 편지 내용보다 편지 그 자체였다. 그것은 나에게 한동안 잊고 지내온 사람들을 다시 생각하게 했다.
 그러나 그런 때마다 매번 그랬던 것처럼 나는 이내 생각이 다시 원점으로 돌아갔다. 나는 아직 그들에게 아무것도 줄 수가 없었다. 그것이 내가 아직 그들을 잊고 지내거나 그렇지 않거나 간에 매한가지 사정임을 일깨워준 때문이었다. 하지만 그 편지는 나를 일방적으로 괴롭히지만은 않았다. 규혁 형에 대한 새로운 소식은 언제나 나를 들뜨게 했다.
 규혁 형의 생존을 나는 이제 거의 사실처럼 믿고 있었다. 그는 내 어린 시절을 통하여 여러 번 죽어갔고, 때마다 불사조처럼 다시 살아났다. 그는 이상한 방법으로 죽음의 늪을 언제나 늠름하게 지나온 거인이었다. 그는 나에게 구원의 신화였다. 그의 이야기는 불사신의 이야기였다. 그러나 신화는 신화로서만 지녀야 옳았을까. 모든 신화들이 사실은 허황한 환상에 지나지 않는다는 것을 그때 벌써 눈치챈 때문이었을까. 소식을 듣고도 나는 막상 그를 찾아나설 엄두가 나지 않았다. 왠지 지레 그를 찾아나서기가 두려웠다. 그러나 나에게 그 신화는, 그의 불사신 같은 존재는 더없이 소중했다.
 어느 때보다도 그가 그리웠다.

10

 쌍가락지, 올빼미, 바꿔치기 등등 자유당 시절의 유물들이 되살아나고, 빈대표, 유령표, 기표 감시 따위의 새로운 전통을 착착 기록하면서, '6·8공명선거'는 전무후무한 막걸리 선심 속에 비틀비틀 막이 내렸다. 그리고 학생들이 거리로 쏟아져 나왔다. 처음엔 그것이 축하 시위인지 규탄 시위인지 분간하기 썩 힘들었다. 이번 선거가 공명선거였다는 당국의 발표가 있은 후의 일이었고, 학생들의 주장엔 옳은 데도 없지 않다는 평가가 따랐으니까. 어쨌든 축하인지 규탄인지 모를 그 학생들의 시위는 쉬 끝나지 않을 기세였다. 학생들이 거리로 나간 채 학교 문은 닫혔고, 거리는 연일 최루가스와 경찰봉이 휩쓸었다. 정국이 단숨에 경화되어간다고 했다……
 나는 여기서 새삼 그 구린내 나는 기억들을 되살려내거나, 거리로 나간 학생들 앞에 학교 문을 걸어 잠근 것 같은 권력의 슬픈 추문을 끄집어내려는 것이 아니다. 그것은 이 시대를 함께 살고 있는 우리 모두가 함께 앓아온 부끄러운 역병이다. 나는 지금 다만 그 어느 일면과 관련하여 우리 사무실에서 겪은 낭패스런 일 한 가지를 말하려는 것뿐이다.

지금까지 확실히 밝히지 않고 있었지만, 나는 어떤 잡지사의 편집사원이다. 그런데 그 잡지에선 이 사태와 정국 수습에 관해 시내의 거의 모든 대학 교수들에게 설문을 발송한 바 있었다. 6·8사태의 책임 소재와 이 비상 정국 수습 방안에 대한 의견, 그리고 국회에서 개헌선 의석을 돌파한 여당과 야당에 대한 충고, 이런 것이 그 설문의 질문 내용이었다.

"잘 써내려고 하지들 않을 겝니다. 독촉을 하십시오."

회수 책임을 맡은 내게 편집장은 여러 번 그렇게 충고했다. 그러나 나는 그때마다 자신있게 머리를 저었다.

"독촉할 필요가 있을까요?"

대답해주리라고, 대답해줘야 한다고 나는 믿고 있었다. 나는 장담했다. 모든 질문지를 충분히 회수하겠다고, 50명 발송이니까 적어도 30명은 충분히 회수될 것이라고. 그러나 착각은 깨고 나면 슬픈 것. 나는 그 착각에서 금방 깨어났다. 일주일 만에 회수된 회답지는 모두 열두 장뿐이었다. 더욱이 기이한 것은 어떤 특정 대학교로 발송된 질문지는 단 한 장도 회수되지 않은 점이었다. 그러한 결과가 무엇을 말해주는지는 생각하기조차 싫은 일이었다. 하여튼 유구무언, 낯 뜨거운 낭패를 당한 셈이었다. 거추장스런 명분론을 떠메고 나서지 않더라도, 책임을 맡고 나서 의미 있는

조율사 95

충고를 허장성세로 쉽게 응대해온 담당자로서 편집장에 대하여, 잡지사에 대하여……
어쨌거나 일단 들어온 원고들만이라도 싣는 수밖에 없었다. 다행히 편집장도 같은 생각이었다. 그러나 나는 염치가 없었다. 그야 사실은 그리 염치없어할 일도 아니었다. 평상적인 상식에 의거한 판단이 어긋났을 때 직업적 수치감은 가져야 할 필요가 있을지 모르지만, 그것 때문에 그 판단 자체를 부끄러워할 필요는 없을 터였다. 그러나 그런 때 늠름한 얼굴을 하는 것 또한 보기 좋은 태도는 아니다.
그래저래 나는 별로 충실치도 않은 자리를 오늘은 아침부터 꿈쩍도 않고 지키고 앉아 있었다. 한데 맞은편 아가씨가 아까부터 뭔가 자꾸 킬킬거리며 조간신문을 들여다보고 있었다. 게다가 가끔은 내게 그걸 읽어주기까지 하였다. 신경이 가뜩이나 편치 않았다. 여자는 실상 신문의 기사를 읽고 있는 게 아니었다. 그녀는 웬일인지 신문의 기사엔 별 흥미가 없었다. 대개는 광고란을 탐독했다. 영화 광고에서부터 가정교사 구직 광고까지 광고란 광고는 모조리 다 찾아 읽었다.
나이가 들면 점점 광고란을 주의하게 된다는 말이 있었다. 특히 부고(訃告)에 대해선 각별한 주의가 요한댔다. 경사에 대한 결례에는 사후 사과나 사죄의 기회가 남지만, 상사(喪事)에는 그럴 기회가 주어지지 않기 때문이랬다. 더욱이 망인(亡人)을 저세상에서 다시 대할 날이 멀지 않은 나이가 되면 부고에는 절대로 소홀할 수가 없어진다는 얘기였다. 그런 이유 때문은 물론 아니지만, 나도 광고란엔 비교적 흥미가 깊은 편이었다. 진짜 기사에선 오히려 자주 염증이 났다. 정치면을 휩쓸고 있는 기사들은 다음 날이면 내용이 훌쩍 뒤바뀌기 십상이었다. 당국자의 어떤 약속도 교활한 임기응변 아니면 음흉한 정략이나 술수 아닌 것이 없었다. 사회면 역시도 잠시만 들여다보면 내가 온통 폭력배, 날치기, 갱, 도둑놈, 협잡배, 간첩, 가스 중독자, 가난뱅이들만 욱실거리는 세상 한가운데에 들어앉아 있는 느낌이 들곤 했다. 물론 가끔은 미담이 눈에 뜨일 때도 있었다. 하지만 그 미담이라는 게 또 오히려 비위를 건드리는 때가 많았다. 무슨무슨 독지가들의 헌금, 자살 소동 보도만 나면 으레 뒤따르게 마련인 그 요란한 소동들. 그 사람들 이웃엔 평소 그만한 불행이 없었기 때문일까. 그들의 자선심을 충동질하는 데는 반드시 신문기사가 필요했을까.

역겹기는 경제나 문화면도 대개 마찬가지였다…… 거기 비하면 차라리 하단의 광고란이 더 마음이 편했다. 거기에는 어떤 것이든 변조되지 않은 세상 사람들의 모습과 진짜 얼굴이 있었다. 그들이 호흡하고 있는 도시의 분위기가 담겨 있었다. 만화 같은 해학과 비애가 있었다……

무심결이었지만 나는 내 맞은편 광고 전문가 아가씨에게까지 그런 내 소견을 털어놓은 일이 있었다. 아가씨는 물론 선배 전문가답게 환하게 웃으며 내게 즐겁게 동의해왔다. 그리고는 신문기사란 더욱 못 볼 것으로 치부했다. 광고만 더 열심히 읽었다. 그리고 열심히 감격하고 흥분했다. 그 정도가 광고란의 내용을 조직적으로 분석하여 논문을 한번 써보겠다는 결의를 보인 일까지 있었다.

그러나 다행히도 그녀의 관심은 그런 결의를 행동으로 끌고 갈 지구력까지는 지니지 못한 것 같았다. 그녀의 열성과 탐닉에 대한 우리들의 대접은 기껏 '광고 전문가'라는 별명을 붙여주었을 정도였다. 그 이상의 예의는 생각할 수 없었다.

오늘 아침도 그녀는 무슨 광고엔가 퍽 감동을 하고 있는 기미였다. 하긴 그녀의 아침 일과는 언제나 그 광고란의 탐독으로부터 시작되곤 했으니까.

"간밤에 무슨 좋지 않은 꿈이라도 꾸셨어요? 뭘 멍하니 그러고 앉았어요?"

내 반응 같은 건 전혀 아랑곳이 없었다. 어떻게든지 자신이 감격하고 있는 바를 내게 전해주고 말 기세였다. 아니 그건 꼭 나래서가 아니었다. 내 자리에 누구 다른 사람이 앉아 있더라도 사태는 별 차이가 없을 것이다.

"사람을 앞에 두고서……"

그녀가 이젠 내게 대학 교육을 받은 '지성인답게' 남의 이야기에 귀를 기울여줄 줄 아는 '에티켓쯤' 지녀보랬다. 언젠가 「한국 소설의 양식화」란 글에서 그 글의 필자는 한국 소설이 대립과 갈등과 같은 서구의 이원적 사고 구조를 정당하게 수용함에 있어 유일한 희망은, 오늘 우리나라는 4년의 정상적인 대학 과정을 거치며 서구의 학문과 사고체계에 접해본 수많은 대학 졸업자들에 있다고 말한 일이 있었다. 나는 그렇듯 당당한 광고 전문가보다 그런 기대를 걸고 있는 녀석이 왠지 더 가련했다.

그녀가 드디어 신문을 내게 밀어준다. 이제 신문은 내 쪽 차례다. 서둘러 보아야 할 건 없었다. 잡지가 1백 페이지로 줄면서 사무실엔 거의 일거리가 없는 편. 교수 설문도 이미 조판에 넘긴 터였다. 나는 우선 정치면부터 대강대강 훑어 내려갔다. 야당은 여당측의 정국 수습에 관한 강경 태도에 대처하여 장기 대책을 마련 중이라는 기사가 톱으로 올라 있다. 그리고 새 국회는 개원과 더불어 장기 휴회에 들어갈 것이라는 여당측 방침이 나와 있고, 그에 반해 야당측은 보다 강력한 대여 투쟁을 위해 2단계 대책을 마련 중이라는 기사가 맞서 있다(그 2단계 대책이 어떤 것인지는 보지 않아도 짐작할 수 있었다). 그리고는 문제 선거구 처리를 맡은 검찰의 태도를 비난하고, 재수사를 주장했다는 야당의 성명과 장관, 도지사, 군수, 서장을 포함한 전국 기관장을 신민당이 집단 고발한다는 기사. 중동 사태에 관한 미소(美蘇) 양대국과 유엔 주변에서 일어나고 있는 일이 잠시 외신의 관심을 끌고 있었다.

  2면에서는 '파국으로 몰아넣지 말라'는 사설의 2호 활자들이 버릇처럼 긴장하고 있었다. 그러나 그보다 흥미를 끄는 글은 '기어코 외미(外米)를 수입해야만 하는가'라는 제목의 시사칼럼이다. 당초에 6만 톤의 쌀을 수출할 계획을 세웠다가 역으로 96만 석이나 되는 대량의 쌀을 긴급 수입하려는 당국의 처사를 지나치게 주먹구구식이라며 논자는 다음과 같은 호된 힐책으로 마지막 결론을 맺고 있었다.

  —쌀 수입에서 야기되는 것처럼 농업 생산 증가, 양곡 매입량 미흡, 수출 특혜와 외미 수입의 상관관계 및 현금 차관과 그로 말미암

아 방출된 통화 흡수책으로의 외미 수입 등과 같은 것은 주먹구구식 양정(糧政)의 소산인 것이요, 자원의 효과적 배분을 단순한 경제성장만으로 착각하는 데서 집약적으로 초래되는 모순된 현상이라고 하지 않을 수 없는 것이다……

사회면은 대부분 정치면의 뒤치다꺼리를 하고 있을 뿐 어제의 석간 소식과 다른, 눈에 띌 만한 이야기가 없었다. 기사를 대충 훑고 난 다음, 나는 의자에 등을 기대고 비로소 광고란을 살피기 시작했다. 광고란들에는 이미 색연필의 빨간 줄이 여기저기 그어져 있었다. 물론 광고 전문가 아가씨의 소행이었다. 그녀는 그런 식으로 다시 자신의 관심에 대한 내 관심을 강요해온 셈이었다. 그러거나 말거나 나는 처음부터 차근차근 눈길을 훑어 내려갔다. 광고 중에도 허풍선을 떨어대는 영화 광고나, 숫제 협박으로밖에 볼 수 없는 약 광고는 그리 재미가 없었다. 베스트셀러 몇 위를 몇 개월 계속 유지하고 있으며, 방금 제 몇 판이 절판 지경이라는 책 광고, 특히 수필집이나 수기류 또는 외서 번역물 광고도 그게 그거였다. 흥미로운 것은 역시 부고에서부터다.

부고는 앞서 말한 바와 같은 이유에서 보는 사람도 있겠지만, 나는 아직 이마가 새파랗다. 내 관심은 다른 곳에 있었다. 그것을 보노라면 나무 하나가 얼마나 여러 곳에 가지를 늘이고 있는가를 알 수 있었다. 그리고 그런 수많은 가지들 중의 하나에서 혹여 아는 이름이라도 찾아내게 되면 공연히 신기한 느낌마저 들었다. 얼마나 많은 단체들이 매일매일 그 부고란에 동원되며, 어떤 단체의 월간 부고란 등록 빈도수는 얼마나 되는가 따위는 확실히 흥밋거리가 아닐 수 없었다.

망인 가운데는 엄청나게 많은 직함을 가졌던 사람도 있었고, 혹 본인이 그렇지 못한 때는 그 자손이 그 직함을 대신해주는 수도 있었다.

　　―當社代表理事某某氏大人 아무姓氏······
　　玆以告訃

　　　　　　　　　　　　××株式會社
　　玆以告訃　　　　　　××學校
　　　″　　　　　　　　××協會
　　　″　　　　　　　　××同窓會
　　玆以告訃 玆以告訃玆以告訃······
　　　　　××社 ××社　　××社

그런 것은 진짜 사망 '광고'다. 내력이 제법 읽을 만하다.

그 장례 행렬이 상상될 때도 있었다. 그럴 때 나는 가끔 어머니의 일이 생각날 때가 있었다. 그러나 반드시 그렇게 긴 대열을 이루는 부고만 나는 것은 아니었다. 빙충맞기는 하지만 부고란에는 검은 테가 가운데를 하나도 가르지 않은 단칸짜리도 자주 끼어들었다. 말미에 붙은 '개별 부고 생략'의 효능이 충분히 고려된 경우다.

그런데 세상이 그만큼 살기 좋아지는 징조인가. 그렇게 되어 다들 저승길들을 사양하고 있는 것인가. 오늘 아침에는 그 부고가

단 한 건도 올라 있지 않았다. 물론 섭섭해할 건 없었다.

2행(二行)짜리 심인(尋人), 개인 교수, 가정 교사, 구직, 모집 광고들이 맞춤법 띄어쓰기도 하지 않은 채 지면을 빽빽하게 채우고 있었다.

광고 전문가 아가씨가 붉은 줄을 그어놓은 것들이 차례로 앞을 나섰다.

―盧×야!걱정말고오너라둘째오빠위독부
―紳淑美人會話公報아나時間千원光化門전화××
―前職교사國456책임경기합격多入住願時間制도可
―고급요정일당현찰千원선착순여대생우대연락처××
―남녀모집알선휴일없음지방선불비관말고오세요
―취입가수모집
―요가최면술 他人心理支配社交術販賣術불안공포제거화술말더듬 초조긴장노이로제즉효
―급구식모경상도음식잘하는분우대
―수표분실, 제대증분실……
―전세, 하숙, 貸사무실
―펜팔, 외로우신분누님이나동생
―고독男求다방女32세딸하나시가200만원주택有 함조건불문연락 요망

끝이 없다. 거기서도 제각기 눈을 끌어보겠다고 머릿자 하나는

호수가 큰 고딕체— 그리고 난이 조금 큰 것은 公告, 公告, 또는 募集, 募集, 募集…… 알림, 알림, 알림…… 오늘은 특히 학교를 일제히 쉬고 있는 학생들에게 아무아무 날부터 조기시험 실시를 알리는 '알림'이 특히 많았다.

"전홥니다."

아직 절반도 채 읽지 못하고 있는데 언제 와 있었는지 아가씨가 전화기를 내 쪽으로 밀어준다.

"전화 바꿨습니다."

나는 여전히 신문에 눈을 준 채 말했다.

"바쁘십니까?"

저쪽에선 대뜸 남의 사정부터 물어왔다. 걸쭉한 소리가 R신문사 김 형이었다.

"뭐, 바쁘지 않습니다. 신문을 뒤적이고 있었습니다."

"신문요?"

'신문'에 특히 힘을 준 내 발음 때문이었는지 김 형은 얼떨결인 듯 다시 물었다.

"네, 김 형이 신문을 재미있게 만들어서 광고란을 탐독 중입니다."

"하하, 그건 화장실에서 읽으라는 건데."

"요즘은 시원한 기삿거리 찾기가 어떤 여자 대학 앞길 양장점 사이에서 책방 찾기만큼 힘들군요."

맞은편 아가씨를 염두에 두고 한 말이었다. 왠지 좀 면상을 할퀴어주고 싶은 심술이 돋았다.

아닌 게 아니라 한심한 일이었다. 학생 1만 명을 자랑하는 대학 앞 거리에 책방이라곤 수필집 따위를 늘어놓고 있는 곳이 딱 한 군데 숨어 있을 뿐이었다. 그것과는 대조적으로 양장점, 구둣방들은 즐비하게 성시를 이루고 있었다. 밤이 되면 고구마튀김이나 군밤이며 사과 같은 군것질 장수들로 발길이 막힐 지경이었다. 아가씨가 자주 자랑해온 그녀의 모교 앞 풍경이었다.

김 형은 어리둥절해진 모양이었다. 그는 이내 딴청을 피우듯 말을 바꿨다.

"실은 나 볼일이 있어 나왔다가 아래 다방에 와 있는데 시간 좀 내겠소?"

"나 아직 근무 시간인걸요."

"백 페이지짜리 잡지사에 무슨 근무 시간이 따로 있소? 하하하."

나는 수화기를 놓고 방을 나섰다. 아가씨가 깐에 아는 체를 하느라 한 눈을 찡긋했다. 귀엽지 않은 여자의 아양은 정말 못 볼 것이다.

다방 스피커는 오늘도 그 두툴두툴한 천 사이로 멘델스존의「바이올린 협주곡」을 숨 가쁘게 쏟아내고 있었다. 그 곡조의 선율이 지하실의 어두컴컴한 구석까지 스며들지 못하는 느낌 역시 전날 지훈이 왔던 때와 마찬가지였다. 날씨가 더운 까닭인가. 그 소리들이 천 사이에서 뱀처럼 길게 기어 나오다간 어느 순간 재빠르게 다시 기어 들어가곤 하는 것 같았다.

"사실은 좀 섭섭한 이야길 하러 왔어요."

구석 자리에 앉았던 김 형이 자리를 권하면서 전화에서와는 딴

판으로 정색을 하고 말했다. 그러나 그 눈 끝에는 아직 웃음기가 묻어 있었다. 둘 중에 어느 쪽으로 응대할까 하고 잠시 망설이다 나는 후자를 택했다.
"무슨 새로운 조율거리라도 얻어 왔어요?"
"아니, 이야길 잘못한 것 같은데, 섭섭하다는 건 지훈 형 이야깁니다."
김은 눈 끝에 웃음기를 매단 채 여전히 조용한 목소리로 말했다.
"지훈이 왜요?"
이번에는 나도 조금 정색을 하고 반문했다.
"요즘 그 친굴 만나보신 일이 있어요?"
그러고 보니 지훈을 일주일 가까이 보지 못했다. 그가 아직도 집을 자주 비우고, 게다가 입을 계속 닫고 지낸다던가. 집에 박혀 있을 때도 한사코 사람을 만나려고 하질 않는댔다. 금명간 한번쯤 집을 찾아가보려던 참이었다. 김의 말에 나는 갑자기 불길한 예감이 들었다.
답답하고 행복하지 않은 음악이 소음처럼 신경을 괴롭혔다.
"한 일주일 보지 못한 것 같군요."
나의 대답에 김 형은 한참 천장을 바라보고 있더니 또 엉뚱한 이야기를 꺼냈다.
"B씨의 발언에 대해 내가 책임져야 할 한계가 어느 정도일까요?"
그 소리엔 내게도 짐작이 가는 일이 있었다. 한 달쯤 전, 김 형네 신문에선 한 문학인 재판 사건에 관한 B시인의 호소문이 발표되었다가 물의를 일으킨 일이 있었다. 그 재판은 한 소설작품의 반미 사상 고취 여부에 관한 것이었는데, B시인의 호소인즉 그 소설은 다분히 그렇게 해석될 수 있는 자극적인 용어가 두드러진 것은 사실이나, 그것은 그 작가의 일반적인 수사법의 통폐 때문이라고 검찰측 주장의 일단은 조심스럽게 인정하면서, 차후론 예술 활동에 있어서 작가 스스로가 표현의 자유에 대한 한계를 보다 신중히 유념해줄 것을 요청함과 아울러, 그러나 그 작가의 경우엔 전도가 유망한 청년이라는 점을 감안하여 너그러운 처분을 바란다는 요지였다. 그 글은 작가의 정신과 표현의 자유, 그리고 우방 국민에 대한 종래의 금기적 비판 태도와 관련하여 많은 논란을 야기시켰다. 나중에 안 일이지만, 지훈은 그 글에 대해 심한 반발을 했고, 어떤 사석에서 B시인을 면전 공박까지 가했다는 후문이었다. 그 B시인의 글이 바로 김 형의 청탁이었다는 것을 알고는 지훈은 그런 따위 글을 얻어 실은 김 형까지 심히 못마땅해왔었다고. 지훈이 최근 그 지식인론이라는 글 속에서 '오만한 심판자'라고 한 것도 B시인을 염두에 두고 한 말인 것 같다고들 했다. 가뜩이나 억눌리고 불리한 피고 측에 서서 문학인으로서 떳떳하게 문학의 자유와 권리를 주장하지 못하고 원고와 피고 위에 제삼자로 오만하게 군림하여 결국 검찰 주장을 시인하거나 적어도 피고에겐 지극히 무의미한 심판을 일삼고 있다고 비난해온 지훈이었고 보면 그럴듯한 추측이었다. 그렇게 되니 김 형은 모든 허물이 자기에게 있는 듯 안절부절못했다. 지훈의 글이 나오고부터는 더욱 기가 죽어 난처해져서 차라리 맞대놓고 사과라도 하고 싶은 얼굴을 하고 다니던 그였다.

"그야 김 형 좋을 데서가 아니겠소?"

그러나 김은 나의 대꾸에 귀를 기울이지 않았다.

"편집은 문제성 설정과 필자 선택 정도에서 그 의도가 끝나야 한다고 생각해왔지요. 편집 의도는 그것으로 충분히 반영될 수 있어요. 일단 선정된 필자에 대해선 이렇게 쓰시오, 저렇게 쓰시오 할 수가 없단 말입니다. 그럴 필요도 없고요. 그가 어떻게 써오든 그것은 일단 하나의 의견, 주장으로서 실어줘야 할 충분한 명분이 있는 거지요. 말하자면 기자는 필자의 거론 내용까지 책임을 질 수는 없단 말입니다. 더욱이 어떤 사람의 글을 의도에 맞게 수정하거나 첨삭할 수는 없는 일이구요. 그렇게 된다면 그 필자도 매명(買名)의 처지를 감수해야 하니까요."

"도대체 무슨 얘기요?"

김은 조금 사이를 두었다가 다시 말했다.

"우연히 어제 길에서 지훈 씨를 만났어요."

김이 지훈에게 '형' 자 대신 새삼 '씨' 자 호칭을 붙이고 있는 걸 보면 기분이 보통 언짢지 않은 모양이었다.

"지훈이 김 형에게 그 글을 첨삭하지 않았다고 덤벼들었어요?"

나는 될수록 김의 감정에서 거리를 두면서 말했다.

"숫제 그랬으면 나도 할 말이 있죠. 나를 보더니 얼굴을 싹 돌리고는 휙 지나가버린단 말입니다. 졸지에 그런 무안을 당하고 나니 첨엔 얼떨떨했는데, 나중에 생각하니 좀 화가 나야지요. 그 양반 날 어떻게 알고 있는지 모르지만 난 지훈 씰 알길 그렇지 않았거든요. 하지만 곰곰 생각해보니 내 쪽에 그만한 허물이 있을지도 모르고 해서 뭐 누구에게 책임질 일은 아니지만 당사자보다 형하고 한번 솔직하게 이야기해보고 싶었던 겁니다."

알 수 없는 일이었다. B씨의 글이 나온 것은 달이 넘은 저쪽 일이고, 지훈이 그것을 들어 힐책한 것도 요즘 일은 아니다. 그리고 그간 지훈이 김을 만난 것도 어제가 처음 일은 아니었으리라.

"지훈의 이야기는 나도 잘 알 수 없지만, 김 형이 우려하고 있는 점에 대해선 오히려 반대로 생각하고 있었습니다."

나는 거꾸로 김의 처음 이야기로 화제를 돌렸다.

"어떤······ 우려하고 있는 점이라니요?"

"아, 그 필자의 글에 대해 첨삭을 할 수 없다든가 하는 편집자의 권리 행사 말이오. 주변의 이야기론 김 형의 말과는 반대라고 알려진 것 같아요. 첨삭뿐 아니라 어느 경우엔 일단 청탁된 원고도 통째로 뭉기는 예가 비일비재한 모양이던데요."

"그건 악의로만 해석할 수 없지요. 사시(社是)라는 게 있으니까요."

"글쎄, 그 사시라는 게 한 사회나 국가 일반에게까지 금과옥조가 될 수 있느냐 하는 것이 문젭니다. 그리고 그게 만약 그럴 만한 경우라도 그것을 해석하고 거기 비추어 필자의 글을 가늠하려고 할 때, 그 판단의 기준을 어디에 두느냐 하는 점은 문제가 되지 않을 수 없겠지요. 필자는 언제나 심판을 받는 입장에만 서게 되고 해석의 권리는 언제나 신문사 쪽에 있게 되는 것 아닙니까. 어떤 경우 신문사 측은 얼마든지 전횡을 부릴 수 있다는 이야기가 되지요."

"그럴지도 모릅니다. 역시 투자분에 대한 과실은 어떤 형태로든 요구하게 될 테니까요."

김은 약간 못마땅한 표정으로 대꾸했다.

"하지만 처음부터 미리 그런 바람직스럽지 못한 경우를 상정할 필요는 없겠지요. 신문은 역시 기업주 한 사람 맘대로 만들어지는 건 아니니까요."

김의 대꾸에 나는 그만 멋쩍어졌다. 나는 아무래도 이야기 가운데서 자신을 조금 과장하고 있었던 것 같은 느낌이었다. 그의 표현이 암암리에 더욱 그런 느낌을 짙게 해왔다.

김 형은 다시 지훈의 이야기로 돌아갈 생각조차 나지 않은 듯 멍하니 천장만 쳐다보고 앉아 있었다.

우리는 곧 다방을 나왔다. 김 형과 헤어지고 사무실로 올라와서야 나는 비로소 다시 지훈의 일이 궁금해지기 시작했다. 지훈에게 지금 어떤 불길스런 일이 일어나고 있는 것 같은 어두운 예감이 새삼 머리를 무겁게 했다.

11

팔기나 누굴 한 사람쯤 부르려다 말고 나는 혼자 저녁 걸음으로 지훈의 집을 찾았다. 지훈의 집은 아현동 고개 중턱에서 차를 내려 시장 골목을 가다가 다시 언덕길을 한참 올라간 곳이었다. 문밖에서 보면 지붕만 보이고, 마당이 없는 그 지붕 아래에 방이 숨어 있었다. 거기에 지훈과 대학을 다니는 아우, 그리고 두 아들의 밥을 끓여주는 그의 어머니, 세 사람이 함께 살고 있었다. 얼마 전 처음으로 이곳을 찾았을 때 나는 낮에도 전등을 켜야 하는 그 컴컴한 골방에 빼곡히 들어차 있는 책들이 마치 지훈의 주변머리 없는 됨됨이를 설명해주는 것 같아 제풀에 몹시 기분이 씁쓸했었다. 지훈은 그래도 불빛을 사양하고 바깥을 향해 뚫어놓은 쥐 눈깔만 한 뒤창문 쪽에 책을 들이대고서 안경알을 번득이고 있었기 때문이다.
"형님, 오랜만입니다."

지훈의 아우가 문간에서 반갑게 나를 맞았다. 지훈과 가까워진 것이 얼마 되지 않은 데다 그는 그보다도 더 뒤에사 알게 된 터이지만, 그의 어머니나 마찬가지로 허물이 없었다.
"형은?"
 그러나 지훈의 아우는 얼핏 대답을 하지 않는다. 나를 맞아놓고도 안으로 길을 비킬 생각을 안 했다. 그 모습이 여간 엉거주춤한 게 아니었다. 제물에 혼자 방을 찾아 들어가다 보니, 지훈을 닮은 그의 두 눈이 번쩍이는 안경알 너머에서 몹시 당황하고 있었다. 그러나 나는 벌써 방문을 열어젖히고 있었다.
"손님이 오시면 문이라도 좀 열어봐야지."
 나는 그의 어머니에게 눈인사를 하면서 부러 소란을 떨었다. 지훈은 예의 그 조그만 뒷벽 창구 앞에 앉아 있다가 나를 힐끗 쳐다보았을 뿐 아무 대꾸도 하지 않았다. 나는 잠시 무안을 당한 느낌이었다. 낮에 들은 김의 이야기가 번뜩 머릿속을 스쳐 지나갔다. 내가 얼핏 방문을 들어서지 못하고 어물어물하고 있으니까 지훈의 어머니가 대신 말했다.
"들어와요."
 그 소리에 비로소 지훈은 어떤 깊은 생각에서 깨어난 사람처럼 자리를 일어서서 나에게로 다가왔다.
"네가 왔구면."
 그답지 않은 뭉툭한 목소리로 한마디 하고는 부산한 눈길로 바깥을 한번 휘둘러봤다. 나는 그를 더 허물하지 않고 방문을 들어섰다. 그의 아우는 그냥 바깥에 남은 채로 방문만 닫아주었다.

"방구석에서 맨날 무슨 꿍꿍이를 꾸미고 있는 거야?"
나는 방으로 들어가 지훈과 마주해 자리를 잡고 앉아서도 될수록 그의 기분을 무시하려 했다. 그래도 그는 뭔가 슬금슬금 자꾸 나를 경계하는 눈치였다. 나와 어쩌다 눈이라도 마주치면 표정이 일순에 움츠러들곤 하였다. 그런 중에 더 이상스레 나의 주의를 끄는 일이 있었다. 지훈은 아까 내가 방으로 들어왔을 때부터 무슨 소중한 것이나 되듯이 오른팔로 금붕어 한 마리가 떠돌고 있는 조그만 어항을 끼고 앉아 있었다. 어쩌면 녀석은 내가 오기 전부터도 늘 그러고 있었던 것처럼 이야기를 하면서도, 그리고 나의 눈치를 보느라 눈알을 굴려대면서도 그것을 내가 빼앗아갈까 경계라도 하듯이 줄곧 거기에 신경을 쏟고 있었다.

"알게 된 게 오래지도 않은데 자주 오는군."
지훈이 갑자기 그런 소리를 했다. 그의 표정이 약간 이기죽거리는 투였다. 나는 픽 웃어버리고 나서는,
"바람이나 쐬러 나가지"
하고 자리를 일어섰다.
"누구랑 같이 왔지?"
지훈은 냉큼 움직이려 하지 않았다.
"혼자 왔는걸?"
나는 똑바로 지훈을 쳐다봤다. 뭔가 으스스한 기분이 들었다.
"밖에 누가 있는 것 같은데?"
지훈은 아직도 곧이들리지 않는 듯 바깥쪽에 신경을 쓰고 있었다.
"네 아울 거야."

그제서야 그가 조금 고개를 끄덕였다. 그리고는 괜히 쑥스러운 듯 웃었다.

"나가지 않을래?"

내가 조심스럽게 그를 달랬다. 그러나 그는 다시 어린애처럼 도리질을 했다.

"안 가."

큭…… 코로 눈물을 받는 소리에 나는 소름을 오싹 느끼며 정신을 가다듬었다. 녀석의 어머니가 한쪽 구석에서 소리를 죽이고 있었다. 나는 잠시 그 어머니의 손을 잡아드리고 나서 다시 이야기를 이어보려고 했다. 그러나 지훈은 나의 말에 좀처럼 대꾸를 하지 않았다. 어항의 붕어에 신경을 쓰며 의심쩍은 듯 찬찬히 나를 바라보기만 했다. 그리곤 고집스레 도리질을 해대더니, 나중엔 곁에 누가 앉아 있는 것도 잊어먹은 듯 어항 속의 붕어 쪽에만 정신이 팔리고 있었다. 나는 할 수 없이 혼자서 자리를 일어섰다. 그제서야 그는 뭔가 안심이 되는 듯 어항에서 팔을 풀어내고는 문을 나오는 나를 이상하게 의기양양한 얼굴로 바라봤다.

"그럼 난 가야겠다. 잘 있어. 어머님께서도 안녕히 계시구요."

짐짓 아무렇지 않은 척 쪽대문을 나오니 그의 아우가 문밖에 망연스런 모습으로 주저앉아 있었다.

"가시겠어요?"

그는 간신히 말을 하고 나서도 눈길을 내게로 돌려오지 않았다. 산비탈 아래쪽만 계속 내려다보고 있었다. 나 역시 잠시 그의 시선을 좇아 발아래 펼쳐진 시가지의 야경을 바라다보았다. 불빛이 아름답다. 슬프게 아름답다. 지훈이 녀석. 저런 전망을 사서 이 산 꼭대기까지 방을 얻어왔던가.
"어떻게 될까요, 형님?"
지훈의 아우가 여전히 눈길을 밤거리로 보낸 채 물었다.
"좀 우울해서겠지."
나는 우선 적당히 우물거려 넘기려 했다.
"아직 모르고 계신가요?"
"글쎄. 잠깐 어디 내려가서 이야길 좀 들었으면 하는데."
"형님은 내가 누굴 따로 만나는 것도 싫어해요."
그때 안에서 지훈이 꽥 고함을 질렀다. 무언가 그 어머니를 윽박질러대는 소리 같았다.
"안녕히 가세요."
그는 원망스러운 듯 방 쪽을 한번 힐끗 돌아보고 나선 그 얼굴 전체로 밤하늘을 받았다.
"자주 오지."
나는 비탈길을 내려오기 시작했다. 골목의 어둠 속을 한참 헤치고 나와서야 나는 지훈 아우의 그 떨리는 듯한 목소리를 한 번 더 들었다.
"도움을 주세요."
그렇게 되었구나.
골목의 어둠이 눈알로 꽉 차왔다. 그렇게 되었구나. 또 어떻게 될 것인가. 그 어둠 속에 배면을 진 초상화처럼 얼굴들이 지나갔다. 팔기, 기 형, 김 형, 송 교수 그리고 은경, 영인…… 무슨 까닭일까. 돌아가신 어머니와 규혁 형의 얼굴까지 지나갔다. 이제 또 어떻게 될 것인가.

12

 다음 날은 회사엘 나가지 않았다. 지훈에게서 돌아오는 길에 혼자 지나치게 취해버린 탓이었다. 술이란 혼자 마시면 끝에 가선 늘상 정신을 차릴 수 없게 된다. 이야기 동무가 없고 잔을 주고받을 일도 없고, 거기다 청승맞게 술잔만 들여다보고 앉아 있을 수도 없고 보면 내기 술 마시듯 거푸 잔을 비우게 마련이다. 그리고는 갑자기 한꺼번에 취해버린다. 어젯밤도 그 모양이었다. 거기다 자꾸만 목이 타오르는 것 같아서 처음부터 까맣게 취해버릴 작정을 하고 나선 터였다.
 어지간히나 마셔젖힌 모양이었다. 보통 때 같으면 위장이 긴장한 탓엔지, 웬만한 폭음에도 하루 이틀 당장엔 별 탈이 없었는데, 이날은 새벽부터 심하게 배가 뒤틀려오기 시작했다. 무력감이나 통증 같은 것도 견디기 어려운 증상이지만, 숨이 칵칵 막히게 창자가 받혀오르면 정말 온몸에서 땀이 솟았다. 진통 진정제를 있는 대로 찾아 먹고 기다리니 정오가 될 무렵에야 통증이 조금 가셨다. 나는 그러자 다시 단식을 생각하기 시작했다. 이번엔 정말 내일이라도 곧 그것을 시작하지 않으면 안 된다고 생각했다. 이제는 기다릴 것을 다 기다려버린 느낌이었다. 해가 기울 때부터는 통증이 완전히 가라앉았지만, 나는 단식에 대해 더욱 열심히 생각했다.

그러나 나는 이번에도 결국 그 시기까지는 결정을 짓지 못했다. 배 속이 가라앉고 보니 아무래도 좀 기다릴 여유가 생긴 것 같았다. 단식으로 말하면 그건 내 건강에 대한 완전한 절망 상태에서 취할 수 있는 마지막 처방이었다. 그러므로 그 단식 자체가 내게는 절망인 셈이었다. 그러나 그것은 또한 희망일 수 있었다. 모든 것이 끝나고 더 이상은 기다릴 것이 없을 때 우리에겐 아직도 죽음의 의식이 남아 있어, 그것을 맞기 위한 마지막 채비를 마련할 수 있는 것은 참으로 고마운 일이었다. 그것은 하나의 희망일 수 있었다. 그것이 죽음의 의식을 빌린 단식이라면 더욱 그러했다. 그 희망은 그러나 그 죽음의 절망 속에서라야 빛을 품을 수 있었다. 극한의 통증을 느끼지 못한 데서 나는 아직 그 죽음처럼 완전한 절망 상태가 될 수 없었다.

그러나 그보다 내가 당장 단식을 결행할 수 없는 이유는 그 단식의 절차에 따른 문제들 때문이었다. 단식에는 한 가지 반드시 주의를 기울이지 않으면 큰 위험이 따른다고 했다. 시중에는 단식요법을 전문으로 하는 병원이 여럿 있고, 그런 데서라야 안심하고 그것을 시행할 수 있다고 했다. 혼자 집에서 단식을 하자면 그만큼 잔신경을 써서 곁에서 보살펴줄 보호자가 있어야 한댔다. 그만큼 정성을 기울여줄 사람은 세상에서 어머니와 아내라는 여자뿐이랬다. 어머니나 아내는커녕 나는 지금 동숙인조차도 없는 독방하숙 처지가 아닌가. 아니 그것은 그리 상관이 없는 일이었다. 어차피 나는 단식을 생각할 때 그런 고분고분한 심부름꾼 따위는 생각도 하지 않았다. 하지만 지금 나에겐 그 단식을 그냥 지켜봐주기만 할 사람도 없는 형편. 곁에 지켜봐주는 사람이 없이 혼수상태라도 찾아오면 그 단식은 곧 죽음을 뜻하는 것이었다. 그 진행 과정을 살펴보면 그게 더욱 분명했다.

언젠가도 말했듯이, 그 단식 시작 며칠 간엔 차츰 음식량을 조금씩 줄여간다. 하루 세 끼에서 두 끼 정도로. 그러다가는 그 한두 끼의 적은 섭생조차 점점 양을 줄여가다 나중에는 아주 음료수 정도로 칼로리를 크게 낮춰버린다. 그것이 예비 단식 기간으로 10여 일. 그리고는 진짜 본 단식으로 들어간다. 사람에 따라 시간이 다르기는 하지만, 본 단식으로 들어가서는 누구나 대개 혼수상태 비슷한 것을 한 차례씩 경험한다고 했다. 그것은 먼저 지독한 고통으로부터 시작되는데, 그게 꼭 무슨 육체적인 것뿐만 아니라, 발작 증세가 억제당한 정신착란 증세에 가까운 심적 고통까지 동반한다고. 그것을 소위 임종의 고통이라 한다 했다. 본 단식 기간은 최대한으로 15일 전후. 그것은 거의 뇌세포의 기능까지 정지 상태에 놓이게 되는 것이랬다. 회복기에 들어서면 예비 단식 때의 역순으로 칼로리를 섭취하고 조금씩 서서히 위장 활동을 시작하게 되는데, 하지만 그것은 옛 육신의 기능 회복이 아니라 정신까지를 포함한 새로운 생명의 탄생이며, 그러므로 그때 또 무서운 통증이 따른다고 했다. 단식 요법으로 결핵이나 심지어 신경쇠약 증세까지 치료할 수 있는 근거가 바로 이 때문이라고. 옛 병증들은 옛 생명 기능의 소멸과 함께 사라져버리며, 새로운 생명은 그것과는 상관이 없는 것이라고. 생리적 현상으로 말한다면 아마 모처럼의 음식물 자극에 과도한 위산의 분비가 생기려 하고, 그것을 억제하려는 과정에서 그런 육체적, 심리적 통증이 유발되는 것인지 모른다. 하여튼 단식 때 가장 조심을 해야 할 때가 또한 이때이며, 만약 그 기간을 잘 넘기지 못하면 오히려 더 치명적인 질병을 얻게 된다는 것이다. 장소를 조용한 곳에 택해야 함은 말할 것도 없다. 그리고 45일은 그와 같이 가장 안전한 조건에서 행해지는 단식의 최장 기간이라고 했다. 그 어느 것도 기 형이 들은 풍월에 불과해서 안심하고 믿을 수 없는 것이긴 했다. 그리고 그토록 긴 기간을 견디자는 것도 아니었다. 하지만 기 형의 그런 이야기들은 단식에 대한 나의 관심에 많은 자극을 주었고, 더없이 소중한 참고자료가 되기도 했다. 하지만 나는 아직 실제로 그 단식에 대한 준비가 전혀 안 되어 있는 셈이었다.

단식을 이내 실행하지 못한 것을 아무리 변명해도 시원치 않을 것 같다. 확실하지는 않지만, 나 스스로도 지금 뭔가 내 단식을 연기해야 할 가장 중요한 이유를 빠뜨리고 있는 것 같은 느낌이기 때문이다. 사실 전에도 나는 그 비슷한 느낌을 자주 지녀오곤 했었다. 그러나 지금처럼 그것은 언제나 그저 막연한 느낌뿐이었다. 그 느낌이 확연한 정체를 드러낸 적은 한 번도 없었다.

어쨌든 나는 다시 단식을 연기했다. 그렇게 생각하자 나는 더 자리에 누워 있을 수가 없었다. 옷을 걸쳐 입고 집을 나섰다. 퇴근 시간이 가까워지고 있었다.

13

 남자와 여자 사이의 일처럼 미묘하고 맹목적인 것이 있을까. 하기야 그건 새삼스레 이야기할 필요도 없을는지 모른다. 그런 건 누구나 다소간엔 경험한 일일 테니까.
 이날 밤 나는 영인을 만났다. 그녀와 나는 어떤 공원 벤치에 앉아 있었다. 한동안 아무 주의도 필요하지 않은 대화를 나눴다. 그러다 나는 갑자기 나와 은경 사이에 쌓아두었던 약속을, 아니 내 소설과 관련하여 은경 이외의 다른 여자에 설정했던 자신의 금기를 무너뜨렸다. 영인이 그 일에 나를 협조해주었다. 그렇다고 뭐 별 대단한 일은 없었다. 단지 나는 그녀와 잠시 입술을 대었을 뿐이다. 그러면서 서로 짧은 순간 눈길을 똑바로 마주친 것뿐이었다. 단지 그것뿐이었다. 그 이상은 아무 일도 없었다. 그리고는 이내 아무렇지 않게 다시 이야기가 오가기 시작했으니까.
 "은경 아가씨 요즘 잘 있어요?"

영인이 아직도 눈길을 외면한 채 방금 있었던 둘 사이의 일이 은경과는 아무 상관도 없는 일(그녀는 나와 은경과의 요즘 일, 더욱이 그 일과 관련한 내 낭패스런 처지를 모르니까)이었던 듯 새삼스레 그녀의 일을 물어왔다.

"잘 있지요?"

별안간 나는 〈강〉으로 갔던 어느 날 저녁의 일이 머리에 떠올랐다. 너무 초라한 생각이 들었다.

"끝났어요."

그녀는 의외라는 듯 비로소 다시 눈길을 내게로 보내왔다. 아깟번과는 다른 불안기가 어린 눈길이었다. 하긴 그녀는 내 말을 썩 잘 신용해온 편이니까.

"늘 쓰시던 소설의 인물을 몸소 사신 셈인가요?"

그녀는 뭔가 기분을 바꾸고 싶은 듯 농기 섞어 말하고 나서 제풀에 픽 웃었다. 하지만 나는 이미 그럴 수가 없었다.

"아닐 거요."

나는 좀 퉁명스럽게 부인하고 나서 어두운 조명 속으로 잠시 그녀를 바라보다 다시 말을 이었다.

"간단한 이야기를 하나 해드리고 싶은데, 그쪽 판단이 옳았는지 틀렸는지 한번 가려보실래요?"

영인이 이번에는 묵묵히 머리를 끄덕였다.

"어떤 녀석이 한 아가씨와 종내는 결혼까지 이르게 될 상대로 알고 지냈지요. 그 아가씨도 어느 정도는 그걸 짐작하고 묵인하고 지냈구요. 그런데 아가씨에겐 일찍부터 세상 이치에 썩 눈이 밝은 언니가 한 사람 있었어요. 그리고 그 언니가 동생보다 눈이 밝고 세상살이 지혜가 많은 것이 녀석에겐 치명적이었지요. 녀석에겐 본시 온몸에 이상한 흠집이 많았거든요. 머리도 부스럼투성이이고 얼굴도 몸뚱이도 온통 아문 데가 없었어요. 하지만 그 부스럼이나 흠집은 그것을 찾아내려 애쓰는 사람의 눈에만 뜨일 뿐, 그에게 별 관심을 두지 않고 지내는 보통 사람들이나 더욱이 좋은 감정을 지니고 대하는 사람에겐 대개 눈에 띄는 일이 드문 것 같았어요. 겨드랑 냄새 같은 것이 그 비슷하듯이 말입니다. 그런데 그 언니는 유난히 눈이 밝은 데다 녀석을 좋아할 수도 없었던 모양이에요. 아가씨는 녀석의 흠집을 잘 알아차리지 못했는데, 언니의 밝은 눈이 그걸 속속들이 찾아내버렸거든요. 정도의 차이는 있겠지만 알고 보면 누구나 그런 흠집들을 몇 곳씩 지니고도 그런대로 큰 낭패 없이 그럭저럭 살아가게 마련인데 말입니다. 언니는 물론 동생의 일을 달가워하지 않았지요. 그러나 그녀는 현명했기 때문에 섣불리 그런 내색을 하지 않았어요. 언제나 두 사람 앞에 웃는 얼굴이었고, 두 사람의 일을 위해 도움이 되겠다는 태도였지요. 녀석에겐 녀석 편에서 녀석을 위해 말했고, 동생에겐 또 그녀 편에 서서 동생의 행복을 위해 말했습니다. 제 동생 아직도 좋아하세요? 그런데 미스터 쪽 솜씨가 좀 세련되어야겠어요. 탓하는 건 아니지만, 우리 집 미스 요즘 좀 싫증이 나는가 봐요. 데이트 약속 귀찮아하던 눈치던데. ······ 미스터에게 좀 잘해줘라, 얘. 헤어질래도 네 상처가 클까 봐 두렵다는 식이더라. 그런저런 소리로 그녀는 번갈아 편을 들어주었어요. 대학 교육으로 연마된 그녀의 지혜 덕분이었지요. 결국 두 사람은 헤어지고 말았어요. 나중에야 둘은 언니의 뛰어난 연출 효과로 그렇게 된 걸 알게 됐고, 그걸 안 이상엔 자신들을 위해서도 그녀의 연출을 성공시켜주고 싶지가 않았지만, 그때는 이미 막이 절반쯤 내려오고 있었어요. 다시 막을 올리려고 하기엔 때가 너무 늦어버린 거지요."

어떻게 그런 이야기를 금방 꾸며냈는지 모른다. 은경에게 언니가 한 사람 있다는 건 사실이었다. 그녀가 은경과 나 사이를 좋아하지 않았던 것도 사실이었다. 그리고 그런 그녀의 눈으로 본다면 나는 여기저기 흠집투성이일 것 또한 틀림없는 사실이다. 그러나 나는 여태 은경과의 파탄이 그 언니 때문이라고 생각해본 일이 없었다. 왜 갑자기 그런 소리를 꾸며댔을까. 아니, 꾸며댄 것만은 아닐는지도 모른다. 이야기 도중에 나는 조금 흥분하기까지 했고, 이야기를 끝낼 때쯤엔 나의 상체가 영인 쪽으로 바싹 다가들었을 정도로 그녀의 수긍과 동의를 구하고 있었으니 말이다. 그녀는 모든 걸 알아들은 듯했다. 아니 전혀 듣고 있지 않은 것 같기도 했다.

"소설을 사신 게 아니라면 자존심 때문이었겠지요."

그녀는 가볍게 내뱉고 나서 갑자기 내가 연민스러워진 듯 그러나 조금 위협적으로 말했다.

"어쨌든 이제 소설은 쓰지 않아야 되겠네요."

그녀는 거의 내 모든 것을 알고 있었다. 한 여자와 소설을 두 교각으로 진실이란 다리를 걸어놓고 있는 나의 장난질도 그녀는 알고 있었다. 그것을 염두에 두고 나를 할퀴는 소리였다. 또는 그런 식으로 자기 몫의 대가를 주문하고 있을 수도 있었다. 하지만 그보다 나는 아까부터 자꾸 망설여지는 게 있었다.
 퍽 오래된 이야기지만, 언젠가 내가 여성 잡지에 소설을 쓰겠다고 하니까, 그녀는 그러면 이야기를 '재미있게' 쓰라고 충고한 일이 있었다.
 "재미있게 어떻게요?"
 내가 물으니까 그녀는 거침없이,
 "베르테르는 요즘 소용없어요. 쓰는 사람만 우습게 돼요. 멋있는 남자가 나타나선 말괄량이 아가씰 싹 망가뜨리는 이야기— 그리고 나서 주의할 것은 남자가 돌아서고 나서 절대로 여자를 울려선 안 돼요. 여자도 같이 똑딱똑딱 콧노래를 부르며 돌아서도록. 그래야 읽혀요. 그리곤 은경 씨와 한번 그 소설을 살아보세요. 물론 중간까지만. 두 사람이 휘파람을 불어선 한 삶이 소설을 못 쓰게 될 테니까요"
하고 나서 정색을 했었다.
 그녀는 오늘 밤 일로 내게 정말 배반을 인정할까? 내게서 그 소설이라는 걸 제하고도 나를 인정할 수 있을까. 그래도 나의 배반이라는 걸 인정하고 싶은 것일까.
 "동정할까요? 소설 못 쓰게 되신 거."
 짐작대로 그녀가 또 나를 앞장서 가슴을 한 번 할퀸다. 이 여자는 그렇게 쉽사리 인정할 수 있을까. 그렇다면 내게 또 다른 배반의 가능성도 인정해야 할 것이 아닌가. 아니면 반대로 내게 그냥 소설을 생각해도 좋다는 것일까. 오늘 밤의 행동은 전일 그녀의 충고처럼 하찮은 일일 뿐이라는 것인가. 그런 식으로 나는 잠시 모른 척 스스로의 약속에 눈을 감아야 할 것인가. 그렇다면 나는 아까 그 은경과의 종말을 무엇 때문에 그토록 열심히 이야기했던가.
영인에게 그것을 고백해야 했던 이유는 무엇인가…… 그녀의 계속된 추궁에 나는 가닥을 찾을 수가 없었다. 내 의도가 어느 쪽이었는지를 알 수 없었다.
그러자 영인이 갑자기 깔깔 웃었다. 나는 고개를 번쩍 돌려 그녀를 바라보았다.
"소설을 못 쓰게 될까 봐 겁을 먹은 눈이라니. 뭐 그렇게 겁먹을 거 있어요? 이제 오히려 더 잘 쓰게 되실 텐데……"
"어째서요?"
나는 바보처럼 묻고 있었다.
"아마 스스로를 이해하지 못하신 모양인데, 자신의 소설에 대한 욕망이 무슨 배반 따위로 쉽게 꺾일 수 있을 듯싶으세요? 어떤 변명과 구실을 찾아서라도 오래잖아 다시 소설을 쓰게 되리라는 자신을 모르고 있다는 말예요. 그러니 일찌감치 그런 배반을 한번 연습해두는 게 좋잖아요? 그리고도 여전히 소설을 쓸 수 있는 자신을 깨닫게 되면, 그런 약속이란 게 한때의 치기만만한 아집에 불과하다는 것도 알게 될 테니 말이에요. 그게 아집일 바에야 일찌감치 연습해서 그쪽 신경을 무디게 죽여두는 것이 낫지 않아요?"
영인은 자신과 나를 함께 매도하고 있었다. 그러나 어찌 된 일인지 나는 화가 나지 않았다. 그것은 내가 아직 그녀의 진의를 다 읽어내지 못한 탓이었는지도 모른다.
"하지만 안심하세요. 행여라도 지금 이 영인이 자신을 위해서 누구에게 그런 배반을 확인하고 싶은 건 아니니까요. 따지고 보면 그건 실상 배반도 뭣도 아무것도 아니에요. 지금 나는 어떤 양반이 한창 소설을 쓰다 갑자기 붓을 꺾으려는 파국을 이야기하듯 했지만, 사실은 요 근래로 나는 그 사람 글이라는 걸 본 적이 없어요. 기껏 해야 그 양반 말대로 조율 정도였지. 답답했을 거예요. 구경하기도 답답했어요. 조율만으로는 그 사람의 존재나 소재를 인식할 자리가 없었어요. 그의 존재나 소재가 실종 상태가 된 거죠. 그걸 본인도 모를 턱이 없었겠지요. 본인도 불안했을 거예요. 게다가 또 다른 일들이 겹쳤지요. 나, 지훈 씨에 대한 소문도 들었어요. 마지막 진지한 조율 상대를 잃어버린 것 이상으로 허전해졌겠죠. 아마 그 사람도 어떤 식으로든 자신의 소재나 존재를 한번 확인해보고 싶었을 거예요. 그러나 그의 원래 목소리를 기억해주는 사람은 없고, 그래서 결국 주윗분들의 관심을 빌려, 거기 기대어 자신을 확인해본 거겠죠. 주위 사람들의 관심도 그만 역을 한 거구요. 하지만 확인 역은 역시 일종의 임시 대역일 뿐이에요. 자기 몫이 없는 역이지요. 자기 몫이 없는 역이 그 일로 너무 길게 노심초사할 일도 없겠구요...... 나 역시 두 사람 사이엔 그 확인의 대역일 뿐이었어요. 나도 처음부터 그걸 알고 있었구요. 그러니 그뿐 더 이상 아무것도 아닌 일이에요. 그건 누구의 소설이나 배반과는 아무 상관도 없는 일이에요."

이야기 중에 영인은 나를 짐짓 '그 사람' '누구' 식으로 고집스럽게 객화시켜 말했다. 그러나 그녀는 아깟번 내가 은경의 이야기를 할 때처럼 점점 흥분하기 시작했고, 나중에는 그 흥분기 때문에 목소리마저 무겁게 짓눌려가고 있었다.

영인과 헤어져 돌아오면서 나는 팔기에게 들러 지훈의 집을 찾은 이야기를 대강 들려주었다. 팔기는 한동안 숨소리를 씨근거리며 듣고만 있었다.
"오늘 밤 네가 한번 찾아가봐라. 뭐가 어떻게 되어가는지 나도 모르겠으니."
"그 새끼 세상 고뇌는 혼자 떠짊어지고 사는 쌍통을 하고 다니더니 뭐가 어쨌다는 거야. 난 안 가! 모두 될 대로 되라지."
내가 권하는 소리에 팔기는 그제서야 느닷없이 소리를 버럭 내질렀다. 그리곤 더 듣기 싫다는 듯 내게 등을 보이며 뒤로 벌렁 드러누워버렸다.
잠시 뒤 그는 다시 혼잣소리처럼 벽을 향해 중얼거리고 있었다.
"백로가 죽을 땐 마지막으로 한 번 아름답게 운다던가. 아름다운 목소리라고 할 순 없지만 녀석은 하여튼 우는 흉낸 한 번 내본 셈이지."
하지만 걱정기를 숨긴 그 팔기의 소리는 표적을 잘못 잡고 있음이 분명했다.
나는 녀석의 집을 돌아 나오면서 생각했다. 아니 우리는 도대체 누구도 옳은 표적을 찾을 수가 없었다. 이미 모든 일은 상식으로 굳어지고, 그걸 다 겨누기엔 너무나 많은 화살이 필요했다. 우리는 차라리 자신의 가슴에다 자기 화살을 겨눈 격이었다. 쓰라린 배반들이 일어났다. 자기 자신과 때로는 그 화살에 눈길을 모아준 사람들의 가슴을 쏘는 배반. 나의 어머니도 그 배반의 희생자 중의 하나일지 모른다. 그리고 지훈의 어머니와 그의 아우 또한. 그러나 그건 물론 배반다운 배반이 못 되었다. 내가 그런 것처럼. 지훈이 그런 것처럼. 문학과 은경 사이에 걸어놓은 내 배반의 다리가 그런 것처럼. 아, 우리는 이제 이렇듯 배반다운 배반조차 꿈꿀 수 없는 것인가. 어떤 위대한 배반. 그 배반의 윤리. 그런 것이 있을 수 있을까. 왜 그런 것을 생각하게 되는 것일까.

14

—윤은경이라는 아가씨에게서 전화.
—아래층 다방에서 R신문사 김 선생이 기다립니다.
책상 위에 두 가지 메모가 있었다. 맞은편 아가씨는 또 광고를 읽는 데 정신이 팔린 척 신문에서 계속 눈을 떼지 않고 있었다. 아무래도 표정이 심상치가 않아 보인다. 하기야 어젠 내 무단결근으로 그 뾰족한 성깔의 발톱을 갈 데가 없어 적잖이 무료하기도 했을 것이다. 하여튼 언제 써놓은 메모인질 묻기가 싫다. 솔직히 말해 나는 앞엣것에 더 신경이 쓰였지만, 우선 다방부터 내려가보기로 했다. 순서가 그쪽이 나중 번 연락인 데다, 당장 사람이 기다린다는 것도 그쪽이었다. 그러나 나는 곧장 자리를 일어서지 못했다. 잠시 일거리를 살펴보았다. 결근 다음 날인데 출근을 하자마자 곧장 다방부터 달려 내려가기가 뭣한 느낌이 들어서였다. 며칠 전에 어떤 여자 대학에 뿌려놓은 설문의 답지가 몇 장 들어와 있었다.

'당신은 지금 무엇을 생각하고 계십니까. 고민은 무엇입니까'라는 그 설문은 '여자 22세, 그 관심의 행방'을 알아보기 위한 것이었다. 우리나라에서 여자 22세는 대학 졸업반, 거기다 금년에는 해방둥이라는 우연까지 겹쳤다. 남자를 택하지 않고 하필 여자의 경우를 궁금히 여긴 것은, 지금까지 그들의 의식 세계가 별로 문제시되지 않았으면서도 실제론 사회 구조의 내면 성격을 깊이 좌우해가고 있다는 생각에서였다. 더욱이 그 22세를 지목한 것은 결혼이나 사회 대응과 같은 현실적 삶의 문제들에 구체적으로 직면하게 되는 것이 바로 그 나이층이기 때문이었다. 애초의 발상이 자신의 것은 아니었지만, 일단 취재를 맡고 보니 관심을 가져봄 직한 데가 없지도 않았다. 일반적으로 젊은 사람은 생각이 개방적이며 진취적이라 하고, 나이가 든 사람은 폐쇄적, 보수적이라고들 하지만, 나의 경험으로는 의견이 조금 달랐다. 나는 오히려 한두 해 사회 경험을 가진 여자들이 그들 부모의 세대 적보다 훨씬 더 보수적이고 이기적인 느낌을 받곤 했다. 나는 그것이 아마 그들의 생각이 보다 타산적이고 이해에 민감한 탓이려니 여겼다. 그러나 아직 실제의 세상 속을 들어가보지 못하고 주변만 기웃거리며 불안해하고 있는 22세들은 그 세상이라는 것을 여전히 학교에서의 질서와 같은 것으로 설명하려 할 터였다. 그리고 현실이 그렇지 않으리라는 기미를 느낄 때는 나름대로의 반발을 보일 수도 있을 터이다. 그런데 그런 그들이 어찌하여 한두 해만 지나면 그 현실 세계의 질서에 그토록 쉽사리 굴종(타협이 아닌) 해버리고, 오히려 보수적 사고의 왕좌를 차지하고 마는 것인가. 나는 그들에게 직접 솔직한 진술을 듣고 그 소이를 짚어보고 싶었다.
그런데 잠시 동안 훑어보니 이날까지 들어온 답변지들로만 해서도 그런 내 의문은 상당 부분 해명이 되고 있었다.

―졸업 때가 되니 집안에서 맞선이니 뭐니 하며 빨리 결혼을 하라 야단이다. 외부적 조건만 보고 평생을 함께하라 강요하는 부모들의 성화를 어떻게 물리쳐야 할지…… 생각만 해도 피곤하고 짜증이 난다. 그렇다고 만약 내가 누구와 연애라도 한다면 부모들은 세상에서 가장 아름다운 공주가 세상에서 가장 추악한 거지 아이와 사랑놀음을 벌이는 정도로나 여길 것이다.

―어디로 가야 할지 막막하다. 나의 처지에선 아직 결혼을 생각할 수도 없고, 그렇다고 공부를 계속한다기도 어렵다. 물론 취직도 마찬가지다. 취직은 하고 싶어도 오라는 데가 없다. 모든 것이 암담할 뿐이다.

―불안 상태가 계속되다 보니 정신분열이라도 일으킬 것 같다. 공부를 계속하려고 작정하고 유학 수속을 밟고 있지만, 너무너무 어렵고 걸리는 것이 많아 생각을 다시 정해야 할 것 같다.

―사회에 나가 잘 적응해나갈 것 같지 않아 걱정이다. 시간이 흐르면 아무 때고 그렇게 되고 말겠지만, 그때가 되면 나는 전혀 엉뚱한 모습으로 변해 있을 것 같아 미리부터 자신이 두려워진다.

―지방 출신이라 그런지 점점 자신이 세상으로부터 소외되어가는 것만 같다. 서울에 있으려 해도 조건이 여의찮고, 집으로 내려가자니 대학 4년을 헛 다닌 것 같다. 부모님께 미안하고, 어찌해야 좋을지 모르겠다.

─몇 년 동안 사귄 보이프랜드는 아무래도 결혼 상대가 아닌 것 같아 헤어져야 할 텐데, 과연 그래야 할지…… 어느 쪽이 옳은 것인지 알 수가 없다.

나는 답지들을 더 이상 읽어나갈 수가 없었다. 어째서 그랬는지 모른다. 나는 답지들을 훑어가다 문득 이상한 말 한 가지가 머릿속을 비집고 들어왔다.

─마시고 부수고 비틀고 맘껏 놀아라.

정말 왜 그런 말이 떠올랐는지 모른다. 그것은 거리 어디선가 본 한 맥주 회사의 광고 말이었다. 그것이 마치 그 답지의 어느 하나 속에 들어 있었던 것처럼 갑자기 머릿속 한복판으로 떠올라온 것이다.

나는 자리를 일어서서 문을 나왔다. 그리고 다방으로 내려오면서 생각했다. 모두가 열심히들 고민을 하고 있었다. 결혼으로 취직으로 학업 계속으로…… 그리고 열심히들 불안해하고 있었다. 그러나 어쩐지 그것들이 실감이 가지 않았다. 마치 터무니없는 엄살들처럼 느껴졌다. 아니면 치사스런 감정의 사치쯤으로 여겨졌다. 왜 그렇게 실감이 가지 않을까. 공허한 느낌만 드는 것일까. 사실 어떤 여성 잡지를 보면, 젊은 여자들은 대개 자기 육신의 결함이나 결함 가능성에 대해 무척도 많은 걱정들을 하고 있었다. 하지만 설문지의 대답들은 그보다도 더 실감이 가지 않았다. 1, 2년의 세상 경험으로 금방 내팽개쳐질 것들이라는 생각 때문인지 모른다. 또는 그것들이 어떤 도도한 기성의 질서 앞에서도 쉽사리 휩쓸리지 않을 만큼 자신들 속에 깊이 뿌리를 내리고 있지 못한 것 같은 느낌 때문인지도 모른다. 다방 문을 들어설 때까지도 나는 그 이유를 알아낼 수가 없었다. 어떤 사실 앞에서 굳이 그 사실을 혼자 왜곡하려 하는 것은 그 자신이 왜곡되어 있기 때문일 것이다. 다방 문을 들어설 때 나의 생각은 결국 그렇게 귀결지어져가고 있었다.

김 형은 꼭 전날의 그 자리에 앉아 있었다. 아침인데도 다방에는 언제나처럼 멘델스존의 행복한 멜로디가 가득 차 있었다. 그렇지만 바이올린의 고음은 여전히 숨이 막혔다.

"메모가 있더군요."

"전활 했더니 어제 출근을 안 해서 오늘도 확실치가 않다고······"

"네, 어젠 놀았어요."

"어제 결근까지 한 사람이 이렇게 일찍 사무실을 나와도 괜찮습니까?"

전번과 이야기가 다른 걸 보면 김 형은 우리 사무실 일을 잘 알지 못하는 모양이었다.

"그건 김 형에게 물을 말인데요."

"나야 원래 수캐처럼 쏘다녀야 하는 직업 아닙니까."

우리는 아무렇지 않게 얘기했다. 그러나 김의 입가에는 아침 일찍 물고 온 무슨 이야기가 맴돌고 있었다.

"참, 전번엔 얘기가 쑥스럽게 되었어요."

"전번 얘기라뇨?"

"지훈 씨 얘기 말입니다. 나 들었어요."

"무척도 빠릅니다그려."

우리는 여전히 아무렇지 않게 이야기하고 있었다. 그러나 나는 김 형과 나의 이야기가 지극히 마음에 들지 않았다. 마치 돈을 꾸러 갔다가 얘기는 꺼내보지도 못하고 마냥 쓸데없이 소리만 지껄이고 있을 때처럼 기분이 헤프고 꺼림칙스러웠다. 하지만 그렇게 이야기하지 않으면 어찌할 텐가.
"문학 하는 사람들 워낙 엄살이 심해서……"
김이 또 아무렇지도 않게 뇌까렸다.
"엄살요?"
"글쎄……"
"엄살로 미치는 사람을 보게 됐군요. 하긴 엄살이라면 곧 괜찮아지겠지요. 하지만 엄살이 아닌 것 같아 탈입니다."
"내 그 말 취소하지요."
앞에서도 그런 말을 한 일이 있지만, 나는 엄살이란 말을 그리 좋아할 수가 없었다. 물론 그것도 우리들의 은어 가운데 하나이긴 하지만, 나는 언제나 이 말의 사실성을 그대로 받아들이려는 버릇이 있었다. 그래서 그 말을 싫어했다. 이를테면 내 위장 고장이나 단식에 관한 이야기는 언제나 엄살이라는 말로 대접되었다. 그리고 일단 그 말로 사태를 심판해버리면 사정은 정말로 엄살이었듯이 더 이야기될 수가 없었다. 나는 자신도 모르게 굳어지기 시작한 모양이었다. 김 형이 그런 내 기분을 눈치챈 게 분명했다. 나는 그의 표정을 옆으로 스쳐보았다. 김 형이 그 얼굴을 내게로 돌리면서 변명하듯 다시 말했다.
"꺾여버리는 것은 그것이 어떻게 선량하고 가치 있는 것이라 해도 선(善)이나 정의일 수가 없는 게 아닙니까?"
"단어의 개념 변질이 그렇다는 것은 사실이겠지요. 그런데 김 형은 아직 문학인을 순교자로 생각하고 싶어 하시는군요. 어느 면으로 한정해 말한다면, 지훈에게 결핍된 것은 그런 정의감이나 선의식이 아니라 생존력 자체 쪽이었을 텐데."
나는 여전히 탈수된 음성으로 말했다. 그러자 갑자기 뭔가 기분이 망연해졌다. 송 교수에게나 가볼까. 그도 벌써 알고 있을 것이다. 그분은 요즘 어떤 생각을 하고 있을까. 아직도 우리에게 조율을 내맡겨두고 싶은 것일까.
"들고 나가지요."
언제 날라 오게 했는지 차가 식고 있었다. 김이 그 찻잔을 들면서 말했다.
방을 나오자 햇빛이 눈알을 어질어질하게 했다. 여자들의 잘 어울린 옷차림…… 스커트 아래로 높이 드러난 다리들이 맑고 고왔다. 그 사이로 천천히 김이 섞여 들어가고 있었다.
엄살이라고? 나는 지금 내 앞에 누군가가 서 있기라도 한 것처럼 소리를 내어 짧게 웃었다. 속이 짜르르 울리는 것 같았다.
"궁금하지 않으세요?"
사무실로 들어오자 나는 갑자기 아무것도 할 일이 없어진 사람처럼 무료스런 기분이 되었다. 메모지에 쓰어진 은경의 이름 위에 쓸데없는 연필 장난질만 되풀이하고 앉아 있었다. 그러자 드디어 아가씨가 더 참을 수 없어진 듯 그러고 있는 내게 참견을 해왔다.
"그래 지금 여사의 눈치만 살피고 있는 게 아닙니까."

입이 썼다. 그리고 화가 났다. 그것도 그 아가씨에겐지 은경에 겐지 또는 나 스스로에겐지 알 수가 없었다.
"도움 되실 일이 있어요?"
"언제 왔지요?"
"뭐가요?"
그녀는 다시 시치밀 뗐다. 쉽게 말해주지 않을 것이다. 그녀의 취미니까. 돈이라도 꿔달라면 보통예금 통장을 내보이며, 연말까지는 절대로 찾아 쓰지 않을 결심을 하고 있어서, 자기도 돈 쓸 일이 생길 때는 여간 불편하지가 않다고, 매번 입술을 빠는 아가씨다.
"그만둬요."
실상 이제 와서 은경의 전화가 언제 왔는질 알아서 무슨 소용일 것인가.
"관둬요. 내가 뭐 아쉬운가요."
그만둬라, 그만둬. 떡을 칠 년! 나도 아쉬울 게 없다, 하고 나니 또 속이 횅횅해진다. 숨을 들이마셔도 가슴에 들어오는 게 없는 것 같다. 가슴은 그냥 진공인 채로 들썩거리고만 있는 느낌이다. 나는 내객용 안락의자로 가서 몸을 파묻어버렸다.
그젯밤 지훈의 꼴을 보고 난 뒤부턴 아무래도 나까지 어디가 이상해진 느낌이었다. 아가씨가 전보다 더 견딜 수 없었다. 그리고 걸핏 하면 뭐든지 내팽개치고 싶은 충동이 앞섰다.
눈을 감자마자 어젯밤 영인의 말이 떠올랐다. 영인은 자신과 나 사이의 일이 은경이나 내게 대해 절대로 배반이 될 수 없다고 했다. 정말로 배반은 그처럼 힘이 드는 일일까. 하긴 이 진공처럼 무허한 대기, 흐물거리는 사람들, 거기에 배반의 자리가 마련될 순 없을 것이다. 내게 그것이 가능했던 것은 오직 내 가엾은 어머니에 대해서뿐이었다. 초라한 배반이었다.

하지만 내게도 정말 한 번 배반다운 배반을 꿈꾼 일은 있었다. 그것은 끝끝내 허망한 꿈으로 끝이 나고 말았지만 그런대로 배반다운 배반이 될 뻔한 것이었다. 거기까지 생각하자 나는 또 불현듯 어떤 아득한 예감에 휩싸이기 시작했다. 나의 그 이상스런 감정 배설 증세였다. 나는 곧 그 쓰라린 사념 속을, 그러나 달콤하게 빠져 들어가기 시작했다.

우리 잡지의 기고가들은 철저한 민권 신봉자들이었다. 이들은 언제나 민중을 대변하고 옹호하기 위해서만 붓을 들었다. 사람들은 처음 이들을 충심으로 환영했다. 그리고 이들의 싸움에 열렬한 성원을 보냈다. 그러다 보니 이들은 어느덧 모든 시민들로부터 그들의 제반 권리 행사를 청부받아버린 듯 언제나 민중의 앞에 서서 그들의 말과 생각을 도맡아 대신해주게끔 되었다. 사람들이 미처 주의를 기울이지 못한 일에 대해서도 그들을 대신해 그들을 위해 말했다.

그러자 이들의 화살이 겨누어지고 있는 쪽에서는 이들의 존재가 더없이 귀찮아졌다. 그리고 이들의 눈에 띄는 것이 지극히 불편해졌다. 그래서 이 청부업자들의 눈에 띄어 이들로부터 고자질을 당하지 않도록 개운찮은 비난거리들을 매우 은밀한 방법으로 숨겨보려 애썼다. 그러나 이 눈치 없는 청부업자들은 그 숨겨진 부도덕

성까지도 집요하게 들춰내어 그를 끊임없이 비난하고 공격했다.

한편, 자신들의 말을 온통 이 민권 청부업자들에게 떠맡겨버린 시민들은 이 청부업자들의 울타리 뒤에서 편히 잠들고 있었다. 하지만 우직한 청부업자들은 물론 그간에도 이 순약한 사람들을 범해오지 못하도록 모든 불의한 힘과 부정한 질서에 대해 끊임없는 경계와 경고를 계속한다. 그러자 이윽고 시민들이 다시 잠에서 깨어난다. 달콤한 잠에서 깨어난 이들은 자신들이 고용한 민권 청부업자들이 아직도 누군가를 향해 듣기 싫게 떠들어대고 있는 꼴을 보게 된다. 하지만 그들은 이제 이 청부업자들이 어째서 아직 그렇게 소란을 피우고 있는지 영문을 알 수 없다. 그들의 눈을 귀찮아 한 자들은 이미 모습을 바꾸어버렸고, 시민들의 눈은 그 은밀스런 비밀을 볼 수가 없기 때문이다. 그러자 영문을 몰라 하는 이들 앞에 그 중단 없는 청부업자들의 고자질과 경고를 참아온 자들이 다시 모습을 드러내고 나타난다. 그리고 의기양양 말한다.

— 보라. 아직도 우리가 부정한가? 우리는 달라졌다. 우리들이야말로 진정 당신들의 편이 되려 하고 있고, 또 그렇게 되기 위해 노력해왔다. 당신들 편에서 늘 당신들의 일을 보살펴왔다. ⋯⋯ 저 가엾은 당신네 청부업자들은 이제 할 일이 없어졌다. 저들도 그것을 알고 있다. 당신들 앞에 그것을 시인할 수가 없을 뿐이다. 그것을 시인하고 나면 저들은 무참스런 영락의 길을 가야 하기 때문이다. 그래서 저들은 아직도 당신들의 일을 명분 삼아 계속 짖어대고 있는 것이다. 이제는 가라 하라. 시끄럽다 가라 하라. 그리고 편히 자라. 당신들의 잠은 이제 우리가 지킬 것이다. 안전하

게 지켜줄 것이다……
애초부터 그들이 너무 편한 잠을 자도록, 민권 청부업자들이 그들을 위해 너무 많은 것을 대신해준 것이 허물이랄 수밖에 없으리라. 이제 그들은 그저 시끄럽지 않게 잠들 수 있기만을 바라게끔 되었으니까. 무엇보다 이젠 그 달콤하고 편한 잠에 습관이 되었으니까. 그래서 이들은 정말 짜증을 내게 될지도 모른다. 시끄럽다. 이젠 제발 그만 좀 떠들어라. 그리고 그들을 쫓아버리려 할 수도 있을 것이다. 그만들 떠들고 꺼져 없어지란 말이다. 우린 어쨌든 좀더 자고 싶으니까.
하지만 그들이 자고 있을 때 무슨 일이 일어날 것인가. 박해받은 청부업자들은 더욱 불안해할 것이다. 사람들에게 되도록 긴 잠을 권하는 자들을 어찌 믿을 것인가. 이 사람들의 잠자리를 그들이 정말 보고만 있을 것인가. 밤이 차가워 잠이 깨어났을 때 이들은 정말로 무사해 있을 것인가. 하지만 자신들은 이제 한낱 웃음거리에 불과한 신세들이 아닌가.
어떻게 할 것인가. 아아, 가엾은 청부업자들은 이제 어떻게 해야 할 것인가……
하지만 나의 상념은 물론 거기서 끝날 수가 없었다. 나는 그 가엾은 청부업자들로 하여금 어떤 배반을 감행시키고 싶었다. 그들에게 지금까지의 화살을 거두게 함으로써 저들에게 그 잠자리의 울타리를 잃어버리게 하고 싶었다. 그리하여 이제는 저들 스스로가 자신들의 울타리가 되어야 한다는 것, 달콤하고 편한 잠까지도 저들 스스로 지켜 얻을 수 있다는 것, 그러기 위해선 저들 자신이 늘 정신을 가다듬고 깨어 있어야 하리라는 것을 알게 해주고 싶었다. 잠에 밴 저들의 가슴에 독화살을 쏘아붙여 그 깊고 오랜 잠에서 놀라 깨어나게 해주고 싶었다. 저들이 잠을 자는 동안 그 잠을 권한 자들이 정말로 옷을 벗겨가거나 말거나 그것은 크게 중요한 문제가 아니었다. 진짜 문제는 그들이 늘 잠만 잔다는 것이었다. 잠을 자지 못하게, 깨어 있게 하는 것이 문제였다.

그래 나는 편집회의라는 것을 할 때 제법 열심히 주장했었다. —배반을 감행합시다. 이건 사실 배반이랄 수밖에 없습니다. 지금까지 그들을 뒤에 두고 그들을 위해 쏘아대던 화살을 거꾸로 방향을 바꿔서 이제는 그들을 겨눠보자는 거니까요. 하지만 아픔을 주어야 합니다. 잠이 들지 못하게 잔인한 아픔을…… 손발을 개고 앉아 심판이나 하기 좋아하는 얼치기들은 당장 또 우리를 심판하려 들겠지요. 그건 변명할 수가 없겠지요. 그러나 만약 우리 책의 필자들이 정말로 민권 청부업자들이 아니라면 그런 배반의 자리도 기쁘게 감수해야 하겠지요. 불행한 일이지만, 그게 아는 자 앞선 자의 운명일 테니까요.

뒤에 생각해보니, 그때 나는 치졸할 만큼 단순했고, 게다가 또 창피할 만큼 유치한 자기 과장에 빠져 있었던 것 같기도 했다. 하지만 어쨌든 그때 내가 중언부언 열심히 늘어놓은 말의 뜻은 대강 그런 것이었다. 그리고 그것은 어느 면에선가 조금은 좌중의 이해를 살 수 있었던 모양이었다. 결과는 한번 해보자는 것이었다. 해보기로 했다. 하지만 결국 앞서 말한 내 배반의 꿈 이상의 것이 될 수는 없었다. 필자들은 내 앳됨을 심하게 나무랐다. 민중은 그렇게 어리석은 게 아니다. 모두가 잠만 자고 있다고 생각해서는 안 된다. 뭣보다 민중이라는 것과 그 민중을 대신하여 그들 앞에 나서서 말을 하는 사람이 따로따로라고 나눠 생각한 것부터 잘못이다. 우리의 말, 소리 그것이 곧 민중의 말이다. 그리고 보다 주의해야 할 것은 지지리도 못나게 양순한 그 사람들에겐, 선량하게만 살아온 그 사람들에게는 어떤 사람이 어떤 이유로도 상처와 아픔을 줄 권리가 없다. 그들에게 화살을 쏘아대서는 안 된다. 그 선량하고 가엾은 사람들의 가슴에 누가 함부로 화살을 쏘아붙인단 말이냐. 또 그래야 한다는 것이냐…… 그리하여 '청부업자들'은 결국 그 '배반'의 자리에 서기를 거절한 것이다. 동시에 나의 그 모처럼만의 배반에의 꿈이 깨어진 것도 말할 것이 없었다.

제기랄! 나는 생각이 거기까지 미치자 그만 입속이 뜨거워져오기 시작했다.

흥! 배반은 무슨 말라비틀어진 배반이야!

나는 누구에게랄 것도 없이 그저 막연한 기분으로 한바탕 저주를 씹고 나서 벌떡 소파에서 몸을 일으켜버렸다.

15

 송 교수는 지훈의 소식에 상관없이 퍽 유쾌한 듯했다.
 저녁 무렵에 찾아간 팔기와 나에게 송 교수는 한참 정원의 덩굴 장미 자랑을 했다. 우리는 주스를 빨며 약간 감탄한 얼굴로 이야기를 듣고 있었다. 그러다 어느 결에 지훈의 이야기가 나오자 송 교수는 역시 거침없이 말했다.
 "아 참, 그 친구 글 나 읽었어. 참 재미있게 읽었는데…… 그 친구 너무 쉽게 읊는 데가 있더구만."
 요즘 지훈의 일엔 전혀 괘념을 않는 투였다.
 "선생님이야말로 지훈의 이야기를 너무 쉽게 읊으시는군요."
 팔기가 웃으면서 슬쩍 맞섰다.
 "예끼…… 하하하."
 송 교수는 크게 소리 내어 웃었다. 좀처럼 보기 드문 웃음이었다.
 "어디가 너무 쉽게 읊어졌나요? 선생님께서도 쉽게 읊어보시지요."

"자넨 썩 요령을 아는군."

송 교수의 엉뚱한 대꾸에 팔기가 잠시 머뭇했다.

"뭐가 말씀이에요?"

"결정적인 실수를 버릇으로 돌리는 것은 용서를 얻어내기가 그 중 쉽거든."

우리는 또 모두 웃었다. 송 교수더러 두 번씩이나 거푸 '읊으라'고 말한 팔기의 속셈을 송 교수가 놓치지 않고 찍어냈기 때문이다. 그러나 송 교수는 이내 웃음을 거두고 지훈의 글에 대한 소견을 말하기 시작했다.

"가령 지훈인 한국 문학인을 지식인 반열의 범주에 귀속시키고 나서 우선적으로 그 역할을 감당시키려 하고 있는데, 내 생각으로는 여기부터 무리가 생기지 않았나 싶단 말야. 한국의 문학인이 지훈의 주문대로 지식인 일반의 역할을 감당하려고 한다면 그것은 물론 가능한 일일 수 있을 테지. 하지만 그렇게 되면 그 문학인의 예술가로서의 창조적 자아는 어떻게 되는 거지? 물론 지식인에 대한 지훈의 요구가, 다시 말해서 그가 말한 이념 창조자로서의 지식인 일반의 진실이 한 예술가의 창조적 진실과 일치할 수 있다면, 그것은 문제가 될 수 없겠지. 하지만 언제나 그럴 수 있을까. 지훈은 지식인이 그가 발견한 진실의 방향과 그가 구체적 힘을 작용시킬 방향을 달리할 수 있다고 말했지. 하지만 그것은 구체적 실천성까지 포함해야 하는 지식인 일반의 경우에 해당하는 말이지 예술가에게 요구될 수 있는 건 아닐 거야. 예술가가 작품에서 지향하는 진실은 구체적 행동의 방향까지 고려될 필요는 없는 것이거든. 그것은 어디까지나 최초의 진실, 그 방향이어야 한단 말이야. 예술가에게 어떤 구체적 행동이 요구될 수 있다면 그것은 아마 그의 창작 가운데서가 아니라 그것이 끝나고 난 다음 지식인 일반으로 돌아온 다음이어야 할 거야. 여기에서 지훈은 아마 어떤 혼란을 겪고 있었던 게 아닐까 몰라."

"예술가에게 있어서 행동이란, 그 창작 행위가 끝난 후에나 요구될 수 있는 거라고 말씀하셨지만, 사실은 그 창작 행위 자체가 예술가에겐 가장 구체적 행동이랄 수 있지 않을까요. 그렇다면 예술가의 실천성도 바로 그 창작 행위 속에서 실현되고 있고 또 실현되어야 한다고 봐야지 않습니까?"

나는 지훈의 글 중 그 부분에 상당히 관심을 가지고 있었으므로 대뜸 송 교수의 말을 받았다.

"원칙적으로는 물론 그게 맞는 얘기겠지. 하지만 그것은 한 작품의 결과가 우리 현실에 대해 어떤 기여를 할 수 있느냐 하는 구체적 효용성이 고려되어야 한다는 말은 아니지. 그렇게 되면 어떤 예술가가 자신이 지향한 진실이 어느 쪽을 향하고 있든, 보다 바람직한 역사의 진전을 위해서는 자신이 지향해가는 진실의 방향을 숨겨두고—비록 그와 같은 노력이 종국적으론 자신의 그것에 이르기 위한 것이라 하더라도—제3의 방향을 설정할 필요가 있다는 지훈의 주장과 같은 논리가 되는 것이지. 하지만 그건 소위 행동성이나 실천성이라는 걸 고려한다 해도 예술가의 진실은 아니지. 그리고 되풀이 말하는 것이지만 바로 그 점에서 예술가의 진실이 지훈이 말한 지식인 일반의 그것과는 다를 수 있는 거고…… 하긴 그래서 지훈 자신도 그런 논리의 배반을 의식하면서 '비극을 거부하는 비극'이라는 말을 쓴 것인지도 모르오. 하지만 도대체가 창작 행위란 그 진실에 도달해가는 방법이나 효용성에서가 아니라 그 정직한 진실 자체에서 힘을 지닐 수 있는 것 아닐까?"
"선생님께서 말씀하시는 것은 어쩌면 무당 문학론 비슷한 것이 되겠군요."
너무도 침착하고 차디찬 송 교수의 논리가 나는 참을 수 없도록 혐오스러워지고 있었다. 나는 흙발을 내미는 기분으로 불쑥 송 교수의 말꼬리를 밟고 나섰다.
"무당 문학론이라니?"
송 교수가 조금 어리둥절한 척했다. 일부러 그러는 것인지, 정말 어리둥절한 것인지 알 수가 없었다.
"한 작가에게 적극적인 지식인의 몫을 감당시키려 하지 않고 소위 시대 의식의 한 표현으로만 보려 할 때 그 작가는 당대 역사나 시대 의식의 무당 노릇밖에 할 게 없지 않습니까."
나는 참고 있던 이야기들을 아무렇게나 쏟아놓기 시작했다. 사실 그처럼 자유롭게, 어쩌면 무례할 만큼 함부로 자기 생각을 쏟아놓을 수 있는 것은 그것이 바로 송 교수에 대한 우리들의 경의와 신뢰감의 한 표현이기도 하였다.
"무당은 제 입으로 말하면서도 그 말을 하게 한 것은 자기가 아닌 신명(神命)이나 섭리라고 하지요. 그 신의 자리에 역사를 놓고 무당의 자리에 작가를 놓으면 같은 이야기가 되지 않겠습니까. 혹시 무당이라는 표현이 싫으시다면 '시대의 증인'이라는 말도 있지요. 가장 순진스런 눈을 가지고 가장 천진스럽게 세상에 반응하고, 그리하여 가장 정직한 증언을 남기는 사람들이라는 정의 말씀입니다. 하지만 깜깜한 어둠 속에서라면 누구를 위해 얼마나 많은 증언을 할 수 있습니까. 한가하게 세상을 가장 천진스럽게 살아가고, 또 자신의 눈을 가장 순명하게 간직함으로써 어느 시대의 얼마만 한 진실과 만날 수 있을까 하는 것도 의심스럽지만, 가령 그게 가능한 일이라더라도 그 천진스런 장난꾸러기를 아무도 귀엽게 생각해주지 않고 오히려 위험스럽게만 여길 때, 작가란 위인들은 그 위험스런 장난질을 과연 얼마나 계속해나갈 수 있습니까. 언젠가 전 선(善)은 선 그 자체로서 선이 아니라 자기 위상과 가치를 지켜나갈 수 있는 능력까지 지닌 경우에 비로소 선일 수 있다는 말을 들은 적이 있습니다만, 저는 거기에 동감입니다. 더 오래 증언하고 성원의 박수도 받기 위해선 그 천진스런 정직성만 내세우려지 말고 자신까지도 배반하는 비극을 감내하는 적극적인 실천성이 필요한 것 같다는 말씀입니다. 전 지훈을 그렇게 이해하고 싶습니다. 천진스럽고 예민한 반응도 중요하지만, 우선 우리들이 함께 몸담고 있는 운명의 배가 깊은 바닷속으로 가라앉아버리지 않게 해야 하고, 그러기 위해 될수록 많은 사람의 힘이 헛되지 않도록 하자면 말씀입니다."

말을 하다 보니 나는 언제부턴가 조금씩 송 교수에게 미안한 생각이 들었다. 송 교수는 처음 빙글빙글 웃고만 있었으나 점차 난처한 표정이 되어갔다. 말이 끝날 무렵쯤 해서는 조급하게 고개를 끄덕여 보이는 것이 이젠 그만 이야기를 끝내라 재촉하고 있는 것 같기도 했다.
"선생님의 말씀은 누군가의 말대로 우리 문학인에게는 아직 역사나 사회에 반응하는 의식의 양식화가 이루어져 있지 않다는 말씀이시겠지."
팔기가 모처럼 말을 받으면서 나를 보았다. 송 교수는 이제 더 대꾸를 하지 않았다. 그러나 이윽고 그가 다시 입을 열었다. 아무래도 이야기에 확실한 마무리를 지어두고 싶은 모양이었다.
"사실은 나도 지훈의 얘기를 트집 잡고 싶은 생각은 없어요. 모처럼 시원했어요. 아까 처음에 너무 쉽게 읊었다는 말도 사실은 시원스러웠다는 뜻이었는데, 자네들이 다짜고짜 몰아세우는 통에 그만 해명할 기회를 잃고 만 거지……"
말을 끝내고 나서 송 교수는 어딘지 장난스런 표정으로 웃음을 흘리고 있었다. 하지만 이제 나는 그 송 교수를 알 수가 없었다. 문득 나는 지금까지 송 교수가 한 말은 모두 농담 비슷한 것이거나, 아니면 적어도 송 교수 자신의 진짜 모습은 그 이야기 뒤에 깊이 숨어 있었던 것 같은 느낌이 들기 시작했다. 그러자 나는 여태 그 송 교수로부터 어떤 시험을 당하고 있었던 것 같은 배반감이 치솟았다. 그러나 이제 나는 그 송 교수를 더 이상 어쩔 수가 없었다.
"한데 선생님. 지훈이 요즘 좀 이렇게 된 줄 아십니까?"
그때 마침 팔기가 손가락을 머리 위에서 맴돌리며 송 교수에게 물었다. 그러자 송 교수는 간단히 대답했다.
"들었지, 들었어요."

그리고 나서는 왜 새삼스레 그런 소리를 꺼내느냐는 듯 팔기를 쳐다보았다. 그러다간 또 무슨 생각이 들었는지 아까처럼 입가에 알 수 없는 웃음기를 띠기 시작했다.

"우습게 되었지요."

팔기도 말을 하고 나선 피식 하니 힘없이 웃고 말았다. 그러나 송 교수는 이윽고 우리가 자리를 일어서려고 하자 오랜만에 다시 정색한 얼굴이 되었다.

"그래, 지훈은 우습게 되었지. 그게 정말 엄살이 되지 않으려면 우리도 다 같이 그렇게 되는 것이겠지. 하지만 우리가 그에게 할 수 있는 일이 그것밖에 없을까."

"우리라든가 함께라든가 하는 말은 안 됩니다. 배반이 생기고, 그러면 진짜들의 노력까지도 또 우습게 됩니다."

팔기가 기다렸다는 듯 재빨리 대꾸했다.

"그럴까? 그렇게 될까?"

송 교수는 여전히 목소리를 죽여 말했다.

"즉 이런 놈이 그럴 공산이 크지요."

팔기가 그러면서 내 머리를 툭툭 두드렸다.

"보세요. 제 할 소린 다해놓고 이제는 이쪽저쪽 남의 눈치만 살피고 앉아 있는 게 그럴 것 같지 않아요?"

어째서 그랬는지 세 사람은 그 소리에 다시 한 번 크게 웃었다. 그 웃음의 동기가 세 사람 다 똑같은 것이었는지 어쨌는지는 알 수가 없었다.

어쨌든 모처럼 후련한 저녁이었다. 생각이나 이해가 비슷한 사람들끼리의 모임에선 역시 잃는 것보다 얻는 게 많기 마련이었다. 뭐가 좀 되어갈 것 같았다. 지훈의 일에도 지나치게 절망만 할 필요는 없을 것 같았다. 이젠 간밤에 있었던 영인과의 일도 별로 대수롭지 않게 여겨졌다. 착각이었을까. 그러나 미처 나는 그것이 정작엔 착각인 걸 알아차리지 못했다. 집으로 돌아와 자리로 들고 나서야 나는 오늘 바로 그 조울과 증세가 또 한차례 나를 스치고 지나갔음을 알았다. 사실의 변화가 없을 때, 그 사실 자체와 사실에 대한 인식이 지나치게 격차를 이루고 있었던 것이 그 증거였다. 어떤 이유 때문이었는진 모른다. 우리들의 형편은 아무것도 달라진 것이 없었다. 한데도 그 송 교수의 표정이나 분위기로 나는 갑자기 무슨 사정이 달라진 것처럼 기분이 제법 가벼워져버린 것이다. 그리고 그 웃음기 뒤에 숨어 있었을지도 모를 송 교수의 어떤 비밀 같은 것도 굳이 캐어내보려질 않은 것이다.

16

 며칠 뒤에 집으로부터 또 한 장의 편지가 올라왔다. 물론 나는 아직 전번 편지에 대해서도 아무 말 하지 않은 채 다시 글을 받은 것이었다. 젊은 나이의 여자가 혼자 되어 지내자면 아이들이 대견스럽거나 집안 살림이 유족하거나 하다못해 친족 가운데 의지가 될 만한 사람이라도 있어야 하는데, 형수는 그 어느 것에도 마음 붙일 데가 없다는 노골적인 푸념이었다. 유일한 바람이 있었다면 그것은 나에 대한 것이었는데, 이젠 그것도 더 기다릴 수가 없으며, 그리고 보니 자신은 욕심껏 아이들이나 가르치며 살아가리라던 희망까지 사라져버린 꼴이다…… 형수로서도 이젠 자기 길을 다시 생각해야겠다는 것이었다.
 ─그러니 아이를 하나 맡아주십시오. 어린 것은 내가 달고 다니다 죽어도 같이 죽고 살아도 같이 살 수밖에 없지만, 철이 든 것은 삼촌이 데려가주십시오. 그것은 생겨나기도 사내 꼭지로 났으니

제 뼈붙이를 찾아주는 것이 옳을 것 같습니다.
경우가 바로 선 글이었다. 누군가가 또 대필을 해줬음에 틀림없었다. 일이 너무 빨리 닥쳐버린 것 같았다. 눈앞이 캄캄했다. 언젠가는 그렇게 되고 말 일이었지만, 그것이 이토록 빨리 밀어닥치리라고는 생각지 못하고 있던 터였다. 젊은 형수의 개가를 만류할 구실이 없었다. 그렇다고 그냥 모른 체하고 있을 수도 없었다. 당장 두 아이의 일이 문제였다. 하나는 자신이 데려간다지만 그도 얼씨구나 하고 내맡겨버릴 수는 없었다. 설사 형수가 하나를 맡아준다고 해도 남은 하나를 감당할 길이 막연했다. 일찍부터 이런 경우를 예상하지 않았던 건 아니지만, 실감을 가지고 그것을 생각한 일은 없었다. 설마 그런 일이 정말로 내게 있으랴 하는 식이었다. 생각했다는 것이 기껏 조카아이들이 물기나 좀 마르고, 어느 정도 내 쪽에 안정을 얻을 때까지나 기다려줬으면 하는 바람뿐이었으니까.
— 형수님 조금만 더 기다려주십시오.
이번에는 할 수 없이 글을 썼다. 지금까지의 불찰을 용서하시라고. 결코 형수와 조카들의 일이 마음에서 떠나본 일이 없노라고. 어수선한 세상일과 돈이 죄라고. 그러나 곧 모든 것이 좋아지리라고…… 정히 생각대로 하실 양이면, 그렇더라도 당분간 결정을 기다려주십시오. 지금은 정말 어쩔 수가 없습니다……
반 애원을 해서 우표를 붙여 우체통에 넣었다. 그러고는 곧 지훈을 찾아갔다. 나는 내 심보를 알고 있었다. 하필 그런 무거운 마음으로 지훈을 찾아가고 싶은 생각이 난 심보를 스스로 알고 있었다. 건강이 지극히 나빴을 때 나는 마침 위암으로 입원해 있던 한 친구의 문병을 열심히 쫓아다닌 일이 있었다. 그 친구는 위 수술을 받고 나서 배변까지 호스로 감당하고 있었는데, 나는 그 친구를 찾아다니며, 그의 절망을 보면서 나름대로 괴상한 위안을 얻고 있었다. 친구의 절망 앞에 나의 위병 따위는 문제도 되지 않았다. 거기서만은 나는 내 행복한 건강을 만끽할 수 있었다. 그리고 언제나 친구와 친구의 가족들로부터 감사를 받는 그 문병에서 친구의 눈길은 사람이 얼마나 외로움에 속고 있는가를 나에게 가르쳐 줬다. 나는 그 친구의 고마워하는 눈길을 사양하거나 깊이 민망해 할 필요가 없었다. 고마워하는 사람은 고마워하는 것으로 이미 보답을 받는다──나는 그렇게 스스로를 변명했다. 하긴 그건 사실이었다. 그는 내게 진실로 고마움을 느끼고 있었고, 그가 그렇게 고마움을 느낀 만큼 그는 스스로 위로받고 있음에 틀림없었다. 그가 언제나 나를 기다린 것만 해도 그랬다.

 지훈을 찾아간 것이 그와 똑같은 동기에서라곤 할 수 없지만, 그 밝은 햇빛 속에 나는 누구에게서도 위로를 받을 수 없다는 것을 알았고, 지훈이라면 적어도 내게 아픈 질투를 느끼게 할 웃음은 웃지 않으리라는 걸 믿고 있었음이 분명했다.

 그러나 지훈을 만나고 나서 나는 또 하나 뜻하지 않은 불찰을 생각해내고 놀라 당황하지 않을 수 없었다. 그것은 어째서 형수가 지금 하필 그런 결정을 내렸는가 하는 데에 대한 해답이 떠오른 때문이었다.

 "너 이 새끼 왜 서울 있어."

방에 들어가 앉기도 전에 지훈은 대뜸 호령을 했다. 그처럼 거친 지훈의 언사는 그의 의식이 비록 안정을 잃고 있기 때문이라 해도 약간은 의외라는 느낌이 들었다. 나는 처음 그 이유를 알 수 없었다. 별 뜻이 있을 것 같진 않았다. 그의 머릿속이 더 황량한 폐허로 변해가고 있는 증거로 삼을 수도 있었다. 하여 나는 짐짓 그런 녀석의 기분엔 신경을 쓰지 않는 척 방 안으로 들어서면서 큰 소리로 맞대꾸를 했다.

"놈이 인사 올릴 생각은 않고 짖어대기부터 해? 왜 난 서울 있으면 안 되냐?"

지훈은 전번의 어항을 어디로 치워버렸는지, 그 대신 조그만 면경으로 자기 얼굴을 열심히 비춰보다가는,

"그래 너 분명 시골집에 가지 않았지?"

무슨 생각에선지 거울을 내리며 그것부터 따졌다. 그 눈이 생각보다 너무 진지했다. 지훈은 그 눈동자를 거울로부터 똑바로 내게로 옮겨 심고는 알 수 없는 연민과 동정기가 어린 표정으로 대답을 기다리고 있었다.

"시골집에 간 놈이 여기 있어?"

그러자 지훈은 단정하듯 말했다.

"너는 개다!"

영문을 알 수 없었으므로 나는 여전히 맞섰다.

"개? 그래 내가 그냥 개라면 너는 똥개다. 나는 발바리쯤 될 게고."

"난 개 아냐!"

지훈은 우습도록 진지하게 자신은 개가 아니라 부인했다. 그런 그의 어조가 오히려 더 수상쩍었다. 그러나 나의 추측은 아직 확실하지 않았다.

"발바리는 똥은 안 먹어."

"이 새끼, 사람 시늉도 낼 줄 모르는 새끼가!"

지훈이 참을 수가 없어진 듯 느닷없이 내 멱살을 거머쥐려 덤볐다. 내가 목을 이리저리 내뻗치자 그는 할 수 없이 손을 내리며 다시 추궁했다.

"너 그제가 무슨 날인지 알아?"

나는 그의 발작을 피하기 위해 달력을 보았다. 7월 모모일. 무슨 날인가.

"너하고만 상관되는 날이야."

지훈이 기다리다가 말했다. 생각나지 않았다.

"봐라, 넌 개다. 그제가 네 형님 2주기 날 아니냐."

그제서야 나는 깜짝 놀랐다. 그렇구나, 그랬었구나. 그리고 그것도 그렇구나. 형수가 그런 편지를 내게 된 이유도 그것이었구나. 하지만 그런 때 당황스런 표정을 드러내지 않는 것이 나의 자랑이었다.

"어떻게 네가 그런 걸 다 기억하고 있지?"

나는 쑥스럽게 물었다. 어떻게 놈이 그걸 알고 있었을까. 내가 언제 그런 이야기를 한 일이 있었던가? 아니면 이런 유의 사람들에게 흔히 볼 수 있는 어떤 비상한 직감력? 아무러면 그게 내가 알고 싶은 일은 아니었다. 어이가 없었다.

"나쁜 자식. 그러고도 소설을 썼어? 가장 가까운 사람들의 진실을 배반하면서도 네게 무슨 진실이 있다고 말하겠어? 나쁜 놈, 그들을 모조리 버리고 싶은 거지? 잊고 싶은 거지? 잊어지냐? 진실이란 게 네놈식의 관념이야? 천만에. 알아둬라. 가족처럼 가까운 사람들의 소박한 기대라도 함부로 배반하지 않으려는 구체적 숨결과 행위의 연속…… 그런 것이 진실이라는 거야. 너에 대한 그 사람들의 기대가 너 자신을 지킬 수 없게 만들고, 그래서 그 사람들의 기대 앞에 네 자신의 진실이 질식당해 죽고 말 거라 말하고 싶어질 때라도, 너는 그 기대를 조금씩이라도 교정시켜줄 수 있는 성실하고 애정 어린 설득을 시험해보지 않는 한 네놈에겐 아직 어떤 배반의 구실도 주어질 수 없는 거란 말이다."

그는 눈을 부라리며 나를 노려보았다. 자기 말뜻을 알아들었는지 기어코 내 얼굴에서 그것을 확인하겠다는 표정이었다. 나는 아마도 이제 그가 내 얼굴에서 제법 만족스런 해답을 읽어낼 수 있으리라 생각했다. 그의 말은 여느 때라면 입에도 담기 쑥스러운 것들이었다. 하지만 그런 지훈의 말 속에 나는 어느덧 분명한 진상 한 가지를 만나고 있었다. 아니 그건 결코 내 자신에 관한 것이 아니었다. 그리고 그다지 새로운 것도 아니었다. 나는 지훈의 말에서 다름 아닌 그 자신의 갈등을, 생활과 자기 문학 사이의 괴로운 갈등을 목도한 것이다.

"그까짓 자기 가족을 내팽개치고 싶어 하고, 그래서 종당엔 자신까지 배반하고 싶어 하는 그까짓 문학 다 필요 없어. 도대체 누굴 위해 그따위 허수아비 짓을 하고 있는 거야. 하지만 너 같은 새끼들에겐 그러고도 그 문학이 가능한 무슨 그럴듯한 구실이 있을 테니 가증스러운 일이지."

그는 말을 끝내고 나서 슬프디슬픈 눈으로 나를 바라보았다. 그러다 이윽고 예의 거울을 다시 집어 들었다.

집으로 돌아오자 나는 곧 형수에게 편지를 고쳐 쓰기로 했다. 하지만 나는 두 줄도 적어 내려가기 전에 금세 다시 그 일을 단념하고 말았다. 알고 있진 못했지만, 이미 써 보낸 글에서도 형님의 기일을 잊은 일에 대해선 이쪽 사정이 어느 정도 변명되어 있었던 것 같았다. 그보다 아까 본 지훈의 표정이 자꾸만 머릿속에 맴돌았다. 문학과 생활이 화해해버린 데서 오는 평화였을까. 이제 녀석의 얼굴에는 전처럼 흐릿하게 엇갈리는 것이 없었다. 정말 그에게 화해가 얻어진 것일까. 아니다. 그럴 리는 없었다. 그것은 화해가 아니라 어느 한쪽이 굴복을 하고 만 데서 온 모종의 단순성이나 반편성 같은 것이리라. 그렇다면 그것은 지훈을 위해 더 큰 낭패였다. 지훈의 지훈다운 곳은 초점 안 맞는 렌즈 앞에 선 사람의 그 몽롱하고 혼란스런 표정에 있었다. 그는 자신의 문학과 실생활의 의지가 팽팽하게 반발하는 긴장 속에서, 그 긴장을 견뎌내야 하는 힘에서 자신의 평형과 조화를 취해온 셈이었다. 그런데 끝내 그는 그 긴장을 견뎌내지 못하고 만 격이었다. 긴장은 깨어지고 그의 모든 의식은 그 긴장에서 해방되어 번갈아 가며 그를 지배하고 있는 것이다. 그의 긴장은 아마도 그 통쾌한 연주를 신호로 파괴되기 시작했을 것이다. 연주는 지훈에게서 바로 그의 긴장이 허물어져나가는 신호였다. 지훈에 대한 나의 이런 판단은 오래지 않아 더욱 명백해졌다.

그 며칠 후— 지훈의 아우가 뜻밖에 사무실로 나를 찾아왔다. 그리고 그날 지훈의 아우가 내게 한 이야기가 그런 것이었다.

하루는 위인이 집을 나가겠다고 자기 책들을 꾸리더랬다.

"왜 그러냐고 하니까, 지금까지 저희들과 같이 이런 식으로 사는 것은 참을 수 없는 치욕이라고요. 형님 혼자서 멋있게 살아보겠다는 거예요. 혹시 제 형님에게 어떤 여자가 있었어요? 지금이 아니라 전에 사귀던 여자라도 말씀이에요."

"그렇다고 들었어. 어떤 여자였는진 나도 모르지만."

"역시 그렇군요. 그런데 그 여자가 형에게 뭘 원했는질 모르겠어요. 걸핏 하면 형님은 그 여자가 말한 게 모두 옳았다고 하시거든요. 그런 말씀을 자주 하셔요. 그게 사람이 사는 옳은 방법이라고요. 그러면서 형님은 어쩌면 그 여잘 다시 만나야 할지 모른다는 거예요. 그날도 그랬어요. 형님이 집을 나가시겠다고 짐을 싸시던 날 말씀이에요. 우리가 당장 집을 나가는 것만은 참으라고 말렸더니, 그럼 우선 집에 전화라도 놓아야 하지 않겠느냐고 하시지 않아요. 그리고선 헌 수화기 하나와 전깃줄 같은 걸 잔뜩 구해 가지고 와서 방에다 얼기설기 꾸며놓는 거예요."

그리고서 다음 날 아침에는 또 겁을 먹은 듯 허겁지겁 그 전깃줄을 다시 걷어치우더라는 것이다. 그를 혼란하게 하던 두 갈등의 뿌리가 이제는 하나씩 교대하여 그를 지배하고 있음이 너무 분명했다.

"종잡을 수가 없어요. 그리고 오헬 하실지 몰라 미리 말씀드리는 건데 사람을 영 싫어하세요. 그것도 아는 친구분들을 더 그러시는 것 같아요."

"언제나 그런 상탠가?"

"정신이 맑을 때도 있어요. 형이 아무 얘기도 없이 가만히 드러누워 있기만 할 때는 그럴 거예요. 하지만 어떤 날 밤엔 아주 열이 나가지고 세상을 깜짝 놀래주겠다며 뭔지 마구 글을 써댈 때가 있어요. 그럼 그건 제정신이 아니에요. 나중에 형이 가만히 누워 있다 갑자기 생각난 듯 자리를 벌떡 일어나 해치우는 일이 있는데, 그게 자기가 전날 밤 열심히 써놓았던 원고지를 불태우는 일이거든요."

그리고 그는 마지막으로, 어느 날 저녁 내가 그의 집으로 찾아갔을 때처럼 머뭇머뭇 나를 외면하며 돌아갈 눈치를 보였다. 그러다 그는,

"어떻게 해야 할지 모르겠어요."

혼잣말 비슷이 말하고는 사무실 문을 나가면서 한마디 더 덧붙였다.

"형님을…… 제발 형님을 도와주세요."

17

 아무 일도 일어나지 않았다. 송 교수 댁에서 그날 밤, 지훈이 혼자 우습게 되지 않기 위해, 혼자 엄살꾼이 되게 하지 않기 위해 우리도 다 함께 그렇게 될 수밖에 없는가 자문한 일에 대해선 그 후 누구에게서도 해답이 나오지 않은 채였다.
 팔기에게서도 별다른 소식이 없었다. 신문사 김 형도 이후론 대면이 없었다. 아무 일도 일어날 수 없었다. 영인에 대해서도 마찬가지였다. 가끔 그녀를 만난 일은 있었다. 그리고 그녀의 말대로 배반 아닌 배반을 좀더 연습해보기로 했다. 그러나 우리는 그런 일에 대해 새로운 의미를 덧붙이려 하지 않았다. 나와 같은 이유에설까. 그녀도 그것을 바라지 않는 것 같았다. 나는 그것을 연습할 뿐이었고, 그녀는 그런 내게 군소리 없이 협조해주었다. 그러니까 거기서도 별 새로운 일이 일어날 수가 없었다. 내 소설에 대한 생각도 물론 마찬가지였다. 어슴푸레나마 때로는 단식 생각도 했다. 그러나 내가 아직 무엇인가 마지막 일 같은 걸 기다리고 있다는 것은, 그리고 그 일이 아직도 내게 일어나지 않고 있다는 것은 곧 나의 단식이 좀더 연기되어도 좋을 구실이 되고 있었다.

여전히 아무 일도 일어나지 않았다. 그렇게 하루하루가 지나가는 것이 나는 그저 다행스러울 뿐이었다. 어떤 새로운 일에도 나는 이제 어쩔 수가 없을 것 같은 나태스런 무력감. 그래서 내가 당장 나락으로 떨어져 내리지 않는 지금 그대로 하루하루가 탈 없이 그냥 지나가는 것이 다행스러웠다.

그러나 그건 또한 기다림이기도 하였다. 정신을 차릴 수 없을 만큼 어마어마한 일이 벌어져서 세상 모든 사람들이 나와 함께 아우성치게 하고 싶은 간절한 소망이기도 하였다.

어느 날 드디어 한 가지 일이 생겼다. 하지만 뭐 그리 대단스런 일은 아니었다. 그렇다고 그걸 아주 무시해버릴 수 있을 만큼 작은 일도 아니었다. 옹색스런 일이라고나 할까. 느닷없이 은경이 나를 만나자 제의해왔다. 일요일 오후 5시. 제2한강교 부근 찻집 〈강〉에서. 무슨 일인지 알 수 없었다. 〈강〉에서의 그 마지막 되돌아보기 다짐도 서로 간에 때가 지나간 지금 그녀가 그런 일로 새삼 자리를 마주하쟀을 리는 없었다. 게다가 내가 더 알 수 없는 것은 다음과 같은 그녀의 짧은 엽서 내용이었다. 엽서의 사연이 마치 그녀와 나 사이의 것이 아닌 듯한 요령부득의 것이었다.

―우리는 서로 아직 인간적 경멸감을 못 지닌 채 헤어진 것으로 믿습니다. 저의 일을 상의해보고 싶습니다.

여간 건방진 어투가 아니었다. 무얼 상의한다? 하지만 나는 결국 그날 그 시각에 정확하게 제2한강교 부근의 〈강〉으로 나가 앉아 있었다. 은경 역시 여느 때의 그녀답게 자신이 약속한 5시보다 꼭 5분이 늦은 5시 5분에, 그러나 모처럼만의 대면이어서 그런지 제법 반가운 표정으로 〈강〉으로 들어섰다. 그리고 그녀는 당당해 보일 만큼 상냥한 웃음으로 나에게 감사했다.

"나와주셨네요."

그것은 오히려 지금부터의 일이 이미 전날과 같이 '우리 둘'의 일이 아님을 분명히 하려는 그런 종류의 것이었다. 아닌 게 아니라 그녀는 자리를 잡아 앉는 것부터 예전과 같지 않았다. 그녀는 내 옆자리를 비워둔 채, 서슴없이 맞은편 좌석으로 가서 나와 얼굴을 마주하고 앉았다.

―이 여잔 이제 정말 마음이 떠나간 건가.

나는 막연히 그런 생각을 하면서 물끄러미 그녀를 건너다보고 있었다.

은경은 옷을 새로 지어 입고 있었다. 노출이 전보다 심한 것은 아니지만 조그만 움직임에도 물고기 지느러미처럼 하늘하늘 움직이는 물색 옷감이었다. 옷감이 너무 얇고 부드러워서 그녀의 속살이 어디나 금방 들여다보일 것 같았다. 은경의 그런 옷차림이 나의 생각을 더욱 확실하게 해왔다. 불쾌한 건 아니었다. 조급할 것도 물론 없었다. 그녀의 하늘하늘한 모습이 전체로 무슨 큰 해면처럼 느껴져 어딘지 좀 피곤한 느낌이 들 뿐이었다.

"상의할 일이 있다고요?"

나는 귀찮은 듯 조금 퉁명스럽게 말을 꺼냈다.

"네."
그녀는 목소리를 짧게 끊어 대답했다.
"좀 확실히 해드릴 게 있어서요. 이렇게 된 이상 제가 짐이 되어 드리고 싶진 않거든요."
"짐으로 생각한 일이 없는데요."
"소설을 안 쓰시니까, 지금은."
무슨 말을 하려는 것인가. 확실히 해두겠다고? 짐을 덜어주겠다고? 그 이야기인 모양이다. 그녀와의 헤어짐을 미루어 다짐한 내 소설에 대한 약속. 하지만 그것은 그쪽의 문제가 아니다. 그녀가 어떻게 해줄 일이 아니다.
"내가 소설을 생각하는 일이 그쪽엔 아무 상관도 없는 일이듯 그 약속도 그쪽과는 상관없는 내 일일 뿐일 텐데요."
"……"
"내게 대한 부담감 같은 건 생각 않을 아가씨로 진작에 알고 있었는데, 그래도 혹시 그걸로 그쪽 마음속에 걸리는 일이 남아 있다면 모든 걸 소급해 취소하지요. 그런 약속에 대해서는 이제 나도 불편을 느끼고 있으니까요. 하지만 이건 상대방에게 바라고 어쩌고 할 일이 못 되잖아요. 어느 쪽이건 간에 자신이 씻어내야 할 자기의식의 얼룩 같은 것일 테니."
"……"
한동안 말이 끊어졌다. 다방 안은 언제나처럼 한산했다. 이 다방이 특히 한산한 느낌이 드는 것은 이날 비로소 알게 된 일이지만 신촌의 그 〈기적〉처럼 음악이 없다는 것이었다. 우리는, 아니 그 여자와 나는 커피를 시켰다. 그리고 나서 다시 말을 계속했다.
"호의에 내가 감사할 방법은?"
이번에도 그리 여유를 잃지 않은 물음이었다.
"제 자랑을 조금 들어주시고 축하를 해주시면 돼요. 혹시 조언 같은 걸 들을 수 있다면 더욱 고맙겠구요."
은경도 이젠 별 사양하는 빛이 없이 다시 또박또박 침착하게 말했다.
"자랑을?"
"네, 제 약혼 얘긴 분명 자랑에 속해야겠지요?"
이야기가 갑자기 뒤바뀌었다. 아니 이야기는 처음부터 앞뒤가 뒤바뀌어 있었다. 사실은 먼저 그녀의 자랑을 듣고 나서 내가 그 대가를 요구해야 했을 터였다...... 하지만 그걸 하필 나에게 자랑해야 할 이유는 무엇인가. 적어도 오늘 그녀가 다시 나를 만나려 한 것이 내 소설이나 헤어짐에 대한 마음의 부담 때문에서만은 아니었을 게 분명했다. 어쩌면 그 이상의 깔끔한 결벽성이 곁들여졌을지도 모르지만. 하지만 어쩔 수 없었다.
"그렇겠군요. 듣지요."
나는 말하면서 얼굴 근육이 가죽 밑에서 간지럽게 실룩거리는 것을 그냥 꾹 참아 넘겨야 하였다.
"저 그 남자와 약혼할 것 같아요."
은경은 그 남자라고 말했다. 내가 알 만한 사람이라는 뜻이리라. 그 남자, 저울의 다른 한쪽에 앉아 있던 사람, 그리고 끝내는 내가 그의 무게를 감당해내지 못하고 은경의 저울로부터 내려서버리게 했던 사내. 정말 그랬다. 나의 행위를 뭐라고 변명해도 나는 거기서 확실한 결판을 보지 못하고 지레 겁을 먹고 내려서버린 셈이었다. 자신이 없었던 것이리라. 은경에게 나를 저울질하지 말라 한 것도 사실은 그런 게임을 한 번도 이겨본 경험이 없는 내 자신의 소심증, 비겁성 때문이었을 게다. 그러나 나는 그 남자에 관해서 아무것도 모른다. 정말로 그와 맞서 얼굴을 바로 쳐다본 일조차 없으니까. 싸움다운 싸움을 벌여보지도 못했으니까. 그렇다고 은경에게 모른 척 시치밀 떼 보일 수도 없었다.

"하시는 거죠."

나는 애매한 목소리로 대꾸했다. 열을 내도, 시들해 보여도 어차피 우스운 일이었다. 애초에 그런 이야길 듣기로 한 것, 그보다도 은경을 다시 만나기로 한 것부터가 우스운 일에 속했다.

"우린 약혼을 하는 대로……"

은경이 내 목소리보다 더 애매한 표정으로 말을 이었다. 약혼을 하는 대로 미국으로 가게 된다 했다.

"전부터 거기선 미국엘 한번 가보고 싶어 했었지. 그런데……"

잘되지 않았느냐고 말하려 했다. 그러나 나는 말을 끝맺지 않았다. 이런 때는 될수록 그녀에 대한 기억을 들추지 않는 것이 나았다. 이제 은경에 관해 자세히 알고 있는 것은 우스운 일이었다. 그녀를 알은체하고 나서는 것은 더욱 우스운 일이었다. 그러나 그녀는 알아들은 모양이었다. 문제는, 그와 함께 미국으로 가는 것이 그녀의 결정을 내리는 데에 무척 기묘한 혼란을 준다는 것이었다. 그러면서 은경은 이쯤에서 정말 자랑인지 고민인지 분간하기 어려운 소리들을 꽤 장황하게 늘어놓았다. 그녀는 우선 자기가 그 남자에게 반한 것은 아니랬다. 그럼에도 처음부터 그녀의 마음을 끈 것은 그 미국행. 그런데 시간이 지날수록 그녀는 그 남자를 좋아하고 있지 않다는 생각이 확실해지는 것 같단다. 친척과 친지들이 있고 풍물이 익은 곳이라면 모르거니와, 천리만리 외떨어진 남의 땅에서 남자에게마저 모든 걸 맡길 수 없는 처지라면 그건 비극이 아니겠느냔다. 그녀의 오랜 꿈이 이루어지려는 미국행이 거꾸로 그녀의 결심을 방해하고 있는 셈이었다.

혹시 다른 사람들은 좀 다른 식으로 생각할 수도 있을 것이었다. 미국행이 이루어질 수 있는 조건 속에 스스로 미국행을 거부하는 장애 요소가 있다면, 그것은 애초에 문젯거리가 될 수도 없었다. 그러나 그녀는 망설이고 있었다. 미국행에 대한 그녀의 집념이 그만큼 강한 증거였다. 미국행과 결혼은 원래 한 묶음으로 결정내야 할 일이 아니었다. 그것을 어차피 뭉쳐 해결하기 바란다면 어느 한쪽이 다른 한쪽 일에 묶여가는 길을 선택할 수밖에 없었다. 그런데 거기에 대해 은경은 그 옹색한 선택을 앞설 만한 매우 훌륭한 결의를 보였다.

"노력해보겠어요, 좋아지도록. 일단 결혼을 하고 나면 그게 불가능한 일은 아닐 거예요."

그러나 웬일일까. 그녀의 그런 결의는 내게 거꾸로 어떤 개운찮은 느낌을 주고 있었다. 왜 그래야 했을까. 그것은 분명 미국행을 우선한 선택이었다. 도대체 어떤 사람에게 미국에 대한 집념이 그렇듯 깊을 수가 있을까. 내게 굳이 그런 이야기를 해야 할 필요는 무엇인가. 내겐 이미 그것을 알아야 할 필요도 없지 않은가. 더욱이 모든 건 내가 예상한 그대로인 마당에.
"하지만 자꾸 마음이 약해져요. 자신이 없어지고……"
그녀는 이제 말을 마치고 나를 건너다보았다. 이젠 그녀가 처음 내게 주문한 축하를 건네받을 차례가 되지 않았느냐는 표정이었다. 혹은 그녀의 다른 주문, 그녀의 일에 대해 나의 의견 같은 걸 들을 수 있다면 더욱 고맙겠다던, 그런 어떤 것을 기대하는 듯한 표정이었다. 하지만 그건 어느 쪽이라도 상관없었다. 나는 그때 이미 그녀의 일을 생각하고 있지 않았으니까.
나는 그때 어떤 내 답답한 친구의 일을 생각하고 있었다. 그는 지금 캐나다에 가 있는 녀석이었다. 어느 때 갑자기 성당을 다니노라고 법석을 부리더니 소문도 없이 훌쩍 바다를 건너가버린 녀석이었다. 나는 그가 캐나다에서 보낸 첫 편지에서 비로소 그간의 자초지종을 알 수 있었을 정도였다. 천주교 재단의 장학금을 얻을 기회가 생겨 할 수 없이 두어 달 성당엘 다니다가 하느님의 이름으로 그런 기회를 얻은 것이라 했다. 그러나 막상 건너가놓고 보니 무얼 해야 할지 막연하기만 하다는 고백이었다. 이쪽에서 대학을 다닐 때의 전공과목이 있었고, 입학 원서에 그것을 기입해넣기도 했지만, 영어 하는 나라에 가서 영문학을 겨룰 재간은 없고, 더구나 일찍부터 공부와는 궁합이 잘 맞지 않는 자신을 누구보다 잘 알고 있는 터이므로, 무슨 학위 같은 건 생각지도 않는다는 푸념 겸 호소였다.
―그러니 그곳에서 네가 좀 충고를 해줘야겠다. 갑자기 나는 그

곳 사정까지 깜깜해져버린 것 같지 뭐야. 떠나온 지가 10년도 더 넘은 것 같거든. 뭘 익혀가지고 돌아가면 그중 나은 편일는지. 내가 할 수 있는 것으로 좀 소갤 해줘야겠단 말이다.

그런 친구였다. 하지만 나는 바로 그 친구의 골이 빈 듯한 소리가 맘에 들었다. 몇 년 계획으로 이 땅을 떠나가기만 하면 절치부심 끼니와 잠을 잊은 채 오로지 학업에 매진하여 오래잖아 장학금을 얻어내고, 그리고 종내는 본국 학생들보다도 우수한 성적으로 학교를 졸업하고, 돌아올 때는 신문의 한 귀퉁이에 엄지손톱만 한 사진과 함께 귀국 소식을 광고하는 친구들이 있었다. 혹은 반대로 출국 전에 미리 안전한 현지 일자리를 마련해두고 공항을 나서는 친구들도 있었다. 그러면서도 이들 중엔 간혹 환송 나온 친구들 앞에 자못 비감 어린 목소리로,

"아마 영영 못 나오게 될 거야."

한숨 속에 알뜰한 영주 계획을 숨겨 나가는 친구도 있었다. 그런 사람들에 비하면 이 친구는 천치급이었다. 그러나 내게 만약 공항을 나가는 기회가 생긴다면 아마도 아직은 위인을 위해서뿐일 것이다.

하지만 녀석으로부터 요즘 온 소식은 좀 지나친 데가 있었다.

—뭐 하러 온 건지 잘 알 수 없지만, 필리핀 유학생 아가씨를 하나 사귀었어. 내 말을 썩 잘 듣거든. 그래 별로 우리 노래를 들을 기회도 없고 해서 그 아가씨에게 우리 노래를 우리말로 가르쳤지. 그리고 그 노랠 부르게 해놓고는 감상을 하는 팔자란 말야. 하지만 그것도 자주 들으니 싫증이 나더군. 그래 요즘은 좀 장난을

치지. 그대 나를 버리고 어느 님의 품에 갔나 어쩌고 하는 노래 있지 않아. 그걸 그년 나를 버리고 어느 놈의 품에 갔나 하고 발음시켜 가르쳤거든. 물론 해석도 따로 멋있게 해줬지. 이게 한국에서 인기 있는 연가(戀歌)라고 말야. 했더니 이 아가씨 표정을 풍부하게 해가지곤 청승스럽도록 느리고 심각하게 그 노랠 불러주곤 한단 말야…… 듣고 있다가 웃으면 이 괴상한 악기는 제 소리 솜씨가 나를 썩 즐겁게 한 줄 알지. 하긴 나 역시 그래 즐거워진 건 틀림없는 사실이지만……

"왜 웃으세요?"

은경의 소리에 나는 겨우 위인의 생각에서 빠져나왔다.

"저 우스워 보이지요?"

나는 물론 그 웃음의 비밀을 말해줄 수 없었다.

"이제 가지요."

나는 눈으로 동의를 구하며 자리를 일어섰다. 은경도 나의 웃음에 대한 추궁을 포기한 듯 표정을 고치며 자리를 따라 일어섰다.

시내로 들어오면서 우리는 차 속에서도 별말을 건네지 않았다. 이번에는 친구의 생각도 하지 않았다. 아무것도 말할 수가 없었다. 말하지 않는다는 것이나 할 수 없다는 것이 이 경우엔 전혀 마찬가지였다. 차중의 시간이 나를 그렇듯 공연히 안절부절못하게 했다. 참을 수 없도록 안타까울 뿐이었다. 그녀에게는 이미 정해진 길이 있었다. 그러나 황당스럽게도 나는 왠지 아직 그것을 제대로 다 받아들이지 못한 느낌이었다. 말이나 생각처럼 실감이 되어오질 않았다. 축하가 되어야 할지, 조언이 되어야 할지, 또 조언이라면 그것이 어떤 것이어야 할지를 오히려 그녀에게 묻고 싶은 심정이었다.

그날 밤 나는 다시 심한 복통에 시달렸다.

18

 또 한 번 형수의 편지를 받고 나자, 나는 드디어 여행을 결심했다. 형수가 나의 형편을 고려하지 않고 일방적으로 혼자 결정을 내려버린 것이다. 언제나 내 쪽 위주로 일을 생각해왔지만 이번에는 더 그럴 수가 없다는 것이었다. 내 의사에 상관없이 모든 걸 자기 생각대로 처리하겠다는 것이었다.
 밤. 간단한 가방 하나를 들고 부산행 야간 급행을 탔다. 형수를 위해 차를 탔다면 나는 물론 호남선 쪽이라야 했다. 그러나 나는 경부선이었다. 역을 떠날 땐 언제나 그랬듯이 뭣인가를 빠뜨려놓은 듯한 미심스러움. 그건 오늘 밤 내가 이 차를 타야 하는 이유가 아직도 분명해지지 않고 있는 때문일 터였다.
 차 소리가 갑자기 요란스러워졌다. 기차가 어느새 한강 철교를 건너고 있었다. 강변의 등불이 커다란 원을 그리며 서서히 뒤쪽으로 흘러가고 있었다.

—부산역을 내릴 때까지…… 내일 아침까지는 아무것도 생각하지 말자.

뇌수를 헤집고 일어서려는 생각들을 꾹 눌러버리고 나는 가방에서 책을 한 권 꺼내 들었다. 일제 시절 한반도 내외에서 벌어진 독립지사들의 활동 자료에다 비화를 곁들여가며 일지 형식으로 정리한 책이었다. 전에도 한 번 읽은 일이 있었지만, 머릿속에 종종 되새겨지는 데가 있어 이번 기회에 다시 읽어보려고 함께 챙겨 나온 것이었다. 내 자리는 창문 쪽. 책을 꺼내 들자 통로 쪽 자리의 아가씨는 벌써부터 팔짱을 끼고 잠을 청하는 기색이다. 우리의 맞은쪽 좌석은 이미 자취를 감추어버린 파나마모자의 두 영감쟁이가 아까부터 뭔가 열띤 토론을 벌이고 있었다. 안정 건설이니 극한 투쟁이니 하는 말들이 자주 튀어나오는 걸 보면 아마도 석간 신문에서 자료를 얻은 이야기 같았다. 나는 책을 보다가는 창문을 내다보고 창문을 내다보다가는 다시 책을 보곤 했다. 어두운 밤이 쉴 새 없이 창문을 지나가고 있었다. 이따금 전방으로부터 아득한 등열이 나타났다 순식간에 다시 후방으로 물러서버리곤 했다. 그것은 밤을 재고 서 있는 이정표였다. 기차는 끊임없이 밤을 달려 드디어는 그 밤의 나라에 이른다. 밤의 나라. 그곳의 태양은 어떤 것이어야 할까. 그곳의 궁성은 밤의 남산 봉우리처럼 하늘로 올라가는 전등 열의 계단이 있고…… 아니 그것은 옳지 않다. 밤은 빛이 없어야 하니까.

다른 한편으로 나의 생각은 다시 책을 좇고 있었다. 자꾸 어떤 눈 익은 환영이 얽혀 들어온다.

한 학도병이 일본 병정의 인솔을 받는 야간열차로 밤 12시 압록강을 건넌다. 그리고 중국 대륙으로 들어서자 이윽고 호밀밭을 타고 탈주를 감행한다. 같은 무렵 강을 건너 망명의 길을 가는 사람들, 상해로 가는 사람, 간도와 시베리아로 가는 사람, 미주로 가는 사람…… 나는 문득 부러운 생각이 든다. 그들의 싸움에는 겨눠야 할 과녁이 너무도 정직하게 모습을 드러내주고 있다. 그들에겐 또 망명이라는 최후 탈출로까지 마련되어 있다. 만일 이들에게 그 망명의 땅 시베리아가, 간도가, 하와이와 중국 대륙이 없다면 싸움의 모습은 달라지지 않을 수 없을 것이다. 반도 안에 발이 묶여 모든 싸움이 그 안에 한정되어버린다면…… 그 싸움엔 낭만과 열정이 훨씬 줄게 될 것이다. ……그러나 그들에겐 압록강과 두만강이 있었다. 강을 건널 수 있었다는 것은 그들의 싸움에 무엇보다 다행스러운 점이었을 것이다. 막히면 튀어나가버릴 수 있었던 사람들의 싸움…… 탈출병은 상해 쪽으로 길을 잡는다…… 나는 천천히 졸음이 오기 시작했다. 바람을 쐬려고 창문을 조금 올렸다.

그러나 어느새 나는 다시 책을 떨어뜨린 채 잠이 든 모양이었다.
"비가 와요. 창문을 내렸으면 좋겠어요."
소리를 듣고서야 나는 불현듯 정신이 되돌아왔다. 유리창에 정말로 빗줄기가 흘러내리고 있었다. 그러나 창문 밑으로 들어오는 빗발은 내 무릎 근처를 조금 축이고 있을 뿐, 여자 쪽까지는 날리지 않았다. 나는 창문을 내렸다. 소음이 갑자기 창밖으로 물러갔다. 나는 여자를 돌아다보았다. 여자는 걸상에다 꼿꼿이 등을 붙인 채 다시 눈을 감고 있었다. 나는 잠시 그 여자의 옆얼굴을 살폈다. 스물두세 살쯤 되었을까. 잘해야 스물다섯. 입술이 얇은 게 이야길 좋아할 것 같은데 여전히 눈을 감고 있는 게 신통한 느낌이 든다. 자고 있는 것인가? 그럼 조금 전 비가 오고 있다는 소리는 이 여자의 것이 아니었던가? 맞은편 좌석의 파나마모들도 이젠 세상모르고 잠이 들어 있다. 그중의 한 노인은 나와 여자 사이에 두 다리를 기분 좋게 걸쳐놓고 있었다. 입석 손님이 한 사람 저쪽 전등 아래에 기대어 서서 석간신문을 읽고 있을 뿐, 차 안은 깨어 있는 사람이 아무도 없는 듯했다. 나를 일러준 것이 누굴까. 나는 아직도 잠들기 전의 몽롱한 환영 속을 헤매고 있는 듯한 착각이 들었다. 그때 여자가 갑자기 힝 소리를 내며 눈을 떴다. 나는 당황하며 눈길을 피했다. 여자는 맞은편 노인, 자고 있는 노인에게 눈을 살짝 흘기고는 자기 넓적다리를 받치고 있는 그의 발목을 약간 밀어냈다. 그러고는 나를 잠깐 스쳐보는 듯하더니 이내 고개를 돌리고 다시 눈을 감아버린다. 그러나 여자는 금세 또 자세를 내 쪽으로 돌아잡으며 이번에는 아예 눈길이 말똥말똥해졌다.

"뭐 하는 사람들 같아요?"

나는 잠든 파나마모들을 턱짓으로 가리키며 그녀에게 낮게 물었다. 마치 아까부터의 이야기를 잠시 중단하고 있었던 듯한 그런 어조로. 여자가 의외라는 듯 새삼스런 눈길로 잠시 나를 쳐다보았다. 그러나 여자에겐 벌써 대답이 준비되어 있었다.

"요즘 파나마모 쓰는 사람 복덕방 영감이죠 뭐."

기다렸다는 듯이 곧 말을 받아왔다. 역시 귓속말을 하듯이 나지

막한 말씨가 표준어에 가까웠지만, 억양이 조금 경상도 쪽이었다.
"파나마모 쓴 사람들 시골 면직원도 있잖아요."
"아무리! 저렇게 늙은 양반들이요?"
"아가씨 말이 맞지만 파나마모는 그런 사람도 쓴다니까요."
"이제 보니 선생님은 재미있는 분 같아요······"
아가씨의 입술에 대한 내 판단이 대략은 들어맞은 듯했다. 이야기가 허물없이 이어져 나갔다. 두 사람의 목소리도 그만큼 자유로워져갔다. 깨어 있는 사람은 단 세 사람뿐. 다른 한 사내—불빛 아래 남자는 거리가 멀어서 더욱 상관이 없었다.
여자는 잠을 아주 단념해버린 듯 조그맣게 기지개를 켰다. 그리고는 다시 내게 물어왔다.
"그런데 선생님은 어디까지 가세요?"
"글쎄요······"
이 아가씨가 실수를 저지르는구나. 내게 그걸 묻다니.
"가시는 데가 어디냐니까 글쎄요라니요?"
아가씨가 좀 어이없어하는 눈초리로 나를 쳐다본다.
"저도 잘 모르니까 그렇지요."
나는 웃으면서 장난스럽게 대꾸했다.
"불량 청년인가 보군요."
여자가 대뜸 내 웃음을 타고 앉았다. 그러자 내 쪽에서도 문득 여자의 행선지가 궁금해졌다. 하지만 그것은 아직 차례가 아니었다.
"그럼 무슨 일로 가시는지도 모르겠군요."
"글쎄요."

조율사 175

이제 여자는 소리를 죽여가며 킬킬거렸다.
"미안합니다."
나는 금세 정색을 한 어조로 사과했다. 그러자 여자 쪽에서도 이내 웃음을 거두며 같은 반응을 보여왔다.
"뭐가요?"
"제 문제에는 아가씨가 단번에 답을 맞혀주셨는데, 아가씨 문제에는 하나도 제가 대답을 못 해드렸으니까요."
"그 편이 더 재미있어요. 선생님은 아마 퍽 재미있는 분일 거라고 판단한 제 직감력에 점점 자신이 생겨요."
"재미있다니요?"
"어차피 부산 아니면 대구, 그리고 집에 무슨 일이 생긴 것 아니면 출장 여행이 아니겠어요? 그처럼 뻔한 이야기라면 숫제 말하지 않는 편이 낫지요."
"그럼 왜 물으셨죠?"
"다른 말 할 게 없으니까요."
"아가씨도 아마 여간 재미있는 분이 아닌 것 같군요."
"늘 재미있어하고 싶긴 해요."
이야기가 더 계속될 것 같았는데, 이상스럽게 거기서 두 사람은 한동안 입을 다물고 있었다. 나는 빗줄기에 얼룩진 유리창을 들여다보고 있었다. 먼 불빛이 그 빗줄기에 엉켜 창문을 흘러내리고 있었다. 유리창은 울고 있는 밤의 얼굴 같았다.
"왜, 제가 틀렸어요?"
여자가 껌을 내주며 이윽고 다시 입을 열었다.

"뭐가요?"

나는 아까 아가씨가 하던 대로 말했다.

"재미있는 분이라는 거, 왜 말씀이 없으세요?"

"모든 걸 다 아시는 체해버리니까 할 말이 없는 거죠."

"그럼 아까 제가 행선지나 용무에 관해 말씀드린 거 틀린 모양이군요?"

"빵점입니다."

"그럼 제가 지금부터 다시 알아맞혀보겠어요. 대답해주시겠어요?"

여자는 얼마든지 스스로 즐거워질 방법을 마련해낼 수 있는 것 같았다. 나는 진지하게 고개를 끄덕였다.

"대신 제 차례가 끝나면 선생님께서도 절 알아맞히셔야 하는 거예요?"

나는 다시 한 번 고개를 끄덕였다. 그제서야 여자는 잠시 생각을 모으는 듯 한참 눈을 감았다 뜨더니,

"열 번에 틀린 것은 빵점으로 하구요."

다짐 한 가지를 더 하고 비로소 질문을 던져오기 시작했다. 요컨대 여자는 스무 고개 놀음을 하자는 것이었다. 스무 고개가 열 고개에서 답을 얻어내야 하니 방송국 박사들보다 더 머리가 잘 돌아가야 할 판이었다.

"그럼 행선지를 알기 위해서는, 먼저 직업은 고용살이십니까?"

아가씨는 아주 자신이 있는 목소리였다.

"네."

조율사 177

나는 잡지 편집 쪽으로 내 직업을 정하고 대답했다.
"물론 책상 타고 앉아서 머릴 굴리는 일이겠지요?"
"글쎄요. 머리 노동이라면 머리 노동이랄 수도 있고……"
"아이…… 예, 아니오로 확실하게 대답하세요. 사무실은 개인 사무실이 아니죠?"
"남의 고용살이니까 물론."
나는 대답과 함께 피식 웃었다.
"공무원?"
"아니오."
"선생님은 교직원 타입인데, 그럼 그건 아니고 회사원?"
"그렇달 수 있겠지요."
"말씀하시는 거 보니 어떤 개인 회사쯤 되나 보군요. 그렇죠?"
나는 웃음으로 대답을 대신했다.
"그럼 이제부터 정답을 대겠어요."
그녀는 손가락을 다섯 개째 꼽아놓고 말했다.
"경리 사원?"
"아니오."
"개인 회사라니까 은행은 아니고…… 오오라, 그럼 대학 입시 준비 학원 강사?"
나는 또 웃었다. 하긴 요즘 학원 강사들 시시한 회사원 뺨치게 수입이 좋다는 소문이니까. 하지만 나는 어쨌든 다시 부인할 수밖에 없었다.
"아니오."

"그럼 부산 쪽 출장을 가니까……"
그녀는 내 여행 목적을 맘대로 정해버리고 나서 여덟번째의 손가락을 꼽았다.
"무역 회사 직원?"
"아니오."
"그럼 선생님은 돈 버는 일이 아니군요? 공무원도 못 되고 돈도 안 벌고……"
하더니 또 손가락을 하나 꼽았다. 아홉번째였다.
"무슨 종교 단체 사무직원……"
다시 손가락을 꼽고 나서도 그녀는 이제 좀 자신이 없는 목소리였다. 돈 안 벌리는 일로 그녀는 얼핏 종교 단체 고용인을 생각한 모양이었다. 보기보단 순진한 데가 있는 처녀로군.
"종교 단체 봉직자보다 더 돈 인연이 없는 일."
그러나 그녀는 마지막 손가락을 좀처럼 꼽지 못했다. 더 생각이 나지 않는 얼굴이었다. 보다 못해 내가 나섰다.
"빵점으로 치고 앞으로 열 번 더 말해보시오. 그래도 생각나지 않을 겁니다."
"그래요, 그럼."
그녀는 쉽게 항복하고 나서, 금세 다시 해답을 주워댈 기세가 되었다. 그러나 이젠 그녀도 더 이상 상상력이 움직이질 않는 모양이었다. 머뭇머뭇 망설임을 계속할 뿐 좀처럼 다른 직업을 말하지 못했다.
"앞서 물은 질문과 상관없이 아무거나 주워대봐요."

내가 다시 그녀를 거들었다. 나는 그녀가 생각해낼 수 있는 직업의 한계를 보고 싶었다. 그런 속도 모르고 아가씨는 그제서야 다시 용기를 얻어 이것저것 새로운 직종을 주워대기 시작했다.
"그래요. 그럼 학교 선생님?"
"아니오."
"신문기자?"
아니오, 아니오……
그녀는 아직도 무슨무슨 비서, 보험회사 외무사원, 백화점 관리인, 양장점 재단사, 심지어 호텔 종업원까지 고루 들추어대고 나서는,
"그럼 놈팽이군요"
하고 드디어 손을 들고 말았다. 그리고는 나의 정답을 기다렸다. 그러나 나는 정답을 말해주고 싶지 않았다. 사실 우리들의 스무고개에는 정답이 있는 것도 아니었다. 처음부터 정답은 없는 셈이었다. 여자는 자신이 직업으로 인정할 수 있는 것은 아는 데까지 모조리 다 들춰낸 셈이었다. 내가 정답을 말해도 이 여자는 절대로 그것을 직업으로 쳐줄 것 같질 않았다. 그러나 대답을 거절할 수는 없었다. 그러면 이야기가 끝나버릴지 모른다.
"잡지사 편집 사원."
조마조마한 대답에 그러나 그녀는 고맙게도 내 말을 아주 무시하지는 않았다.
"하필이면 그런 괴상한 직업이니까 그렇죠. 하지만 어쨌든 제 질문에 선생님께서 거짓부렁으로 대답하신 건 아니었던 셈이군요.

그런데 무슨 잡지예요. 잡진 저도 가끔 봐요."

그러면서 아가씨는 영화 잡지 하나와 여성지 두 개의 이름을 대었다. 만약 이 여자에게 소설쟁이를 알아맞혀보랬으면 뭐라고 했을까.

이번에는 여자의 요구를 듣지 않았다. 대신 여자를 달래어 다른 것을 알아맞혀보라고 했다. 여자는 간단히 양보하고 나서, 그럼 내 거주지를 알아내겠댔다. 그것은 단 오문(五問) 정도로 맞혀내겠단다. 하긴 그게 현명한 순서다. 그것이 밝혀지면 내 행선지와 여행의 목적도 대강 짐작할 수 있을 테니까. 하지만 나의 경우 여자의 그런 생각은 전혀 오산에 속하는 것이었다.

"말씨로 봐선 서울?"

"글쎄요."

"또 글쎄예요……"

도대체 어떤 사람이 서울 사람인가. 주소를 가지고 이야기될 수 있는 게 아니다. 서울 사람이란 하나의 추상적인, 그것도 기준이 지극히 모호한 개념일 뿐이다. 서울 시민은 있어도 서울 사람은 없는 지금이다.

"아니오."

"경상도에 고향 집이 있지만 서울에서 태어나 서울서 자란 경상도?"

나는 아니오, 아니오,로 일관했다.

"그럼, 월남파 따라지?"

"아니오."

"강원도나 충청도?"
"아니오. 그것도 빵점입니다."
"그럼 전라도로군요."
이상한 일이었다. 이 여자는 마치 빵점을 받을망정 내가 전라도가 아니기를 바란다는 투였다. 또는 절대로 전라도일 수 없다는, 전라도여서는 안 된다는 것처럼 말했다. 그것은 아깟번에 나의 직업을 겨우 직업으로 인정해준 것과 같은 그런 식이었다. 지나친 비약일지 모른다. 그리고 여자는 그처럼 생각이 깊은 곳까지 닿아 있지 않았을지도 모른다. 하지만 그렇듯 깊지 못한 생각 속에 그런 말을 쉽게 내뱉을 수 있다는 것이 더욱 떨떠름한 느낌이었다. 그러나 여자는 이미 그 일엔 괘념을 하고 있지 않은 얼굴이었다.
잠시 게임이 중단되고 있었다. 맞은편 파나마모 한 사람이 그 사이 잠이 깨어 둘의 이야기를 엿듣고 있었던 모양이었다. 좌중이 갑자기 잠잠해지자 그는 이상스러운 듯 슬그머니 눈을 한번 떠보더니 이내 다시 머리를 뒤로 젖히고 누워버렸다.
"그럼 천상 출장이겠군요."
여자가 이젠 좀 김이 빠진 듯 시들해진 어조로, 그러나 어떻게든 이야기에 마무리를 지어야겠다는 듯 다시 말을 시작했다.
어느 역인지 기차가 서서히 플랫폼으로 들어서고 있었다. 여자는 처음 말을 시작할 때처럼 몸을 두어 번 뒤척였다.
"이번엔 제가 아가씨 쪽을 알아맞혀봐요?"
나는 멈춰 선 차창문으로 조용히 잠든 역사를 내다보고 있다가 이윽고 여자에게로 눈을 돌렸다. 아가씨의 그 끈질긴 호기심과 입심에는 나도 이제 어지간히 싫증이 나고 있었다. 하지만 그것은 물론 여자의 질문에 대한 대꾸가 될 수 없었다.
"아직 제 질문이 끝나지 않았는걸요."
여자가 대뜸 항의를 해왔다.
"뭐가 남았어요, 아직?"
나는 부러 시치밀 떼는 수밖에 없었다.
"출장이 아니냐는 말에 선생님 채점이 없었어요."
규혁 씨에 관한 이야기를 하면 이 여자는 놀라리라. 자리를 다른 곳으로 옮겨버릴지도 몰랐다.
"출장은 아니지만, 그쯤 생각해두시죠. 진짜를 말하면 곧이듣지 않으실 테니까."
그래도 여자는 아직 지칠 줄을 몰랐다.
"그럼 곧이듣지 않을 테니까 진짜는 뭐예요?"
기차가 다시 역을 빠져나가고 있었다.
"도망길입니다. 도망길."
아닌 게 아니라 여자는 그제서야 조금 놀라는 표정이었다. 하지만 그것도 사실은 시늉뿐이었다. 아가씨는 금세 다시 표정을 고치고는, 그럼 아깟번에 말한 게 바로 맞힌 게 되지 않으냐는 듯 의기양양해져서 물어왔다.
"그럼 역시 경리 사원?"
나는 고개를 저으며 웃었다. 여자의 연상이 대뜸 그쪽으로 뻗는 게 신기했다.
"어디로요?"

조율사 183

"될수록 멀리."
"그렇지만 부산까지뿐이지요."
"부산선 또 배를 탈 수도 있지요."
"경비선에게 곧 붙잡힐걸요."
나는 마침내 괜히 이야기를 여기까지 끌어오지 않았나 싶어진다. 이야기를 따라가다 보니 느닷없이 내 환상이 부서져나가는 듯한 기분 나쁜 느낌이 일기 시작했다.
"정말 찾을 수가 있을는지……"
나는 이제 여자를 무시해버린 채 혼자 말했다. 그러자 여자는 또 그 소리를 내가 '도망길'을 찾을 수 있을지 모른다는 말로 들었는지 머리를 두어 번 갸웃거렸다. 그러다간 갑자기 뭐가 생각난 듯 내 손등을 치며 소리쳤다.
"선생님, 아까 잡지 편집하시는 분이라고 하셨죠?"
"그랬었죠."
"그래서 밤 찻간에서까지 책을 읽으셨군요."
그녀는 내가 잡지 편집원이라는 것을 자신이 알아맞히기나 한 듯이 의기양양해했다.
"무슨 얘기였어요, 그 책?"
잠이란 건 찻간에선 함부로 잘 것이 아니라고 아가씨는 생각하고 있는 모양이었다. 그녀는 줄기차게 내게 말을 시키고 싶어 했다.
"혹시 밤기차 속에서 좋은 인연이 맺어지는 이야기 아니에요? 이런 밤기차 속에선 그런 이야기가 격에 어울리지 않겠어요."
이쯤 된 아가씨라면 자기 이야기에 별로 뜻을 담아 지껄이고 있는 것도 아니리라.

"밤새도록 빵점입니다. 기차 속이 아니에요. 찻집입니다. 그리고 좋은 인연이 시작되는 게 아니라 기분 나쁜 결별이에요."

나는 여자의 추리를 무참하게 꺾어버릴 작정으로 부러 그렇게 말했다. 하지만 나는 이번에도 역시 낭패였다. 여자가 오히려 눈을 빛내며 다가들었다.

"이야기해주세요. 저에 대해 알아맞히기로 한 선생님의 숙제 면제해드릴게요."

이쯤되면 할 수가 없다. 여자란 어쨌든 귀여운 짐승이랄 수밖에. 그 짐승을 때려 쫓을 수는 없다. 다른 사람은 아무도 없는 곳에서, 그리고 그것이 다만 한 사람의 여자 앞에서라면 남자는 가끔 어떤 바보짓도 쉽게 감행할 수 있게 되는 모양이었다.

―〈강〉이라는 이름의 찻집이 하나 있었답니다. 제2한강교 부근이었어요. 물론 서울의 이야기지요. 손님은 별로 없고……

나는 중얼중얼 은경과 나의 이야기를 털어놓고 있었다. 며칠 전 은경을 다시 만나 그녀의 미국행에 대한 이야기를 들은 것도 물론 빼놓지 않았다. 무엇 때문에 갑자기 그런 이야기를 시작했는지 자신도 확연치가 않았다. 하지만 이야길 하다 보니 나는 이제 비로소 그때의 참담한 심경을 똑똑히 되돌이켜볼 수 있었다.

"그 은경이란 여자가 왜 '나'에게 와서 그런 자랑을 하고 갔을까요?"

나는 우리가 다방을 나온 데까지로 이야기를 끝내놓고, 아가씨에게 엉뚱하게 그렇게 물었다. 여자는 그러나 무엇을 생각해내려고 애를 쓰고 있는 것처럼 한동안 눈을 가늘게 뜨고서 열심히 천장만 바라보고 앉아 있었다. 그러다가 문득 생각이 떠오른 듯 눈빛을 빛내며 거꾸로 물어왔다.
"혹시 선생님 소설 쓰시는 분 아니세요?"
나는 조금 놀랄 수밖에 없었다. 분명히 나는 이 여자에게 소설 이야기를 한다고 했었다. 이야기를 하던 중 너무나 생생한 은경의 기억으로 나는 얼마간 혼란을 느끼곤 있었지만, 그러나 여자가 눈치를 채지 못하도록 표정이나 어세를 충분히 억제해온 셈이었다. 그런데 마지막 장면부터 사연을 거슬러 올라갔다가 다시 다방까지 이야기를 끌고 내려온 과정이 제법 요령을 보인 것일까? 이 여자가 그런 정도로 무슨 눈치를 챌 수 있었을까. 나는 크게 머리를 저었다.
"아까 잡지 편집 사원이라고 하지 않았어요?"
"그렇더라도 소설은 쓰시겠지요."
여자는 확신하고 있는 듯했다. 한마디로 단언해버리곤 전혀 의심이 없는 표정이었다. 내가 가지고 있는 책 같은 건 보나 마나라는 듯 넘겨다 보려지도 않았다. 나는 다시 머리를 젓고 말했다.
"이상한 이야기군요. 도대체 제 어디가 소설쟁이로 보이지요?"
"바로 지금 그런 것이죠. 소설가 아닌 사람은 소설가보고 소설쟁이라곤 잘 말하지 않거든요. 그리고 지나치게 빼빼 마른 거라든가, 재미가 있는 것, 또……"
일일이 변명을 하다간 오히려 꼬리가 잡힐 것 같았다. 이 여잔 생각보다 뜻밖에 영민한 데가 있을지도 모른다. 왜 그게 꺼려지는

지 모르지만, 하여튼 나는 이 여자에게만은 내 본색을 드러내 보이고 싶지가 않았다. 하긴 글을 써낸 기억이 까마득하니 나는 어차피 이제 그런 이름의 사람이 아닐지도 모르지만.
"어떻든 전 소설쟁이 아닙니다. 그런데 왜 빼빼 마른 걸 소설가 같다는 거죠? 소설쟁이들은 다 빼빼 마릅니까?"
"소설가란 사람들, 보고 생각한다는 게 밤낮 화나는 일, 김새게 하는 일, 웃기는 일뿐이라면서요. 그런 일 아니면 재미도 없고 하니까 몸이 빼빼 마를 수밖에요."
"소설가가 들으면 지금 하신 말씀 그게 바로 김새는 소리, 화나게 하는 소리, 웃기는 소리라고 할지 모르겠습니다."
대전을 지나고 나서야 우리는 겨우 이야기를 끝냈다. 대전을 지나고서도 여자는 물론 이야기를 아직 끝내고 싶어 하지 않았다. 뭔가 아쉬움이 남아 있는 듯 얘깃거리를 생각해내려 계속 애를 쓰는 기색이었다. 하지만 여자의 끈질긴 노력에도 우리는 결국 더 이상 이야기를 이어나가지 못했다. 피곤하고 졸음이 왔다. 드디어는 양쪽 다 잠이 들고 말았다. 창밖엔 여전히 비가 내리고 있었다.
여자가 다시 어깨를 치는 바람에 눈을 떴을 때, 그녀는 트렁크를 들고 내릴 준비를 하고 있었다. 창밖은 아직도 깜깜 어둠 속이었다.
"대구예요. 전 여기서 내립니다."
"아, 그래요? 안녕히 가십시오."
"역시 부산 쪽이군요. 하여튼 선생님 덕분에 즐거웠어요. 그럼 안녕히 가세요."

여자는 돌아섰다. 그러나 다시 무슨 생각이 들었던지 나에게로 바싹 되돌아왔다. 그리고는 거의 속삭이기라도 하듯이 낮게 말했다.

"참 잊을 뻔했군요. 아까 그 얘기 후편이 있어야 해요. 말씀해드릴까요? 은경이란 아가씨 아직도 선생님 하시기에 달렸어요. 돌아오도록 해보세요. 전 여자니까 알아요. 후편에선 재미있는 이야기가 되시길 빌겠어요."

그리고 나서 여자는 마지막으로 나에게서 눈길을 거두고 돌아섰다.

기차가 천천히 역으로 들어서고 있었다. 나는 멍청히 앉아 문을 나서는 여자의 뒷모습을 지켜보고 있었다. 그러다간 다시 창을 올리고 밖을 내다보았다. 차 밖으로 나간 여자가 빗속에서 나를 향해 한 번 희미하게 웃어 보이고는 출찰구 쪽으로 천천히 걸어 나갔다. 나는 창문을 내렸다. 어떻게 알았을까. 여자란 그런 일에 뛰어난 직감을 가지고 있는지 모른다. 어떻게 그것이 내 이야기인 줄을 알았을까. 어느 틈에 나의 책이 그런 이야기가 아니란 걸 알았을까. 여자의 그 직감이라는 것은 얼마나 정확한 것일까.

차가 다시 천천히 움직이기 시작했다. 밤에 싸인 역사가 멈칫멈칫 후진을 끝내자, 창밖은 뒤로뒤로 끝없는 어둠을 실어내고 있었다. 갑자기 불안한 생각이 휩싸왔다. 대구를 지났겠다? 이제 기차는 머지않아 마지막 역을 들어설 것이다. 그리고는 바다가 앞을 가로막는다…… 부산은 끝이 멀었으면 좋겠다. 부산까지…… 하긴 부산에서 할 일이 없는 건 아니었다. 꼭 해야 할 일이 있었다.

두려운 일이었다. 그러나 이제 오래잖아 그 두려운 일과 대면할 땅에 서게 된다. 원컨대 부산이 좀더 멀었으면…… 아니 그런 생각조차 없이 이 기차 속에라도 그저 오래오래 머물러 앉아 있을 수 있다면.

19

 아무도, 정말 이 세상 아무도 지금 내 소재를 모를 것이다. 나는 부산의 어느 호젓한 여관 방구석에 혼자서 더없이 오붓한 안도감에 젖어 뒹굴고 있었다. 날짜 같은 건 생각하지도 않았다. 거리를 나간 일도 없었다. 내가 뒹굴고 있는 것이 부산의 어느 한 여관방이라는 것도 실감되지 않았다. 여긴 완전히 나 혼자다. 이 조그만 방이 나를 꼭꼭 지켜주고 있다. 오직 그 한 가지 생각이 나를 한참 편안하고 기분 좋게 해주고 있었다. 세상에 등을 지고 도망쳐 지낸다는 것이 너무 간단하고 또 기분이 좋았다. 나를 아는 사람들 누구도 내 소재를 알지 못할 뿐 아니라, 지금 그 소재를 함께하고 있는 옆방 투숙객이나 여관 주인, 또는 화장실이나 세면실 앞에서 이따금 얼굴을 마주치곤 하는 위인들 역시 내 신분(나에게 신분이라는 게 있다면)은 전혀 짐작조차도 어려울 그 은밀스런 안도감이라니. 서울의 사무실에선 웬 무단결근이냐 이곳저곳 채근이 잇따를 것이고, 친구들은 친구들대로 영문을 알 수 없어 혀들을 찰 것이다. 시골 형수에게서는 또 한 번 독촉 편지가 왔을지도 모르지만, 그 편지는 한동안 주인을 찾을 길이 없을 것이고, 은경은 몰라도 영인은 그사이 한번쯤 전화를 해보고 어리둥절 놀랐을 것이다…… 나는 그런저런 생각 속에 무슨 은밀한 비밀이라도 숨겨 지닌 사람처럼 재미있어하고 있었다. 가끔은, 정말 그것은 가끔뿐이었지만 어쩌다 나는 어슴푸레 내가 부산에 온 목적 같은 걸 생각해보기도 했다. 사실 그래서 나는 시골집 편지에서 대강 이런 곳이라고 짐작되는 곳에다 여관방을 정해 든 터이기도 하였다. 하지만 그런 생각은 그때그때 막연히 잠깐씩뿐이었다. 대개는 그저 그 은밀스런 시간 죽이기 놀음으로 모처럼 마음 편한 하루하루를 보냈다.

하지만 그렇게 며칠을 지나고 나니 문득 언제까지 이러고 있을 것인가 하는 불안한 생각이 들기 시작했다. 나는 물론 무한정 그렇게 숨어 지낼 수가 없었다. 나는 그 불안기를 떨쳐버릴 수가 없었다. 무슨 구실을 찾아야 했다. 이 은밀한 날들을 좀더 끌어갈 구실을 찾아야 했다. 그 구실이 곧 떠올랐다. ─그래, 내게는 해야 할 일이 있었지. 내가 해야 할 일, 바로 부산까지 내려온 목적─ 그것이 비로소 내게 확연해진 것이다.

하지만 나는 막상 그 일이 두려웠다.

─규혁 형을 찾는다? 이 드넓은 부산 바닥에서 그를 찾기 위해 내가 여기 이렇게 머무르고 있다?

그런 두려움은 사실 새삼스러운 것이 아니었다. 서울을 떠날 때부터 이미 자신 속에 숨겨온 두려움이었다. 규혁 형은 이번 내 여행의 구실이자 부채였다. 나는 처음부터 그 규혁 형의 일엔 자신이 없었고, 그 결과도 두려웠다. 그런 두려움이 나를 그렇듯 막연히 기다리게 했음이 분명했다. 규혁 형의 일을 생각할 때마다 그 두려움이 앞서버린 때문에 나는 될수록 그 일을 외면한 채 하루하루 날짜만 미뤄온 것이었다.

그러니 나는 아직도 망설이지 않을 수 없었다. 일이 확실해진 만큼 두려움도 더 컸다.

하루 이틀 또 시간이 훌쩍 지나갔다.

이제는 더 이상 망설이고 있을 수가 없었다.

—사람을 찾습니다. 성명 이규혁. 나이 40세가량. 해방 수년 전 목포 ×업학교 졸업. 해방 전 전남 ×홍군 ×면 ×리에 그 할머니와 거주한 적이 있고, 졸업 후에는 인천 소재 ×무역회사 근무 중 일본 군함에 승선, 남중국해 항해 중 폭격으로 배가 침몰, 사망설이 있었음. 이후 6·25 때 다시 대구에서 사망했다는 소문이 있었으나 확실치 않고, 근자에 다시 부산에 거주 중이라는 소식이 있음. 이 사람에 관한 소식이나 거처를 아시는 분은 다음 주소로 연락 바람. 후사하겠음. 부산시 ×구 ×동 ××여관 이규혁의 외종제 이×× 전화 ×××××.

다른 방법이 없었다. 이런 광고를 K일보에 내놓고 나는 또 내처 며칠을 뒹굴었다. 그리고 막연히 기다리고 있었다. 그것이 내가 거기 머물러 있을 구실이었으니까.

그러고 있는 내게 어느 날 뜻밖의 편지가 한 장 날아왔다. 나는 깜짝 놀랐다. 내 내밀한 평화를 불시에 들켜버린 것처럼 깜짝 놀랐다. 그것이 내가 기다리고 있는 신문광고의 응답이었다고 해도 마찬가지였을 것이다. 그 신문광고를 내놓고도 나는 여전히 두려워하고 있었으니까. 솔직히 나는 무슨 소식을 기다리기보다 오히려 달갑잖은 일이라도 생길까 봐 잔뜩 조바심을 먹고 있었으니까. 그런데다 나를 더욱 놀라게 한 것은 그 편지의 발신인이 서울의 배영인이라는 사실이었다. 경위가 어찌 됐든 그것으로 나는 내 소재를 들켜버린 셈이었고, 내밀한 평화도 다 깨어지고 만 것이었다.

―얼마나 웃었는지 모릅니다. 제가 우스운 만큼 제 편지도 뜻밖이겠지요. 곡절은 이렇습니다. 여러 번 전활 걸어도 늘 결근이라기에 혹시 전화를 피하는가 싶어 오늘은 회사로 가봤지요. 맞은편 아가씨가 신문을 읽고 있다가 같은 이름의 광고가 하나 있는데 혹시 짐작 가는 일이 없느냐고요. 설마 하고 그 지방지를 보다 나는 하마터면 아가씨 앞에서 웃음을 터뜨릴 뻔했어요. 그게 언젠가 나도 들은 적이 있는 그 외사촌에 관한 게 아니겠어요? 하지만 안심하세요. 저는 모르는 일이며 설마 그런 광고를 내러 부산에 갔겠느냐고 아가씨에게 시침을 뗐으니까요. 하지만 회사를 나와 거리를 걸으면서 얼마나 웃었다구요. 그런 이야기를 처음 들었을 때만 해도 나는 사실 그 환상을 무척 부러워하고 있었어요. 그런 환상이 그쪽에 어떤 의미를 지니고 있는지도 대개는 짐작을 하고 있었구요. 하지만 그런 환상을 벌건 현실 한가운데서 증명하러 나설

바보가 있으리라고는 상상조차 못했어요. 그런데 그쪽에선 이제 그 환상 속으로 자신이 바로 그 환상의 덩어리가 되어 뛰어든 형국이군요. 그런저런 생각 때문에 너무 웃어 그런지 집에 와선 뭔가 자꾸 씁쓸한 느낌이 들어요. 빨리 돌아오세요. 설마 그렇게 될 리도 없는 일이겠지만, 그쪽의 오랜 환상엔 될수록 손상을 입히지 않은 채 말이에요……

잡지 편집 관계로 회사에서는 지방지까지 구독하고 있다는 사실과, 거기다 광고 귀신 아가씨가 눈을 휘둥그리고 있는 것을 염두에 두지 않은 게 불찰이었다. 어쨌든 영인의 편지로 인해 이제 내 은밀한 평화는 가뭇없이 사라지고 말았다. 갑자기 주위에서 수많은 눈들이 나를 숨어 보고 있는 것 같았다. 나는 내 환상에 손상을 입히지 말고 돌아오라는 영인의 충고를 따르는 편이 나을지 모른다는 생각까지 들었다. 규혁 형에 대한 내 생각을 환상이라고 한 영인의 단정은 사실 옳은 것이었다. 사실을 말하자면 나 스스로도 정말 규혁 형을 만나게 되리라곤 믿어본 일이 없었다. 규혁 형이 살아 있을지도 모른다는 나의 기대에 대한 두려움은 바로 거기서부터 비롯한 것이었다. 그것은 내가 그 규혁 형을 어떤 불멸의 환상으로 지니고 싶어 한다는 좋은 증거가 될 수 있었다.
  그렇다면 나는 영인의 충고를 따르는 편이 나았을 것이다. 하지만 나는 그러지 않았다. 그때로 말하면 도대체 나는 그녀의 충고를 받아들일 수가 없었다. 나는 몹시 화가 나 있었다. 나를 낭패하게 만든 분풀이로 나는 그녀의 모든 것에 대해 화를 내고 있었다.

그녀의 말대로 나는 벌건 현실 속에 어떤 식으로든 그 환상을 증명해 보이고 싶었다. 두려움을 참으며 그를 계속 기다렸다. 영인은 그런 나를 아직도 환상 속의 유령이라고 할지 모르지만, 그래도 나는 상관없다고 생각했다. 적당한 환상과 가시지 않은 두려움 속에 아무것도 생각하지 않고 계속 혼자 뒹굴었다.

 그것이 일을 더욱 나쁘게 만들었다. 다름 아니라 내가 그런저런 칩거 끝에 어느 날 드디어 다시 서울행 기차를 타게 됐을 때 나의 그 오랜 환상은 충분히 증명이 되어 있었다.

 그것은 영인의 말처럼 손상이 아니었다. 손상이 아니라 소멸이었다. 그리고 나에 대한 또 하나의 배반이었다. 내가 두려워해온 대로였다.

 ……잠시 동안이나마 규혁 형이 살아 있었다. 어느 날 저녁 한 사내로부터 전화가 걸려 왔다. 나는 다방에서 그를 만났다. 규혁 형이 정말로 살아 있다는 것이었다. 그의 수많은 죽음의 풍문에도 불구하고 그가 아직도 살아 있다니. 그가 마침내 나의 환상으로부터 현실로 뛰쳐나온 것이었다. ……그러나 그가 그 환상의 껍질을 벗고 나올 때 나의 아픔은 너무나 컸다.

 "그분은 아마 일본에 있을 겁니다. 혹은 여기 잠시 부산에 있을지도 모릅니다. 하지만 지금은 그분이 선생을 만나고 싶어 하지 않으실 줄 압니다."

 "그럼 선생은 오늘 그분의 말씀을 전하러 오신 거군요."

 사내의 애매한 말을 내가 조급하게 앞지르고 나섰다. 그러자 사내는 금방 머리를 끄덕였다.

조율사 195

"그분이 저를 그렇게 기피하실 이유라도?"
그 말에 사내는 조금 망설이는 듯하다가,
"이 일을 어디에다 고발할지도 모르니까요. 짐작하실지 모르지만 우린 처지가 그다지 떳떳하지 못하거든요"
하고 나선 잠시 내 표정을 살폈다.
"……"
"하하하, 아니 뭐 그렇다고 너무 기분 나빠하실 건 없습니다. 무슨 죄인이나 쫓기고 있는 처지는 아니니까요."
"어쨌든 외종형은 저를 알고 있었던 거군요?"
"가끔 소식을 듣는다고 했습니다."
"그분은 제가 글을 쓴다는 것도 알고 있습니까?"
규혁 형 쪽에서는 나의 글 때문에 어쩌면 이쪽 사정을 빤히 다 알고 있었을지 모른다는 생각이 들었다. 사내는 잠시 또 망설인 끝에,
"그렇지요. 글을 쓰는 아우가 자랑스럽다고."
재빨리 대꾸하고 나서 무슨 중요한 비밀이라도 전해준 듯 의기양양 다시 말을 이었다.
"우린 잘 모르는 일이지만, 글을 쓰는 분들이란 대개 성미가 꼬장꼬장하지 않아요? 그래서 규혁 씨는 뭔가 아우 보기가 떳떳치 못하다는 거지요."
사내는 이번에도 그 떳떳치 못한 이유가 무엇인지는 말하지 않았다. 그것은 곧 자신의 아픈 데가 되기도 하다면서, 사내는 그러나 규혁 형이 아직 살아 있는 것은 어쨌든 분명한 사실이라고 재삼

다짐을 주었다. 그리고 이곳에 며칠을 더 묵겠느냐고, 규혁 형과의 대면 가능성을 넌지시 비쳐 보이기도 했다. 그러면서도 끝내 더 이상 자세한 이야기는 털어놓으려 하질 않았다. 그러다 그는 언제쯤 다시 만나자는 말도 없이 도망치듯 훌쩍 다방을 나가버렸다.

나는 혼자 상상을 해볼 수밖에 없었다. 그게 어려운 일은 아니었다. 부산과 일본을 자주 왕래하는 사람으로 처지가 그리 떳떳치 못한 사람의 경우라면…… 규혁 형이 그런 부류의 사람이라면……? 그런 생각이 나를 형편없이 실망시켰다.

하지만 나는 사실 그 정도의 실망으로 그만 기차를 타버린 편이 훨씬 나았을 것이다. 나는 물론 아직 속이 석연치 못했다. 미진한 마음이 가시기를 좀더 기다리고 있었다. 규혁 형이나 사내를 기다렸다곤 말할 수 없을지도 모른다. 그러나 내가 아직 그러고 있었던 구실은 그 '기다린다'는 말로밖에 달리 설명될 수가 없을 터. 어쨌든 나는 아직 그 방을 떠나지 않고 있었다. 그리고 예상대로 사내가 다시 한 번 찾아왔다. 이번에는 내 여관으로 나를 직접.

그가 이번엔 제법 솔직하게 나왔다.

― 결국, 형씨의 일은 우리 같은 사람과의 싸움인 셈이더군요. 하지만 지금 우린 그럴 거 없지요. 떳떳하지 못한 건 사실 우리의 일이 그런 게 아니라 형편이 그런 것뿐이니까요. 우린 우리의 일을 부끄러워해본 적이 없어요.

― 막말을 하자면 규혁 씨가 여태 형씨를 만나러 나서지 못한 건 아마 그 때문일 겁니다.

― 가슴 아픈 얘긴 굳이 할 필요가 없을 것 같아 숨겨두려 했습

니다만, 이제 뭐 다 뻔한 일이니 털어놓기로 하지요. 규혁 씨는 어쩌다 그렇게 되었습니다. 상거지 꼴이지요.
사내가 애매하게 지껄여댄 이야기의 요지였다. 어느새 사내와 나는 그만큼 허물이 없는 사이처럼 되어가고 있었다.
사내가 세번째 나를 찾아왔을 때 이번엔 그가 나에게 술을 샀다. 그리고 다음 날 나는 겨우 서울행 차를 탈 수 있었다.
—광고를 보고 세상에 이런 쑥도 있나 했지요.
술이 취한 사내가 늘어놓기 시작했다.
—솔직히 말해서 형씰 어디 빈 데가 있는 사람이라고 생각했지요. 그리고 그건 아마 사실일 수도 있어요. 그간 형씨를 찾아다닌 건 탐색이었죠. 한데 손을 들고 말았어요. 결론은 아무래도 내 쪽에서 술을 한번 내고 싶다는 것이었습니다. 이상한 일이지요. 술을 살 생각이 난 게 말입니다. 형씨에겐 꼭 사실을 정직하게 이야기해주고 싶었거든요. 규혁 씨? 물론 광고에서 처음 본 이름이죠. 형씨 이름도 그건 마찬가진데…… 하여튼 내 생각은 그 규혁 씨라는 분, 이미 오래전부터 이 세상 사람이 아닐 거라는 겁니다.
그러다, 사내는 나중 나와 헤어지려 하면서 새삼 진지한 표정으로 이렇게 말했다.
—아직도 그 외종형 규혁 씨를 찾아다닐 작정입니까? 부디 그 소원이 성취되기를 빌겠소.
그 사내의 진지한 표정이 어딘지 터져 나오려는 홍소를 애써 참아내고 있는 듯했다.

20

 내 여행 덕을 톡톡히 본 것은 팔기 녀석이었다.
 서울역에 내린 나는 어느 쪽으로 먼저 갈까 발길을 망설이다가 우선 잡지사부터 들러보기로 했다. 일단 서울에 닿고 보니 기차간에서의 다짐이 어느새 틈이 생긴 모양이었다.
 사무실 사람들은 그간의 일을 길게 묻지 않았다. 그것이 이상하게도 나를 김새게 만들었다. 그동안 내가 '혼자'였다는 건 착각에 불과할지 모른다는 생각이 들었다. 누구나 하나같이 내 생각과 행적을 밝히 알고 있던 듯한 태도였다. 또는 내가 어떤 식으로 그들을 놀래주려 하더라도 그것을 이미 다 속속들이 알고 있어 절대로 그런 일이 생길 수 없는 표정들이었다.
 나는 이제 누구에게도 말짱한 목소리론 이야기를 할 수가 없게 된 느낌이었다. 시간이 흐를수록 분위기가 더욱 가라앉고 오간 말도 뜸해졌다. 그런데 그 음험스럽고 편찮은 분위기 속에 편집장이 불쑥 예상찮은 소리를 던져왔다.
"신인가 하는 애, 조카애가 와 있소."
사실은 그 전언을 위해 이들은 그토록 말을 아긴 것이었을까. 편집장의 그 한마디는 바윗덩이처럼 무겁게 나를 덮치고 들었다.
"시골에 있다는 조카애 말이오. 며칠 전에 마침 팔기 씨가 여길 들렀다가 함께 데리고 갔는데, 아마 그 댁에서 아직 같이 지내고 있는 모양입디다."
멍해 있는 나를 보고 편집장은 내가 아직 말을 잘 알아듣지 못한 줄 여겼던지 몇 마디 더 덧붙였다.
나는 더 이상 긴 말 기다리지 않고 쫓기듯이 곧 사무실을 나왔다. 사무실을 나와선 반뜀박질로 정신없이 팔기네 쪽을 향해 걸었다…… 일의 순서가 터무니없이 틀려지고 있었다. 이건 전혀 생각을 못한 일이었다. 차를 내리는 길로 은경을 만나리라— 나는 먼저 그 은경을 찾아가기로 되어 있었다. 그걸 기차간에서 몇 번씩이나 다짐했었다. 서서한 술기를 타고 하행 기차간에서 만난 그 여자의 말이 머릿속에 되살아나면서부터였다. 여자의 말처럼 나는 어쩌면 그녀를 썩 사랑해왔던 것도 같았다. 그리고 은경 또한 나를 사랑했던 것 같았다. 그녀가 미국으로 간다고 한 것도 사실은 나에 대한 생각 때문에, 내게 대한 감정을 자기식으로 주체하기 힘들어 그랬을 것 같았다. 그것이 배반이든 반발이든 그녀의 약혼도 미국행의 결심도 모두…… 그래서 그녀를 찾아가기로 했었다. 그래 찾아가 말하리라. 그리고 용서를 구하리라. 그러면 은경도 나를 용서할 수 있을까. 그녀도 내게 함께 용서를 구해올까? 술기가 오를수록 나는 이상한 자신감까지 더해갔다. 만약에 은경이 용서하지 않는다면? 그녀가 정말로 미국으로 가겠다면? 그래도 나는 애원하리라. 옛날처럼 모든 것을 없었던 일로 해달라고. 그간의 허물은 모두 내가 짊어져도 좋다고. 은경이 마음을 다시 돌려줄 수만 있다면…… 그러다 나는 어느 순간 느닷없이 심한 복통을 느끼기 시작했다. 다음부터는 그 복통과 취기를 가누지 못해 이를 악물고 차를 내리기만 기다렸다. 복통이 가라앉은 것은 차가 수원을 지날 때쯤서부터였다. 하지만 그런 꼴로 간신히 서울역까지 닿아 차를 내릴 때도, 그리고 하릴없이 사무실을 찾아들 때까지도 나는 아직 그 은경의 생각을 버리지 않고 있었다.

그런데 이젠 다 뒤죽박죽 꼴이었다. 그 은경에 대한 생각들까지 새삼 다 허망하고 생뚱스럽게만 느껴졌다.

하지만 아직도 나는 눈을 바로 뜨고 팔기나 그곳 상황과 맞서기가 두려웠는지 모른다. 그런저런 어지러운 상념 가운데 내 발걸음이 어느새 완보로 바뀌고 있었다. 그리고 그 완보가 어디서부턴지 팔기네 쪽이 아닌 은경이네 쪽을 향하고 있었다.

그러나 그 결과는 너무 허망했다. 바로 집을 찾아갈까 하다가 여태까지 한 번도 그런 일이 없었음을 생각하고 그녀의 집 근처에서 우선 전화부터 걸었다. 하지만 은경은 정말로 이미 미국으로 떠나고 없었다.

"은경이요? 그 앤 이제 여기 없어요. 어제 미국으로 떠났어요."

전화가 한마디로 끊어졌다. 귀 익은 목소리였다. 그녀의 어머니. 아직 음성을 기억하고 있으련만, 번번이 귀찮게 캐묻던 그 '댁은 누구시오?' 한마디조차 물어오지 않았다. 이젠 은경을 찾는 사람이 누가 되었든 그쯤은 이미 상관할 바 아니라는 투였다. 기억할 필요도 경계할 필요도 없다는 것이리라.

나는 아무 생각도 없는 사람처럼, 또는 집을 잘못 찾아들었다 대문을 보는 순간 문득 그것이 자기 집이 아닌 것을 알아차린 사람처럼 비실비실 멋쩍게 길을 돌아섰다. 그리고 다시 팔기의 집을 향해 천천히 발길을 옮기기 시작했다. 팔기의 집은 거기서 훨씬 먼 거리에 있었지만 버스를 타기조차 싫었다. 나는 그냥 거기까지 걸어갈 작정으로 길을 나섰다. ……그런데 녀석은 누굴 따라왔을까. 혼자 온 것일까.

"개 같은 새끼들. 대갈통이 제자리에 붙어 있는 것들이 하나도 없어! 너 어떻게 된 거야. 도대체."

팔기는 흔들흔들 들어서는 나를 보자 반가워하기커녕 멱살이라도 틀어잡을 자세로 사납게 몰아세웠다. 형편없는 몰골을 한 신이 놈이 팔기의 등 뒤에서 나의 눈치를 살피고 있었다. 나는 팔기의 힐난을 못 들은 사람처럼 한동안 그 신이 녀석만 멍청하게 건너다보고 서 있었다. 녀석을 보자 나는 느닷없이 어떤 기억 하나가 머릿속을 스쳐 갔다.

군대 시절 나는 중대 행정반 서무병 노릇으로 복무 기간을 채워 가고 있었다. 어느 추운 겨울날이었다. 이것저것 겹친 검열 때문에 나는 한동안 밤잠도 못 자고 일에 쫓기고 있었다. 그렇게 밤낮없이 일에만 쫓기다 보니 며칠씩 얼굴을 씻는 것조차 거르기 일쑤였다. 날씨는 추울 대로 추운 데다 거울을 보는 일이 없으니 그래도 별로 켕기는 것이 없었다. 그런데 하루는 중대장이 그런 나를 보고 화를 내며 당장 얼굴을 씻고 오라 했다. 나는 세면기를 찾아 들고 근처 개울로 내려갔다. 개울은 모두 꽁꽁 얼어붙어 있었다. 발로 굴러봤으나 얼음이 두꺼워 어느 한 곳도 깨부수고 물을 떠낼 수가 없었다. 한참 동안 개울을 오르내리던 나는 빨래터 부근에서 겨우 물구멍을 하나 찾아냈다. 어느 사병이 양동이에 더운 물을 담아다 그 양동이물로 얼음을 녹여낸 자국이었다. 아직 살얼음도 끼지 않은 물구멍이 동그랗게 뚫려 있었다. 금방 빨래를 끝내고 돌아간 모양이었다. 나는 그 물구멍 위로 몸을 굽혔다. 그러다 거기서 문득 이상한 것을 보았다. 그건 물론 내 얼굴이었다. 내 얼굴이 물에 비친 것이었다. 그런데 그때 내 얼굴이 전혀 딴사람의 그것처럼 낯설어 보였다. 그것은 내가 오랫동안 거울을 보지 않고 지내온 탓만은 아니었다. 더부룩하게 긴 턱수염, 까맣게 그을린 얼굴, 그리고 그 얼굴의 턱까지 싸고 있는 모양 없는 야전 점퍼 칼라…… 그것이 나의 몰골이었다. 나는 이상한 설움기 같은 걸 느끼면서 그 물구멍의 얼굴을 한동안 넋을 잃고 내려다보고 있었다. 그때 누가 곁에서 내 거동을 지켜보았다면 아마 내가 그 물구멍의 얼굴과 낯익힘이라도 하고 있는 듯한 착각을 했을지 모른다. 이런 일은 아마 누구나 사정이 마찬가지겠지만, 나는 원래 내 얼굴에 대해 자세한 걸 잘 알지 못한다. 내 얼굴이 지닌 특징이라든지 인상 같은 것을 한 가지도 정확하게 알지 못한다. 길거리에서 만약 나와 똑같은 얼굴을 한 사람을 만나게 되더라도 나는 아마 그의 곁을 무심히 지나쳐 가고 말 것이다. 거울을 보거나 사진을 찍는 일이 드물어서도 더 그러리라. 그런 나였지만 그때 물구멍에서 보았던 얼굴만은 이상스럽게도 영 잊혀지지가 않았다. 가끔씩 그때 그 얼굴이 떠오르곤 했다. 그리고 그런 내 얼굴이 떠오를 때마다 나는 가슴속에 희미하게 피어오르는 어떤 삭막한 느낌이 싫어 그것을 될수록 잊어버리려 하였다. 어머니가 돌아가셨을 때 형수가 어머니의 품에서 나온 거라며 내게 전해준 나의 사진을 보았을 때도 나는 그 사진 위에서 그런 얼굴을 보았었다. 내가 나중 그 사진을 불태워 없앤 것도 사실은 그것만 보면 자꾸만 그때의 얼굴이 떠오르고, 그러면 또 가슴 어느 구석에선가 그 막막한 감정의 앙금이 서서히 흔들려 번져 오르기 시작한 때문이었다.

신이 놈을 보자 나는 또 그때의 내 얼굴이 떠올랐다. 그리고 예의 그 막막한 느낌이 나를 금세 휩싸왔다. 녀석은 녀석대로 팔기의 등 뒤에서 앞으로 나서려 하질 않았다. 등 뒤에서 계속 내 눈치만 살피고 있었다. 무언가 나를 경계하고 있는 눈빛이 역력했다.

나는 이윽고 천천히 녀석에게로 다가가 두 손으로 가만히 놈의 볼을 싸주었다. 그래도 녀석은 가만히 몸을 굳히고 서 있었다. 내게 대한 어떤 두려움이나 긴장감 때문인 것 같았다.

"어떻게 해서 네 사무실까지 찾아갔는지 나도 몰라. 통 애길 해야지."

그제서야 팔기가 조금 가라앉은 소리로 말했다. 그리고는 자기 옷 주머니에서 무슨 종잇조각 같은 것을 꺼내어 내게 건네주었다.

"그래도 신통한 건, 자식이 여태까지 요걸 꼭 구겨 담고 있지 않아."

 본능이었는지 모른다. 팔기가 내게 건네준 것은 꼬깃꼬깃 구겨진 1백 원짜리와 10원짜리 지전 몇 장이었다.
 나는 아무 말없이 신이 놈의 손을 이끌고 내 하숙으로 돌아왔다. 집으로 돌아와서도 녀석은 여전히 두려움과 긴장의 빛을 거두지 않았다. 붙잡혀 온 꿩 새끼처럼 눈만 뒤룩뒤룩하고 앉아서 통 말을 하려고 하지 않았다. 내가 묻는 말에나 녀석은 겨우 주눅이 든 소리로 예, 아니오, 식의 짧은 대답뿐이었다. 할머니나 제 어머니의 이야기에도 그저 예, 아니오뿐이었다. 하물며 제풀로는 입을 열어볼 엄두조차 내지 않았다. 그나마 묻는 말엔 꼭꼭 대답을 해 오는 것도 사실은 내게 아직 마음을 못 놓고 있는 증거였다. 게다가 녀석은 또 행동거지까지 나의 말 그대로만 움직였다. 아랫목으로 와 앉으라면 언제까지나 그 아랫목에만 앉아 있고, 누워 자라면 잠이 오지 않는데도 끽 소리 없이 눈을 감고 누워 있었다. 밤이 되어 둘의 잠자리를 깔고 나서 내가 먼저 몸을 눕힌 뒤에도 녀석은 계속 쭈뼛쭈뼛 내 눈치만 살피고 있었다…… 하기야 녀석은 원래가 그런 놈이었다. 그렇게 자란 놈이었다. 놈은 제 아비의 주검을 보고 울 줄도 모르더라고 했다. 지난번 여름 내가 집엘 갔을 때도 녀석은 그렇게 주눅이 들어 있었다. 제 아비 술주정이 어떻게 심했던지(걸핏 하면 아무거나 집어 던진다고 했다. 심지어 그 어린것들까지 함부로 집어 팽개치는 정도였댔다) 놈은 아비의 주정이 시작될 기미만 보이면, 어린 누이를 데리고 일찌감치 이웃집으로 숨어 도망가 파랗게 떨고 서 있곤 했다 하였다. 주눅이 들어 그랬던지 녀석은 제 할머니까지 그렇게 무서워한다고 했다. 무엇보다도 녀석은 아무한테도 말을 않으려 한다는 것이었다. 벙어리가 아닌가 싶을 지경이랬다. 아이들 얘기로는 학교엘 가서도 마찬가지랬다. 그래서 녀석 때문에 나는 무척이나 애를 먹었다. 나는 우선 녀석에게 사람을 무서워하지 않도록 거친 말을 조심해가며 용돈도 쥐여줘보고 학용품 같은 것을 사다 안겨줘보기도 했다. 그것도 녀석의 마음이 편하도록 한번 쥐놓고는 전혀 모른 체를 해주었다. 그리고 학교로 가선 담임선생도 만나주고, 집에선 허물없이 제 어린 누이를 안아줘 보이기도 했다…… 그래도 계속 아무 반응이 없었다. 제 아비에게처럼 멀찌감치서 슬금슬금 눈치만 봐돌았다. 할 수 없는가 보다 싶었다. 그러나 녀석을 단념해버릴 수는 없었다. 집을 떠나오던 날 아침까지도 나는 마지막으로 한 번 더, 할머니랑 어머니 말씀 잘 들으라 녀석을 달래보려 하였다. 그런데 녀석은 내가 아침을 끝낼 때까지도 영 간 곳이 없었다. 할 수 없이 단념하고 사립을 나서려고 했을 때서야 제 어미(나의 형수)가 놈을 찾아 끌고 나오면서 하는 말이, 녀석이 부엌 뒤켠에 숨어 혼자 훌쩍거리고 있더랬다. 결국엔 내가 놈을 이긴 거로구나 싶었다. 그런데 내가 녀석을 또 너무 오래 잊고 지낸 것인가. 놈이 나를 다시 두려워하고 있었다. 나는 당분간 녀석을 아무것도 묻지 않고 그대로 두는 것이 좋을 것 같았다. 궁금할 것도 없지만, 시골이나 서울 사무실까지 길을 찾아온 이야기도 제풀에 입을 열 때까지 기다리는 것이 좋을 것 같았다.

21

다음 날 아침 영인에게서 사무실로 전화가 걸려왔다. 나는 저녁 시간으로 영인과 약속을 정해놓고 우선 부장에게 사직서를 써내었다. 부장은 뜻밖이라는 듯 한동안 나를 물끄러미 쳐다보다가 물었다.
"왜 무슨 언짢은 일이라도 있습니까?"
알 수 없다는 투였지만, 그것을 곧이들을 필요는 물론 없었다.
"위장이 너무 나빠진 것 같아서 우선 좀 구제책을 써봐야겠습니다."
"여길 그만두면 위장이 좋아지나요. 술 끊을 성미는 아닐 텐데."
"방법이 한 가지 있어서요."
"술 끊는 방법 말입니까?"
"아니오. 위장하고 끝장을 내려구요."
부장은 그게 어떤 것인지 한번 듣고 싶다는 표정으로 나를 지켜보았다. 나는 더 이상 대답하고 싶지 않았다. 마음을 정한 이상 이것저것 길게 구실을 늘어놓고 싶지가 않았다. 그런 내 속내를 읽은 부장이 한 번 더 윗사람 치레를 해왔다.

"이거 다시 거둬 넣으시오."

사뭇 명령조로 말하고 나서는, 사장에게 올려야 할 사직서를 다시 내 쪽으로 밀어놓았다. 부장의 호의에 대해 지나친 실례가 될까, 이런 내 추측은? 아마 그렇지는 않을 것이다. 이 월간 잡지 회사는 이제 거의 일거리가 없는 형편이다. 사람이 오히려 귀찮아진 처지였다. 혹은 좀더 같이 있어보자는 뜻의 부장의 만류가 진심이라 해도 내게는 별 도움이 될 만한 소리가 못 되었다.

"며칠 후에 다시 인사나 오겠습니다. 이건 제가 다시 가져가도 상관없지만요."

나는 웃으면서 사직서를 다시 집어넣고 방을 나왔다.

책상 서랍은 전에 미리 정리되어 있었다. 이젠 정말 며칠 뒤에 다시 와서 마지막 인사나 하면 되었다. 광고 전문가 아가씨는 아직도 농담인 줄 아는지 나를 향해 한번 빙긋이 웃고 만다. 사실 그것을 정말로 안다고 해도 이런 때는 그렇듯 농담이지 식으로 넘어가주는 게 더 나을 수도 있으리라.

직장이랍시고 이곳에 나온 지도 어언 2년. 뭐 대단한 일터로 생각해본 적은 없었다. 적어도 외면 생활은 다른 사람들과 별다를 바가 없어 보이는 점과, 그 직장이라는 만인의 굴레 속에 자신도 어김없는 조석 출퇴근 따위로 그 무기력한 나태성을 좀 추슬러보자던 것이 애초의 내 입사 동기였다. 그것은 곧 자신도 생활인의 대열에 함께 끼어 서는 자족감과, 그로 하여 결코 현실 생활에서 외떨어져 있지 않노라는 안도감, 그래서 내 생각과 글이 보다 많은 공감을 얻을 수 있고 보다 넓은 보편적 가치의 세계로 나아가는 길목을 지킬 수 있게 되지 않을까 하는 소박한 염원의 표현일 수도 있었다. 말하자면 그것은 나와 세상과의 다리였다. 그리고 그 다리를 통해 어렵사리나마 이날까지 이 세상의 한 끝에 그럭저럭 잘 매달려온 셈이었달까. 하지만 이제 나는 그 다리를 거두어들이고 싶은 것이다. 그리고 이미 그러고 나선 참이었다. 지금의 나에겐 더 이상 그런 다리 따위가 필요한 것도 아니고, 그것이 또한 어쩔 수 없는 일이기도 한 터이므로.

"나는 지금 은경에 대해 지금까지 내가 생각해온 것이 어떤 쪽이었는지도 확실치 않습니다. 그러나 그 여자를 한 번 더 만나보고 싶었던 건 사실이었습니다. 지난번 여행 때 기차에서 한 여자를 만났는데, 그 여자는 은경이 아직 떠나버리지 않은 거라고 충고해주더군요. 오로지 그 여자 말 때문엔 아니었지만, 어쨌든 나는 은경을 한 번 더 만나려고 했습니다. 아무래도 아직 끝나지가 않은 것이 있는 것 같았으니까요. 하지만 뭐 그 여잘 만나서 그걸 마저 끝내겠다든가 그런 건 아니었어요. 사실은 부산에서 차를 탔을 때 벌써 내게선 모든 것이, 그 은경의 일까지도 모든 게 끝나 있었던 셈이니까요. 그러고 보면 내가 다시 그 여잘 만나러 간 것은 그런 결말을 한 번 더 확인하러 간 꼴밖에 안 되겠지만, 사실은 그보다 더 참담한 심경이었습니다. 하여튼 은경이 떠나가버린 것은 모든 게 끝나가는 내게 또 하나의 종말을 확인해준 셈이지요.

정말 이젠 내 지난날의 모든 것에 끝을 내야겠어요. 이미 끝난 일은 끝장이 난 대로, 끝나지 않은 일은 지금부터 서둘러서."
웬일인지 다방 안은 정전 중이었고, 탁자 위엔 대신 촛불이 놓여 있었다. 영인은 내 이야기를 듣기만 하고 있었다. 이야기를 다 듣고 나서도 그녀는 한참 동안 촛불만 어둡게 바라보고 있다가 겨우 이렇게 입을 열었다.
"말을 안 해도 좋은가 했는데…… 그렇담 이제 쓸데없는 얘기가 되겠군요. 사실은 일전에 은경에게 행방불명 사건을 연락했었죠."
"무슨 이유로요?"
나는 뜻 없이 물었다.
"이 영인은 가지고 싶어 하는 것을 바로 가지려고 덤빌 용기가 없어요. 자꾸 다른 사람더러 가지라고 하는 버릇이 있었지요."
그녀는 희미하게 웃었다.
"……자기의 방법으로는 시험이 다 끝났다더군요."
영인 역시 내 물음과는 상관없이 혼잣말을 하고 있었다.
"나는 그 아가씨의 지독한 집념을 알고 있었어요. 정말 그럴 수 있을까 생각했지요. 그런데 그 아가씬 이제 그런 집념을 더 참아낼 자신이 없어졌는지 며칠 후에 훌쩍 미국으로 떠나버렸다더군요. 이젠 내 차례가 되어도 좋은가 보다 싶었지요. 그런데 이 배영인이 참 난처하게 되어버렸군요."
나는 영인의 이야기를 반만 듣고 있었다. 영인의 마지막 말이 무슨 뜻인지를 한참 뒤에서야 알아차릴 수 있었다. 나는 영인을 바라보았다. 갑자기 영인이 두려워졌다. 그녀는 눈길을 피하지 않은 채 나를 똑바로 건너다보고 있었다. 불빛이 어두웠기 때문에 그 눈을 자세히 볼 수는 없었다. 그러나 나는 금방 그녀를 두려워할 필요가 없다는 것을 깨달았다. 영인은 겉보다 속이 매운 여자였다. 무엇을 쟁취하려 마음먹으면 그것을 얻으려는 싸움에서 물러서는 법이 없었다. 그러나 그녀는 이해도 빨랐다. 내 고집도 알고 있었다. 확인할 순 없지만 그녀가 은경과 싸움을 걸지 않았던 것도 바로 그녀의 그런 점 때문이었을 터. 영인이 더 나를 괴롭히려 들지는 않을 것이다. 나에게 더욱 확실한 설명을 요구해올 여자도 아니었다. 그러나 영인에 대한 나의 판단은 완전히 잘못이었다. 그것은 어쩌면 여자 일반에 대한 내 이해의 오류였는지도 모른다. 영인은 나에게서 더 많은 말을 듣고 싶어 했다.

그녀가 뜻밖에 눈꼬리에 눈물을 물었다. 그리고 내게 그걸 보게 하려는 것처럼 몸을 조금 앞으로 내밀었기 때문에 그것을 더욱 똑똑히 볼 수 있었다.

"나를 안됐다고 생각해본 일이 있어요?"

나는 한동안 무표정하게 앉아 있기만 했다. 물론 그런 일은 없었다. 정말로 영인이 나 때문에 괴로움을 당하리라고는 상상조차 한 일이 없었다. 그러나 그렇게 대답할 수는 없었다. 나의 대답은 정말로 그녀를 초라해지게 할 것이다. 그녀에게 심어진 나와의 무슨 과거가 있다 해도 지금 내겐 굳이 그걸 돌려받아야 할 필요가 없었다. 그럴 권리도 없었다.

"영인은 내게 무척 많은 도움을 주는 사람이라 생각해왔지요."

나는 슬그머니 영인의 화살을 피하려 했다. 그러나 영인의 화살은 계속 과녁을 놓치지 않으려 했다.

"도움…… 도움……"

그녀는 혼잣말처럼 중얼거리더니,

"그래요. 도움이라도 좋아요. 하지만 난 언제나 지금까지와는 다른 방법으로 돕고 싶었어요. 똑똑히 말할까요. 여자로서 말예요."

여전히 똑바로 나를 쳐다본 채였다. 어조는 이미 대답을 바라지 않는 쪽이었지만, 그 시선은 여전히 나를 추궁하고 있었다. 나는 내가 하려는 노릇을 영인에게 미리 설명해주지 못한 것을 후회했다. 영인이 내 지금까지의 계획을 알았다면 그렇게 나를 추궁하고 들지는 않았을 터였다. 그리고 나는 이처럼 어려운 대답을 생각할 필요가 없을 터였다.

"단식을 하려구 해요."

할 수 없었다. 나는 곧바로 계획을 털어놓기 시작했다.

"난 지금까지 늘 위장병 때문에 단식을 하겠다고 해왔지요. 혹시 짐작하셨을지 모르지만, 난 그 단식에 관해 꽤 많은 것을 생각하고 있어요."

영인은 이제 자신의 말은 끝났다는 듯 지금까지 조금 앞으로 숙여졌던 상체를 꼿꼿이 되세워 앉혔다. 지금부터는 이야기를 듣기만 하겠다는 자세였다.

"아까 내가 끝낸다고 한 것들이 다 이것과 상관이 되는데요."

"무슨 말씀이지요?"

영인이 조금 냉랭한 목소리로 물었다. 마치 혐의를 캐내려는 수사관 같았다.

"들어보시면 무슨 얘긴지 짐작이 갈 겁니다."

그래 놓고 나는 어디서부터 이야기를 시작해야 할지 잠시 서두를 망설였다. 그러다가 불쑥 단식의 방법부터 이야기하기 시작했다.

"원래 단식을 제대로 하자면 45일을 잡아야 한답니다. 물론 그 기간 전부 입을 굶는 건 아니구요. 밥을 아주 굶는 건 15일뿐이고, 나머지 30일은 예비 단식이라고 음식물을 줄여가는 과정 10여 일과 회복기 15일 동안의 기간을 전부 합한 거니까요."

영인은 꼼짝도 않고 내 이야기에 귀를 기울이고 있었다. 그리고 내가 그 단식에 관한 설명을 대략 다 끝마치고 나서야 비로소 이렇게 물었다.

"정말로 단식을 감행할 작정이세요?"

"그렇다니까요."

나는 그녀가 묻고 있는 것이 무엇인지 알고 있었다. 그러나 다만 그렇게만 대답했다. 그러자 영인은,

"돕고 싶군요."

말을 더 우회하지 않고 아까 자신이 던졌던 질문의 대답을 스스로 말했다.

"이번에도 또 누님처럼 말예요."

안 될 소리다. 그것은 영인이 그녀 자신까지를 속이는 말이었다. 게다가 나는 그녀의 호의를 사양해야 할 보다 큰 이유가 있었다. 단식이라는 것이 원래 그런 것이었다. 나는 이야기를 좀더 계속했다.

"단식의 꿈은 환생이라고들 합니다. 다시 태어나는 것 말입니

다. 그러나 내게서 환생이란 너무 벅찬 꿈입니다. 아직은 종말의 의미, 임종의 뜻만이 확실합니다."

그 점을 분명히 해야 한다. 사실 나는 그 환생조차도 믿을 수가 없었다. 내게 우선 필요한 것은, 그리고 분명하게 기대할 수 있는 것은 임종의 고통이었다. 환생의 꿈은 그다음 문제였다.

그러나 말을 하고 나니, 나는 공연히 영인이 가여워졌다. 영인을 이토록 괴롭힐 이유가 있을까. 누구 때문에? 무엇 때문에? 뿐만 아니라 이젠 나에게도 서서히 어떤 두려움 같은 것이 서려 들고 있었다. 나는 정말로 두번째 고통을 믿지 않고 있는가. 두번째 진통이 전제되지 않은 임종의 고통이 무슨 의미를 지닐 수 있는가. 내 단식이 언제부터 그렇게 생각되기 시작했을까. 그리고 그걸 믿지 않으면서 단식을 시작할 수 있을까.

그건 물론 스스로도 대답이 분명해질 수 없었다. 하지만 한 가지는 분명했다. 나는 이제 어쨌든 단식을 시작할 수밖에 없다는 사실이었다. 두번째 진통에 대한 확신이 있든 없든, 그렇기 때문에 내게 오는 두려움이 어떻든, 끝장이 나거나 다시 태어나거나 나는 이제 어차피 그 단식을 피할 수 없게 된 사실이었다. 희망을 가져보고 싶긴 했다. 그러나 희망을 가질 수 없더라도, 그 임종의 고통을 위해서라도, 나는 이제 단식을 시작해볼 수밖에 없었다. 그렇게 생각되었다. 그런 절박스런 느낌과 영인을 함께 달래는 기분으로 나는 다시 입을 열었다.

"아까 말했지요. 단식 기간 중에 지독한 고통이 온다는 걸 말입니다. 이해하실지 모르지만, 내가 단식에 대해 가장 끌리는 것이 그 두 번의 고통입니다. 처음의 것을 나는 내 모든 생명의 질서가 파괴되는 아픔, 즉 임종의 고통이라 여깁니다. 그 고통 후엔 모든 육신의 기관이 정지한 것처럼 조용히 가라앉아버린다니까요. 그러니 단식이 다시 회복기로 접어들어 조금씩 음식물을 취할 때 오는 고통은 새로운 탄생의 진통이라 해야겠지요. 그동안 옛 육신은 세포까지도 그 기능을 다 중지한다고 상상해보세요. 그리고 나중 회복기의 진통을 옛 질서의 복원이 아닌 새로운 생명의 질서라 생각해보십시오. 그 새로운 육신에 피어드는 정신 또한 그러니까 옛날의 그것이 아니어야겠지요…… 죽어버릴 수 있다는 것, 그리고 새로 태어난다는 것, 얼마나 매력 있고 기분 좋은 일입니까."

이야기를 듣고 있는 동안 영인의 눈은 자꾸 허공을 향하곤 했다. 그러던 영인이 거기서 갑자기 대들 듯이 물어왔다.

"그 고통을 둘 다 어떻게 장담할 수 있어요?"

나는 그녀의 심상찮은 서슬에 잠시 말을 참고 있었다. 이야기가 금세 제자리로 되돌아가려 했다. 두려움이 되솟아왔다. 그러나 이제 어쩔 수가 없었다. 그리고 영인에게도 자기 몫의 괴로움을 스스로 견디게 해주는 수밖에 없었다.

"장담할 순 없지요. 그래서 나도 아까 모든 것이 일단은 끝나는 걸로 한다고 하지 않았습니까?"

그것으로 영인에겐 필요한 말을 모두 해준 셈이었다. 그러나 영인이 계속해서 나를 바라보고 있었기 때문에 나는 몇 마디 더 덧붙이지 않을 수 없었다.

"두번째 고통을 기대해봐야죠. 하지만 난 그걸 믿을 수는 없어요. 아니 그 거꾸로지요. 믿을 수는 없지만 기대를 버릴 수는 없노라 해야 옳겠지요."

"왜 그런 모험을 해야 하나요?"

이제 영인은 자신을 위한 대답은 바라지 않고 있었다.

"모험이 아닙니다. 끝장이 나거나 다시 태어나거나 지금으로서는 그 길밖에 없으니까요. 지금 내 위장 형편이……"

22

"위장을 고쳐보고 싶은 생각은 대단한 모양인데…… 하지만 단식이란 게 여간 돈이 들지 않는 게임이겠구만."

며칠 후 팔기는 다방에서 내 단식에 관한 설명을 얌전히 다 듣고 나더니 내게 어디 그런 돈이 있겠느냐 투로 말했다.

"그렇지. 조용한 방이 있어야 하고, 진짜로 숨이 끊어져버리는가 늘 감시해야 할 시중꾼이 있어야 하고, 회복기엘랑은 만약의 사고에 대비해야 할 비상금도 있어야 하고……"

"그런데?"

그것을 어떻게 다 준비하겠느냐는 물음이었다.

"방은 전에 등산할 때 조용한 암자를 하나 봐뒀는데, 일전에 다시 가서 얘길 해놨어. 곁에서 간호를 맡아줄 사람은 이 녀석이구."

나는 데리고 나온 신이 놈의 머리를 쓰다듬어 보였다. 팔기는 놀라는 대신 나를 한참 어둡게 건너다보았다. 신이 녀석은 물론 팔기의 얼굴이 왜 변하는지 알 수 없었다. 놈은 내게 머리를 맡겨 둔 채 다방 구경에만 정신이 팔려 있었다. 놈은 그간 예상 외로 나와 빨리 친해지고 있었다. 녀석은 이제 훈련된 셰퍼드처럼 내 말만 기다리는 것이 아니었다. 먹고 자고, 자다 일어나서는 또 가만가만 강아지처럼 혼자 놀았다. 그러면서 조금씩 긴장을 풀고 별말이 없어도 저 혼자 이것저것 주변 일들을 익혀가고 있었다. 그만큼 마음이 놓이고 풀려가는 증거였다. 그리고 그런 만큼 녀석은 내가 하자는 것이면 뭐든지 하자는 대로 잘 따랐다. 암자엘 올라갔을 때도 놈은 제법 신이 나서 산길을 따라나섰는데, 걸음이 자꾸 뒤처지는 녀석에게 다리가 아프냐고 하면 놈은 숨을 헐떡이면서도 그때마다 고개를 가로젓곤 했다. 암자에 이르러 삼촌과 여기서 한 달만 같이 지내자고 했을 때도 녀석은 두말없이 고개를 끄덕였다. 무섭지 않은 사람—나는 녀석에게 그렇게 된 것이 기뻤다. 그리고 마음이 한결 가벼워졌다.

"너무 심한 고문이 되지 않을까?"

팔기가 이윽고 넌지시 녀석을 턱으로 가리켰다.

"글쎄. 하지만 나를 제일 마음 편하게 할 시중꾼이 되어줄 것 같아. 당분간은 귀한 동지지. 이 녀석은 그렇게 해줄 거야."

"자네 수고가 좀 많겠네."

정신이 딴 데 팔려 있는 녀석을 팔기가 장난스레 툭 건드렸다.

"하지만 잘하겠지. 혼자 서울길도 찾은 녀석이니까. 대체로 너희 집은 혈통이 좀 독종 같아."

그럴지도 모른다. 녀석이 내 사무실을 찾아온 이야길 듣고 나는 오히려 신통한 생각보다 녀석에게 어떤 두려움 같은 게 느껴졌을 정도니까. 한마디로 녀석은 내 주소 쪽지 하날 쥐고 그 시골집에서 서울 한복판 회사 사무실까지 먼 길을 찾아온 놈이었다. 도중에서 아무에게나 이런저런 말을 묻기도 하고 제 손으로 차표를 사기도 했을 녀석을 생각하면 놈의 속에는 조그맣고 의뭉스런 어른이 하나 깊숙이 도사리고 앉아 있는 게 분명했다. 내 앞에서는 그저 철부지 어린것으로만 보였지만, 혼자 내버려지면 지독한 강단과 요령이 생겨날 놈이었다. 나는 때로 그 조그만 어른이 무서웠다. 그러나 지금 그 어른은 팔기와 나의 말엔 전혀 관심이 없는 듯 계속 자라목을 하고 다방 구경에만 정신이 팔려 있었다.

우리는 그럭저럭 이야기를 끝내고 다시 청진동의 한 골목 대폿집으로 자리를 옮겼다. 자리를 옮기고 나니 이야기도 바뀌었다. 비상금이니 뭐니 하는 데까지 신경을 쓸 팔기는 아니었다. 내 단식 준비에 관해 팔기는 벌써 모든 것을 믿어버리고 있었다. 이야기는 자연 단식에서 다른 데로 돌아갔다.

"은경 아가씬 그럼 아주 그렇게 생각하기루 했냐?"

팔기가 이번에는 은경과의 일을 끝어내려 했다. 그는 아직도 은경이 비행기를 탄 일을 모르고 있었다. 그러나 나는 이제 은경의 일에 관해선 어떤 것도 더 이야기하고 싶지 않았다.

"몰라. 모르겠어…… 그렇게 된 거겠지."

귀찮아하는 내 말에 심상찮은 느낌이 들었던지 녀석은 잠시 입을 다물고 있었다. 그러자 나는 갑자기 제 소리에 떠밀리듯 불쑥 영인이 떠올랐다.

"확실한 건 알 수 없어. 더러는 좀 확실해진 것도 있고…… 확실하게 해둬야 할 일들도 있겠지만, 지금 난 아무것도 모르겠어. 아무것도 생각할 수 없어. 지금 내가 결정할 수 있는 것은 단식뿐이야."

나는 마치 그 영인이 지금 내게 무엇을 묻고 있는 것처럼 화를 내며 신경질적으로 말했다. 팔기가 어리둥절한 표정으로 나를 바라보고 있더니, 이윽고 풀이 죽은 어조로 혼잣말처럼 중얼거렸다.

"어쨌든 이젠 조율할 상대도 다들 어디로든 가버리는 셈이군."

그 목소리가 전에 없이 쓸쓸했다.

"왜, 송 선생한테나 가끔 가지."

나는 비로소 좀 멋쩍어져서 말했다. 그러나 정말로 먼 곳으로 떠나려는 사람의 기분을 지울 수가 없었다.

"송 선생. 아 참, 일전에 지훈이 그 녀석을 송 선생에게 끌고 가보려고 했었지."

그러자 팔기가 또 갑자기 생각이 떠오른 듯 말을 이어 나갔다.

"한데 녀석, 송 선생 얘길 하니까 코를 싸더군. 녀석이 뭐랬 줄 알아? 송 선생 그 양반 책만 읽구 앉아서 머릿속에다 구더길 기르고 있다는 거야. 송 선생이 책을 읽는 건 다른 게 아니구 그 구더길 기르기 위해서라는군. 그 구더긴 희한하게도 지식이라는 형이상학적 음식물을 파먹구 산다는 건데, 송 선생 곁에만 가면 그 구더기 냄새가 난다는 거야. 섬찟하던데."

그는 이야기를 꽤 우회하고 있는 셈이었다. 그의 말속엔 실상 그 송 선생에 대한 자신의 불만도 얼마간 섞여 있었을 터였다. 사실은 우리 누구도 어떻게 할 수 없었던 지훈의 일에 대해 송 선생 역시도 자꾸 말을 애매하게 흐리고 마는 것을 보았을 때, 우리는 터무니없게도 조금은 역하고 서글픈 느낌들이 들고 있었으니까.
"사실 조율 같은 건 더 필요가 없을지 모르겠어. 우리들의 조율도 말야. 소설에 대해 생각하는 것, 우리들의 비극의 꼬메디……"
그가 두서없이 다시 지껄여대기 시작했다.
"흥, 그 소리 지훈이 녀석이 좋아했지. 한사코 코미디라 하지 않고 꼬메디 꼬메디 했겠다? 어쨌든 우리가 썩 바람직한 비극의 꼬메디를 살고 있는 판에, 그까짓 조율이니 소설이니 해서 뭐 할 거야."
취한 때문인가. 놈이 소설을 쓰지 않은 이 두어 해 동안 그의 소설에 대한 생각은 그렇게 되어왔던가. 자신은 모르고 있을지 모른다. 아무렇지도 않게 말하는 투를 보라지―우리들의 조율에 관해 그가 생각하는 것, 비극의 꼬메디―?
"내 행동이 배반일까, 언젠가 송 선생 집에 갔다 나올 때 넌 나더러 배반하기 알맞은 놈이라고 했겠다?"
"자, 이젠 초 치는 소리 그만두구 술이나 마셔. 네 말대로 모든 심판은 보류하지. 네가 배반자가 될지 뭐가 될지 하는 것도 모두 다."
그는 갈증 난 짐승처럼, 그리고 오랜만에 술을 본 주정뱅이처럼 맹렬하게 마셔댔다. 그러다간 이윽고 또 자리를 옮기쟀다.
"네 위통자루 아주 망가뜨려도 상관없잖아. 기왕에 죽이고 다시 태어날 거라며? 맥주라는 술을 마셔보자. 그놈의 술 아직도 시원하고 부드러운 맛인지 모르겠다."
강아지처럼 졸랑졸랑 말없이 따라다니기만 하던 신이 녀석도 이젠 좀 겁을 먹은 얼굴이었다. 나는 녀석에게 '삼촌은 술 안 취한다'고 안심을 시켜서 다시 맥줏집으로 들어갔다. 달리 어찌할 수가 없는 형편이었다.

팔기는 거기서 아예 술걸레가 되도록 취해버렸다. 잔을 들곤 마치 그리운 사람의 부적이라도 만지듯 그걸 곰곰이 들여다보다가 술을 조금 마시고, 술을 마시고 나선 또 잔을 손에서 뱅뱅 돌리며 이윽히 그 잔 속을 들여다보곤 했다.

"흠, 역시 이 맛이 나쁘진 않단 말야."

그러다가 드디어는 놈이 갑자기 엉뚱한 상상 속에 내 귓바퀴를 쭉 아프게 잡아당겼다.

"요 술값 순전히 세금 값이라며? 하니까 앞으론 이렇게 해줬으면 어떨까. 맥주값에서 세금을 빼고 말야, 너희 털터리들은 싼 보리술이나 처먹어라. 소비를 미덕으로 아는 사람들은 비싼 쌀술을 퍼먹구. 그렇게 말야. 그러고는 맥주값에 붙은 세금을 몽땅 대포값에다 얹어 붙여주면 어떻겠어? 하하……"

그는 유쾌한 듯 제풀에 한바탕 크게 웃어젖혔다.

"그럼 우리 같은 친군 할 수 없이 맥주패밖에 못 될 게 아냐? 어쩌다 밀주나 한 사발 얻어 마시면 이렇게 뽐내고 다니겠지. 으험! 난 어젯밤 쌀술을 잡수셨단 말씀이야."

문을 닫을 때야 우리는 주머니를 다 털고, 그러고도 모자라 팔기의 팔뚝시계까지 풀어 잡히고 겨우 술집 문을 나섰다. 시계를 뗀 탓은 아니겠지만, 팔기는 골목으로 나오자 다시 정신이 드는 모양이었다.

"그럼 언제 갈 테야, 산엔?"

"글쎄, 안 보이면 간 줄 알아둬라."

실상 이때 나는 이미 이틀 뒤로 산행 날을 잡아놓고 있었지만, 왠지 그걸 말하기가 싫었다. 팔기는 그 소리를 들었는지 못 들었는지 담벼락에다 머리를 한참 기대고 있더니 다시 혀가 꼬부라진 소리로 말했다.

"흥, 왜들 그렇게 될까. 착하게만 살려고 했는데 다들. 하지만 난 안 간다. 다 가버리면 이 꼬메디를 맡아 계속할 놈이 하나도 없을 거 아냐, 어느 새끼 하나도……"

그리고 그는 내 손이라도 붙잡으려 들 듯이, 아니면 그저 제 몸을 가누려 그러는 것처럼, 머리를 박은 채 몇 차례 팔을 크게 휘저었다. 그리곤 비척비척 담을 따라 걸어가며 혼자 지껄여댔다.

"가, 가버려. 좋을 대로 다들…… 가버리란 말야."

그를 우두커니 바라보고 있는 내 손을 꼭 쥐고서 신이 놈이 몸을 떨고 있었다. 나는 그 손을 더 꼭 쥐어주며 팔기의 몸이 골목 저쪽으로 어릿어릿 사라져가는 것을 계속 멍청하게 바라보고 서 있었다. 가로등 불빛에 모습을 드러냈다 사라졌다 하는 것이 마치 익사자의 마지막 부침(浮沈)을 보고 있는 것 같았다. 그러다가 팔기는 아주 어둠 속으로 빨려 들어가고 말았다.

간간이 그리고 멀리서 그의 소리가 한동안 골목 이쪽까지 들려왔다.

"가……가 가버…… 가버려."

23

 매미 소리에 귀를 쭈뼛거리고 앉아 있던 신이 녀석은 그 소리를 쫓아갔다가 엉뚱하게 여치 한 마리를 손에 쥐고 돌아왔다. 그리고 그 손을 슬그머니 내 앞에 펴 보였다.
 "신아, 엄마가 보고 싶으냐?"
 나는 손가락을 벌려 여치를 집으며 문득 그렇게 물었다. 그러나 나는 금방 후회했다. 이 아이에게 그런 것을 물을 필요가 있을까? 신이 나를 한참 쳐다보았다. 그러다 다행스럽게도 고개를 가로저었다. 그리고 녀석은 다시 벌떡 일어서더니 조약돌을 집어 힘껏 팔매질을 했다. 나는 갑자기 등골에서부터 힘이 죽 빠져나가는 것 같았다. 땀이 솟으면서 잠시 눈앞이 흔들렸다. 끼니를 거르면서부터 가끔 있는 일이었다. 나는 가만히 눈을 감고 증세가 가라앉기를 기다렸다.
 눈을 떴을 때는 신이 곁에 있지 않았다. 아래 계곡 쪽에서 물소리가 들려왔다. 또 개울물에서 목욕을 하는 모양이었다. 다행스런 일이었다. 내 물음에 녀석이 상처를 받지 않은 것처럼 보이는 것도 그렇지만, 어린것이 늘 그렇듯 내 속을 재빨리 알아채고, 어떤 말이 내 속을 상하지 않게 할 것인가를 말없이 잘 가려내고…… 그보다도 더 고마운 일은 지금 녀석이 내 곁에 있어준다는 사실이었다. 녀석은 우리가 이곳으로 아주 살러 온 줄로나 아는 모양이었다. 산골 절간으로 오면서 녀석은 훨씬 더 태도가 부드러워졌다. 그만큼 행작이 의연해지기도 했다. 조그만 어른처럼 내 말엔 묵묵히 무슨 일이나 잘 보살펴주었다. 물론 일이 많은 것은 아니었다. 꼬박꼬박 가져다주는 끼니(아직까지는 내가 가져다주는 편이 많으니까)를 대개 저 혼자 챙겨 먹고, 지금처럼 뒷산 그늘로 나를 따라 나와 곁에서 말동무가 되어주고, 때로는 그 골짜기 개울물로 목욕이나 내려다니는 정도가 하루 일의 전부였다. 그게 녀석에겐 여간 즐겁고 마음 편하지 않은 모양이었다. 그럴 밖에 없었다. 아침에도 사과 하나와 주스 한 잔을 몽땅 저더러 먹으라니까 조금 주저하는 빛이기는 했어도, 녀석은 결국 그 정도로 그걸 먹고 싶은 욕심을 더 이겨내지 못했다. 회복기에 필요할 것 같아 산으로 올려다놓은 주스며 과일 따위를 아직은 내가 하루 한 끼를 잇고 있는 터라 놈에게만 조금씩 나눠 먹이고 있었지만, 녀석이 그런 내 속내를 알아차릴 리 없었다. 녀석이 놀라서 겁을 먹지 않도록 삼촌이 잠시 밥을 굶어야 할 일이 있다고 미리 일러두기는 했지만, 이 작은 어른이 지금 내가 시행해 들어가고 있는 단식의 과정이나 어려움까지 모두 이해하기는 어려운 일일 테니까.

신이 이내 물방울을 뚝뚝 들으며 얌전히 내 곁으로 돌아와 앉았다.
"신이 심심하지?"
나는 물에 젖어 번들거리는 녀석의 머리를 돌아보며 물었다. 그러나 녀석은 대답하지 않고, 하늘을 향해 입을 크게 벌리곤 아 아 아 괴상한 소리를 내고 있었다. 녀석에겐 심심하다는 말이 이해되기 어려운 것인지 모른다. 하긴 그게 나를 더 편하게 해주었다. 녀석이 아무것도 물어볼 수 없는 상태에 있는 것, 그래서 녀석 때문에 내가 쓸데없이 고향 일들로 괴로움을 당할 필요가 없는 것, 그리고 내가 만약 '두번째' 고통을 경험하게 될 경우, 곁에 있을 녀석을 보고도 묵은 옛 기억 때문에 방해를 받게 되지 않으리라는 것, 그 모든 것이 나를 편하게 해주었다. 뿐만 아니라 녀석이 그때 내 회복을 지켜볼 수 있게 된다면, 녀석도 나와 함께 다시 세상에 태어날 수 있게 될 터였다. 말하자면 녀석도 아직 온전히 다 태어났다고 할 수가 없었다.
"더 놀다 올래?"
나는 일어서며 녀석을 내려다보았다. 이제 내려가보아야겠다고 생각했다. 녀석이 머리를 저으며 함께 자리를 일어섰다.
방으로 돌아와서도 나는 한동안 다시 생각에 싸여 있었다. 별로 건강이 좋지도 않았고, 거기다 술 때문에 심신이 극도로 피로해 있는 상태에서 단식을 시작했는데도 남은 기력이 쉬 꺼져 내리지를 않았다. 창문을 비쳐 들어오는 햇빛이 너무 밝게 느껴졌으므로 나는 뒤따라 들어온 신에게 그 창문을 좀 가리고 앉으라 일렀다. 녀석은 이내 그 창문을 가리고 다시 부처처럼 곁에 붙어 앉아 있었다. ……느닷없이 은경이 생각났다. 언제던가, 내가 가을 감기로 몹시 고생을 하고 있을 때였다. 기관지가 약한 나는 감기만 걸리면 기침이 심했다. 약을 먹어도 소용이 없었다. 치료 방법이란 뜨거운 물을 곁에 놓고 마시며 목을 진정시켜가는 것뿐이었다. 그러나 그 뜨거운 물을 늘 곁에 마련해놓을 수가 없었다. 하루 세 번 끼니 대신 뜨거운 물을 청하여 들여놓으면 그것마저 금방 식어버리곤 했다. 할 수 없이 나는 방을 뜨겁게 하고 자주 이불 속으로 파고들었다. 기침이 좀 부드러워지기까지는 땀이라도 흘려야 했다. 땀으로 목욕을 하다시피 이불 속을 뒹굴었다. 세수도 하지 않은 데다 땀에 젖은 머리가 부스스 말라 일어선 몰골이 귀신처럼 되어갔다. 속옷은 아무렇게나 벗어 방구석에 던져졌고, 방 안에선 묘하게 역한 냄새가 났다. 그러던 어느 날 뜻밖에 은경이 나를 찾아왔다. 뜨거운 물을 생각하며 활활 타오르는 목을 달래고 엎드려 있다 보니 언제 왔는지 그녀가 말없이 내 머리맡에 앉아 있었다. 은경은 찬 우유(나는 그 우유가 왜 뜨거운 것이 아닐까고 무척도 그녀를 원망했지만, 그것을 말하지는 못했었다) 병과 역시 찬 주스를 한 병 들고 와서 문을 뒤로하고 앉아 내가 깨어나기를 기다리고 있었다. 그런 은경을 알아차린 순간 나는 거의 절망적으로 고함 소리를 내지르지 않을 수 없었다. 그녀에게 내 가장 감추고 싶은 것들을 들키고 만 때문이었다. 그녀에게 불시에 내 가장 아픈 곳을 얻어맞은 때문이었다. 생각만 해도 두고두고 제물에 얼굴이 붉어지는, 다시는 돌이키고 싶지 않은 끔찍스런 기억이었다…… 그런데 그때 은경이 앉아 있던 모습이 꼭 지금의 신이 녀석과 같았다. 게다가 그렇듯 내 가장 누추한 곳을 들켜버린 부끄러움에도 불구하고, 그리고 그 우유가 매우 차가운 것인데도 불구하고, 그때 나는 얼마나 그 은경에게 감사하고 있었던가. 하지만 그때 은경은 내가 깨어나자 금방 다시 방을 나가버렸었지……

쓸데없는 생각들이다. 하지만 그 쓸데없는 생각들이 끓는 가마솥에 쏟아 넣은 생미꾸라지들처럼 끊임없이 출구를 찾아 득시글거렸다.

신이가 가리고 앉은 창문이 더욱 밝게 비쳐들었다. 녀석의 돌부처 같은 모습이 더욱 뚜렷한 형태를 드러내고 있었다.

단식이라는 것은 말하자면 육신을 정면에서 거부하는 행위다. 그리고 육신에 대한 가장 심한 모욕인 셈이다. 그래서 육신은 그 모욕에 대해 복수를 하는 것인지 모른다. 그 지독한 고통, 그것을 소멸과 재생을 위한 생명의 진통이라고도 말해왔지만, 시기로 보아 아직 거기까진 훨씬 오랜 시간이 남아 있으리라— 그런데도 나는 벌써부터 그 지독한 육신의 복수를 당하고 있었다.

원래부터 내게는 위 무력감이나 궤양 증세에서 오는 통증이 있었다. 끼니를 거르면서부터 그 증세가 더 심해진 것도 사실이었다. 그러나 나를 정말로 정신 차릴 수 없게 한 고통은 내 육신(물론 그것은 생명 전체를 의미할 수도 있으리라)에 대한 거부 의도가 노골화되고, 그걸 눈치챈 육신의 본격적인 복수가 시작된 때부터였다. 그것은 처음 단순한 허기나 뱃가죽이 등에 가 붙은 듯한 심한 공복감 정도로, 제법 견뎌낼 만도 하였다. 하지만 그 공복감이 차츰 창자가 등가죽을 훑으며 가슴으로 밀고 올라오는 듯한 아픔을 주기 시작했다. 미음이라도 조금 마시면 헌 고무 튜브처럼 위장이 늘렁거려 처지는 것 같은 괴로운 무력감이 왔다. 그런 증세가 시일이 지남에 따라 때로는 몸 전체를 쥐어짜는 고통으로 변해갔다. 참을 수 없는 갈증이 금세 뇌수를 씻어내는 의식의 아픔으로 변해갔고, 공복감은 온몸을 경련시켰다. 나는 그때마다 눈앞이 노래지며 시력까지 침침해졌다. 나는 그런 땐 신이 녀석이 겁을 먹지 않도록 밖으로 내보냈다.

녀석은 여전히 말을 잘 들었다. 고통이 가시면 나는 어수선한 꿈속에서 잠시잠시 잠이 들곤 했다. 그러다 눈을 떠보면 신이는 언제나 내 곁에 붙어 앉아 함께 졸고 있거나, 날벌레들을 쫓으려 조심조심 팔을 내젓고 있었다. 내가 자주 자리에 눕게 되자 녀석이 더 부쩍 철이 들어버린 것 같았다. 밖에 나가 놀다가도 녀석은 내가 잠이 든 줄 알면 문소리를 죽이고 들어와 나를 지켜주곤 하였다. 내가 그러고 누워 있는 곡절을 깊이 알 수가 없으련만 녀석이 내게 그것을 물으려 한 일도 없었다. 아무것도 모르는 듯 또는 모든 것을 다 알고 있는 듯 표정이 천연스러웠다. 아니 자세히 보면 조금은 수심이 어려 들고 있는 것 같기도 했다. 하지만 그것은 녀석에 대한 내 그간의 고정관념 탓일 수도 있었다.

지금도 녀석은 밖으로 내보내져 있었다. 밖에서 무엇을 하고 지내는진 나도 잘 알 수 없었다. 녀석에게 내가 그걸 물은 일이 없었고, 녀석 편에서 먼저 그걸 이야기한 일도 없었다. 그러니 지금쯤 녀석은 어쩌면 바로 문밖에 쭈그리고 앉아 방 안의 기척을 살피고 있는지도 모른다.

고통으로 말하자면 육신의 그것보다 더욱 견디기 어려운 것이 머릿속에 일렁이는 갖가지 환각과 환상들이었다. 무슨 상념들이 그렇게 들끓어대는지 모른다. 아까도 말했듯이 그 상념들은 내 두 개골을 깨고 밖으로 도망치려 미쳐 날뛰고 있는 것처럼 득시글득시글 뇌수를 다쳤다. 잠시라도 어떤 한 가지 생각이 이어지는 것이 아니라, 아무 순서도 없이 이런저런 상념들이 마구잡이로 함께 몰려 지나다녔다. 눈을 감고 있을 때가 더 심했다. 눈을 감으면 그 상념들은 어떤 기괴한 환상이나 끔찍스런 색깔 같은 것으로 변했다. 그러나 그것도 잠깐잠깐뿐이었다. 뇌수가 쓰리고 아팠다. 눈을 뜨면 그것은 다시 육신의 아픔으로 되돌아왔다. 환각과 환상은 그 육신의 아픔이 눈을 감았을 때 모양을 바꾼 공감각의 변주였다. 그러나 그것까지도 아직은 여유가 있는 편. 더욱 극심한 아픔이 덮쳐들면 그런 느낌마저 끝장이 나지 않을 수 없었다. 아무리 정신을 모아 의식의 가닥을 놓치지 않으려 애써도 고통은 단번에 그 실마리까지 끊어버릴 만큼 세차게 치솟아 올랐다. 어떤 때는 검은 색깔로, 또 어떤 때는 붉은 색깔로 고통이 파도처럼 눈앞을 깜깜하게 덮쳐버렸다. 나를 온통 그 색깔로 둘둘 말아버렸다. 그러면 나는 별안간 아무것도 생각할 수가 없게 되었다. 어째서 내가 이런 짓을 시작했나, 순간순간엔 후회를 하기도 했지만, 그런 생각마저도 잠깐 동안뿐이었다.

날이 저물었는가. 눈앞이 어두웠다. 나는 그것을 확인하기 위해 눈을 크게 떠봤다. 그러나 방 안은 조금도 더 밝아지지 않는다. 그러자 갑자기 검은 장막 같은 것이 눈앞으로 다가오면서 숨이 콱

막혀온다. 그것이 첩첩이 나를 덮쳐 눌러온다. 나는 그 검은 고통의 장막에 짓눌리면서 잠시 동안 순서도 없이 가냘픈 생각을 이어간다. 그러다 어느 순간 신이 녀석이 문을 열고 방으로 뛰어 들어오는 것을 희미하게 느낀다.

어떻게 간신히 그 고통을 견디는 동안 나는 서서히 잠 속으로 빠져 들어갔고, 그 어수선한 잠 속에서 역시 고통스럽게 눈을 떴을 때는 신이 녀석이 곁에서 호롱불을 켜놓고 훌쩍이고 있었다. 잠꼬대가 사나웠나보았다. 놈을 놀라게 한 것일까? 나는 녀석의 손등에다 내 손을 얹고 다시 눈을 감았다. 눈꺼풀 맞닿는 소리에 천장이 찡 울리는 것 같다. 녀석은 울음을 그치지 않고 계속해서 조금씩 훌쩍인다.

왠지 갑자기 음습한 공포감이 치솟는다. 시내엔 누구 하나 내가 여기 이렇게 누워 있는 꼴을 짐작할 사람이 없겠지. 위장병이나 치료하려는 정도 이상의 다른 상상이나 예감은 지닐 수가 없겠지. 불길스러울 만큼 어둡고 적막한 생각들이 꼬리를 물기 시작했다. 한 번 시작되면 밑바닥까지 떨어지고 마는 우울주기―, 그 기분의 변덕증이 다시 머리를 쳐드는 조짐이었다. 심신이 극도로 쇠약해 있는 지금 그런 변덕증도 더 심해질 수밖에 없었다. 그것을 신호로 불시에 다시 밀려들기 시작한 육신의 통증―

"신아…… 나가서 스님께 저녁 달래서 먹구 와."

나는 자신의 귀에도 들릴락 말락한 작은 소리로 말한다. 녀석이 마지못한 얼굴로 자리를 일어서고, 여전히 훌쩍거리며 문을 열고 나간다.

24

음식물을 아주 끊어버린 뒤로는 견디기가 훨씬 쉬워졌다. 나는 처음 예정대로 밥과 죽과 미음과 음료수로 차례차례 조절해 내려가지 못하고 일주일도 채 못 돼서 모든 음식물을 끊어버렸다. 며칠째던가, 음료수를 한 모금씩 마시고 있을 때 갑자기 구역질이 일어났다. 그 구역질이 영 가시지 않고 음료수를 입에 대거나 신이 놈이 곁에서 밥을 먹고 있는 냄새만 맡아도 울컥울컥 다시 배를 치밀고 올라왔다. 음식물은 생각만 해도 메슥메슥 구역질이 올라왔다. 심지언 소금물이나 맹물까지도 받아들이지 않았다. 결국엔 그것으로 모든 음식물을 끊어버렸다. 염수만은 어떻게든 계속해보려 했지만 그것도 끝내는 더 견뎌낼 수가 없었다. 염수가 단식 계속에 꼭 필요한 것인지, 그 외에 더 필요한 일들을 자세히 알아오지 못한 것이 후회스러웠지만, 나는 결국 그 염수까지도 마시지 않기로 한 것이다. 가사 상태라는 것을 생각했다. 첫번째 고통을 임종, 두번째 것을 출생의 진통이라고 한다면, 그 두 고통 사이는 죽음이어야 했다. 생명이 연결되는 데 필요한 모든 요구가 거부되어야 하였다.

나는 그때를 대비하여 신이 놈에게 미리 몇 가지 주의를 일러놓고 있었다. 소금물을 중단하던 날이었다. 그것이 이틀 전 일인가 싶다. 그런데 차츰 이상한 일이 일어났다. 간간이 목구멍으로 참아 넘기는 물기를 제외하고 다른 음식물을 끊은 뒤로는 구역질이 조금씩 사라지는 것 같고 고통도 오히려 덜해갔다. 몸이 썩 거뜬해져 가끔 뒷산에도 오를 수 있었고, 머릿속도 한결 맑아왔다. 물론 조금만 심한 활동을 하면 금세 기력이 진하고 몸이 붕붕 뜨는 것처럼 중력감이 없었지만, 그러나 이젠 어쩐지 내 육신에서 잡동사니가 다 빠져나가고 순수하고 깨끗한 것만 남은 것처럼 개운스런 느낌이었다. 그래 나는 오늘도 신이를 데리고 뒷산으로 올라가 피로가 느껴질 때까지 나무 밑 그늘에 앉아 있었다. 그리고 다시 산을 내려와서는 모처럼 기분 좋게 낮잠을 잤다. 잠에서 깨어났을 때는 밤이 되어 있었다. 머릿속이 한결 더 개운했다. 언제 또 어떻게 달라질지 모르지만, 당장엔 몸도 전에 없이 편했다.

신이 곁에서 나를 지키고 앉아 있었다. 녀석은 내가 깨어나는 것을 보고도 아무 말이 없었다. 벌써 저녁을 먹고 난 모양이었다. 구역질 때문에 녀석 혼자 밖에서 저녁을 먹고 오라 했으니까. 먹는 것 이야기도 내 앞에선 한동안 안 된다고 일러둔 터였다. 녀석은 여전히 고분고분 말을 잘 따랐다. 말을 들은 뒤로 녀석은 절대로 내 앞에 그런 흔적을 보이지 않았다. 내가 밥을 먹었느냐 물으면 머리를 끄덕여 대답했고, 남겨둔 주스라도 꺼내 먹으라면 그 병을 반드시 바깥으로 들고 나갔다. 그런 녀석을 곁에 한 채 나는 모처럼 심신이 편안해진 속에, 단식을 시작한 이후 처음으로 그간 나를 지나간 고통들을 곰곰 돌이켜보기 시작했다. 그런데 이상하게도 그 많은 고통 가운데 어떤 통증이 실제로 나를 지나갔던가를 분명하게 기억해낼 수가 없었다. 때로는 여태까지 아무 고통도 없었던 것 같은 착각이 들기도 했다. 나는 다만 그 통증에 대한 공포 때문에 지레 굴복을 하고, 자신의 환각 속에 작은 통증의 기미에도 혼자 실컷 고통을 받고 있었던 것 같았다. 환각이 실제론 있지도 않은 아픔을 가져왔던 것 같았다.

"삼촌이 무서우냐?"

나는 오랜만에 호롱불을 기분 좋게 바라보며 역시 호롱불을 건너다보고 있는 녀석에게 물었다. 녀석은 도리질을 하고 나서 여전히 불만 건너다보고 있었다.

"나 말이다, 이제 며칠만 이러고 누워 있으면 돼. 그럼 아픈 데다 낫게 되는데, 무섭지 않지?"

녀석은 그 말이 의심스러운 듯 머리를 돌리고 한참 동안 나를 바라보더니, 이번에는 머리를 위아래로 끄덕였다.

"그럼 이렇게 해. 잘 들었다가 꼭 그대로 해야 돼. 인제 난 며칠을 더 굶어야 하니까 기운이 점점 더 없어질 거거든. 그래서 내가 아주 기운이 없어져서 오래 눈을 감고 있더라도 무서워하거나 울면 안 돼. 알겠어? 이렇게 며칠만 더 지내면 되니까."

말을 하다 보니 나는 다시 피곤해지기 시작했다. 말 한마디 한

마디를 입술 끝에서 만들어내는 기분이었다. 산골의 밤은 쉬 깊어 갔다. 보통 사람들은 이런 때 벌레 소리나 밤새 울음을 이야기하지만, 오늘 밤엔 왠지 그런 것도 없었다. 가끔 호롱불이 톡톡 튀기는 소리가 방 안을 채우고 있을 뿐이었다.

"자거라."

나는 간신히 말하고 나서 눈을 감았다. 신이 놈도 나의 발치께에다 몸을 꼬고 누웠다. 이제 아침까지 깨어 있을 건 호롱불뿐이었다. 그러나 나는 곧 잠이 들 수 없었다. 머릿속이 다시 흐려오기 시작했다. 흐려진다기보다 의식이 점차 쇠잔해가는 것 같았다. 그것은 잠이 오는 것과는 달랐다. 고통의 색채가 여느 때보다 짙었다. 나에 관해 말할 수 있는 것은 가슴속의 맥박 소리가 유난히 크게 울려온다는 것뿐이다. 내 육신 가운데서 살아 움직이고 있는 것은 오직 그 맥박 하나뿐이었다. 나는 오직 하나뿐인 맥박의 의식으로 그 맥박 자신의 소리를 듣고 있었다.

그러다 나는 마침내 그 소리조차 들을 수 없게 되었다. 어느 땐가 안간힘을 다해 다시 눈을 떠봤으나, 그도 그저 마음속 생각뿐이었던지 방 안엔 이미 아무것도 보이지 않았다. 그러고부터 나는 아주 의식을 잃고 말았다. 내가 기억할 수 있는 것은 어느 때쯤이었는지 좁고 불투명한 망막 사이로 들어오는 신이의 얼굴에서 잠시잠시 나를 의식할 수 있었던 것뿐이었다. 그 신이의 근심스런, 어느 때는 아무 표정도 없는, 그리고 어떤 때는 겁을 먹은 듯한 얼굴이 눈앞에서 희미하게 일렁이고 있었다.

25

다음 날 아침 내가 정신이 든 것은 정오가 거의 가까울 무렵이었다. 그런데 어찌 된 일인지 신이 놈이 곁에 없었다. 나는 녀석이 그사이 아침을 먹고 개울로 목욕이라도 나갔나 했다. 정신이 들었을 때 녀석이 곁에 있지 않은 것은 이번이 처음이지만, 내가 이렇듯 눈을 늦게 뜬 것도 이날 아침이 처음이었으니까. 어쨌든 나는 이날도 정신이 제법 맑았다. 간밤의 진통이나 어지러운 망념들이 한결 편안하게 가라앉아 있었다. 지금까지의 고통은 어쩌면 내 뇌 수로부터 그 수많은 망념들을 씻어내는 과정이었던 것 같았다. 단식을 시작하기 이전에는 경험한 적이 없던 일이었다. 잡념이 끼지 않은 투명한 의식의 진공 상태— 그런 빈 의식에서라면 어떤 일의 판단도 선명하게 이루어질 것 같았다. 아니, 어떤 판단도 없이 모든 사물을 현상의 존재 그대로 마주할 수 있을 것 같았다. 그래 나는 잠시 신이 녀석의 일을 잊고 이 사람 저 사람 다른 생각들을 이어가기 시작했다.

　팔기―, 그는 아직도 거리를 헤매면서 저 혼자 남아 맡겠다던 그 슬픈 '꼬메디'를 계속하고 있을 것인가. 송 교수―, 지훈의 말을 빌리면 그 머릿속에 지식을 파먹고 사는 구더기가 우글거리고 있을 송 교수―, 그는 지훈을 위해 무엇을 생각하고 있을까. 그리고 지훈은? 사실 팔기의 말은 옳지 않을 수도 있었다. 지훈은 아직 그 꼬메디의 일역을 맡고 있었다. 지훈뿐이 아니다. 내가 아는 모든 사람들이 아직도 그 꼬메디에 함께 참여하고 있는 셈이었다. 팔기의 그것만이 비극이 아니다. 구더기의 냄새를 맡고 앉아 있을 송 교수도, 전화줄을 매만지며 불안에 싸여 있을 지훈도, 그 지훈을 엄살이 아니겠느냐 매도하던 김 형이나, 틈만 나면 이곳저곳 조율 상대를 찾아 헤매는 정 형도, 누구도 아직 그 슬픈 꼬메디에서 등을 돌리지 못하고 있었다. 그리하여 그것은 비로소 우리 시대의 한 거대한 '비극의 꼬메디'로 완성되어가고 있는 것이다……
　어느덧 나는 그 순연한 의식의 회유 속에 다시 논리를 좇으려 하고 있었다. 섣부른 단정은 그만두자. 판단하고 심판하려 들지 말자. 나는 아직 말할 수 없다. 단정해 말할 수 없다. 결단할 수 없다. 은경(그 여자의 기억들이 너무나 선명하다)에 대한 배반이 내게 문학을 불가능하게 했는가, 하나의 진실(은경에 대해 나는 정말 내 진실을 말할 수가 있을까)에 대한 배반은 다른 모든 진실을 배반하는 것인가. 모든 진실은 오직 하나의 뿌리를 가진 것인가― 이 모든 것에 대한 마지막 판단을 유예하듯이. 지금은 아무것도 자신할 수 없는 것이다. 회사후소(繪事後素)― 만약 내가 다시 태어나는 행운을 얻을 수 있다면 거기서부터 나는 모든 것을 다시 시작하게 될 것이다.

한 식경이 지났는데도 신이 놈이 아직 돌아오지 않는다. 나는 녀석의 일이 궁금하고 몸도 가뿐하고 해서 가만가만 혼자 방을 나왔다. 햇빛에 눈이 부셨다. 뒷산으로 올라가보았으나 거기에도 녀석은 없었다. 개울 근처에도 역시 마찬가지였다. 나는 피곤해져서 털썩 개울가에 주저앉았다. 주황색 산나리꽃 한 송이가 곱게 피어 있었다. 나는 그 산나리꽃을 코끝으로 가져갔다. 독한 향기가 코를 찌른다. 그리고 이내 속이 메슥거려오며 구역질이 일어난다. 나는 구역질이 가라앉기를 기다렸다가 다시 암자로 돌아왔다. 스님도 녀석의 행적을 알 수 없다고 했다. 나는 잠시 몸을 쉬었다. 다시 녀석을 찾아 나서기로 하고 우선 방으로 들어갔다. 자리에 눕자 몸이 축 늘어졌다. 좀처럼 기력이 돌아설 것 같지 않았다. 금세 졸음이 시작되었다. 신이의 생각을 하면 정신이 말똥말똥해지다가도 어느새 다시 졸음기가 몰려들어 내 의식의 시야를 덮곤 했다. 나는 그 졸음기를 이기려고 애를 쓰고 있었다. 녀석을 찾아야 했다. 그러나 몸이 영 생각대로 움직여주질 않았다. 나는 계속 애를 먹고 있었다. 시간만 자꾸 흘러갔다.

그러다 신이 돌아왔다. 정오가 기울 때쯤 정신이 하얗게 말라들었을 때였다. 갑자기 방문이 덜컥 열렸다. 문을 열고 먼저 방 안으로 들어선 것은 뜻밖에 팔기 녀석이었다.

"하! 나 이런 참. 위장을 고치러 간다더니 아예 뒈지고 싶어서 이 지랄을 떨고 있냐?"

그가 냅다 소리를 지르며 내 팔을 잡아 흔들었다. 그 뒤에서 신이 녀석이 처음 팔기와 함께 나를 만났을 때처럼 데면데면한 눈초리로 이쪽을 넘어다보고 있었다.

—녀석이었구나. 녀석이 또 팔기를 데려오다니.

하지만 놈이라면 능히 그럴 수 있을 것이다.

"글쎄 내가 뭐랬어? 어린놈에게 너무 심한 고문이 될 거라고 하지 않았느냐 말야. 한데 아니라고? 알지도 못한 길을 이렇게 또 날 부르러 내려왔는데도?"

그리고 나서야 팔기는 자리를 잡아 앉으며 비로소 기력이 걱정스러운 듯 내 이마를 짚어본다.

"신이 너도 앉거라."

팔기를 데리고 온 일이 전혀 제가 아닌 다른 사람의 짓인 듯 천연덕스런 시선을 하고 서 있는 녀석에게 나는 될수록 부드러운 목소리로 말했다.

"좋지는 않다더라만 주스를 몇 병 가져오다 더워서 목을 축이고 말았다."

팔기는 손바닥을 계속 내 이마에 얹어둔 채 아까보다 훨씬 부드럽게 말했다. 내 기력이 생각보다 약해 보인 데다, 명색이 문병인데 빈손으로 온 게 조금은 미안한 모양이었다.

갑자기 들이닥친 팔기의 소란 때문이었는지 나는 다시 정신이 맑아져왔다.

"하여튼 놀라운 건 저 녀석이야. 어떻게 내 집을 찾아왔는지 모르겠어. 두 번 놀랐다."

띄엄띄엄 한마디씩 나눈 말에 팔기는 대충 사정을 짐작했는지, 오후부터는 내 단식에 관해 더 비난을 하지 않았다.

"주스를 세 병씩이나 들이켜며 쏟아 올라온 것은 이미 숨이 넘어갔거나 넘어가려 하는 참인 줄 안 때문이었지. 아직 죽지 않고 있는 게 더 화가 났지 뭐야. 어차피 숨이 넘어가 있었더라도 사실은 같은 욕을 해줬겠지만 말야."

그러면서 그는 조금 안심을 했다. 그러나 팔기는 이제부터 정말 속 이야기를 시작하려는 얼굴이었다.

"나, 실상 많이 생각해봤어. 네 단식에 관해서 말야. 네가 산으로 올라가 벌이고 들 만한 짓이 대강 짐작되었거든. 네가 전에 한 말도 있고 해서 말야. 그래 그러잖아도 한번 찾아와보고 싶었지만 어느 놈의 곳으로 갔는지 알아낼 재간이 있어야지. 마침 신이 녀석이 왔기에 망정이지. …… 헌데 이게 가장 좋은 방법일까?"

나는 잠시 대답을 하지 않고 있었다. 이 친구는 지금 무얼 묻고 있는 것인가. 그러자 팔기가 거푸 물었다.

"위장병을 고치기 위해선 이것이 가장 좋은 방법인가 말야. 가장 좋다는 건 병이 나을 수 있는 걸 전제로 한 말인데, 이런 식이라면 병이 낫기는커녕 되레 다른 병발증이나 얻어걸리게 되지 않나 걱정이 될 지경 아냐."

나는 웃었다. 그러나 너무 피곤했다.

"말을 쉽게…… 해줘, 힘이 들지 않게."

"봐라. 점점 바보가 되어가지 않나…… 쉽게 말해도 마찬가지 얘기 아냐."

팔기도 잠시 웃었다.
"바보가 되어간다면 그건 반가운 소리군……"
"너무 좋아할 거 없어. 위장병이 네게 썩 훌륭한 구실이 되어준 것 같지만 결과는 아직 모르니까."
"결과? 지금 바보가 되어가고 있지 않아?"
"그래서 탈이란 말야. 터놓고 말하지. 넌 네가 말했듯이 문학이라든가 여자라든가 하는 그런 모든 것들과 썩 잘 대결해왔다고 생각하고 있었지. 그런데 갑자기 그 대결의 표적이 단식으로 변해버렸어. 그 잘난 위장을 구실로 말야. 물론 이 단식이 지닌 의미는 지금까지 네가 맞서 상대해온 것들보다 훨씬 무겁고 심각한 데가 있을지도 모르겠어. 하지만 그렇다고 해서 이전의 문학·여자·생활·진실들의 문제가 네게서 물러서줄까?"
"당분간은 판단을 유예받을 수 있으니까. 적어도 그런 것들에 대한 새로운 인식을 얻을 때까지는……"
"기대가 썩 큰 모양이군. 하지만 그건 네가 단식으로 정말 위장병을 고칠 수 있을 때의 이야기지. 너도 두려움을 느끼지 않는 건 아닐 거 아냐. 그러면 네 단식은 죽음이지 뭐야."
팔기는 그러고 나서 내 표정을 살폈다. 동의를 구하는 것일 게다. 대결, 대결…… 무엇이 팔기에게 이런 말을 하게 하는 것일까. 그것은 적어도 내가 알고 있는 녀석의 말이 아니었다. 나를 위해서 그렇게 말하는 것일까. 하지만 그의 목소리는, 표정은 다만 나만을 위해서라기에는 너무 진지한 데가 있었다. 무엇이 그에게 이런 말을 하게 한 것일까.

"그 경우, 만약 그 유예된 기회가 오지 않고 바로 끝장을 맞을 경우 말야. 애초의 문제는 아무것도 결판낸 것이 없이 너는 엉뚱한 상대에 의해 무참하게 패배당하게 되는 것이지. 그것도 물론 무서운 싸움이기는 하겠지. 하지만 사실은 종로서 뺨 맞고 미아리서 침 뱉기 아냐."

나는 녀석에게 이야기를 계속하도록 내버려두었다. 아무래도 이야기가 좀 빗나가고 있었다. 녀석의 이야기를 따라가다 보니 잠시 맑아지던 정신이 다시 흐려지는 것 같았다. 나는 이제 그 팔기의 이야기도 다만 듣는 것으로 끝을 내고 싶었다.

"사실 어느 경우나 따지고 보면 모두 조율의 한 형태에 불과한 것 아냐. 그런데 요즘 그 조율 방법이 자꾸 더 위험스러워져가고 있단 말야."

팔기는 나의 대꾸가 없는 것을 보고 혼잣말처럼 지껄였다. 이번에는 그의 말이 내 대꾸를 얻어냈다.

"조율?"

"그래 조율이라니까 싫은 모양이군. 하긴 넌 전에도 조율엔 잘 끼어든 일이 없었으니까. 늘 비난 어린 눈초릴 하고 있었지. 하지만 그런 너 역시도 어느 의미에선 누구보다 더 열심이었다고 할 수 있어. 지금도 물론 마찬가지지. 생활로, 연애로, 몸 전체로. 그리고 지금은 단식이라는 또 하나의 새 주제로⋯⋯ 그런 점에서는 지훈이나 송 선생도 어차피 마찬가지들인 셈이지. 한데 요즘은 그 조율 방법이 모두 너무 과격해졌단 말야. 하나 둘 줄이 끊어져 악기는 영 다시 소리가 나지 않게 되어버린 판이니 말야."

결국 팔기는 산을 내려가자는 것이었다. 어차피 내 단식은 조율의 한 방법에 불과하며, 그것은 위장병을 고치는 덴 썩 믿을 만한 방법이 되지도 못하리라는 것이다.

나는 역시 도리질을 했다. 그러자 그는 갑자기 쓸쓸한 얼굴을 했다.

"거문고라는 악기의 전설인데 말야."

팔기는 여전히 쓸쓸한 표정으로 다시 혼잣말처럼 말하기 시작했다.

"원래는 줄이 일곱이었다거든. 한데 어느 때 무척도 평화를 사랑하던 왕이 세상에서 전쟁의 흔적을 깡그리 없애버리려고, 그 거문고의 일곱 줄 가운데서 전쟁의 소리를 내는 무현(武絃)을 끊어 없애도록 했단 말야. 쇳소리를 내는 무현은 거문고의 앞에서부터 두번째 줄인가 되었는데, 하여튼 그것을 끊어 없애고 나자 평화로웠던 나라에 갑자기 전쟁이 일어나더라는 거지. 거문고에서 전쟁의 소리를 듣지 못하게 된 사람들이 진짜 전쟁의 소리를 들으려 싸움을 시작했다는 거야. 말하자면 그 쓸데없는 전쟁의 소리조차도 세상에는 듣지 않고 못 배기는 사람들이 많거든."

팔기는 거기서 일단 말을 끊고 나를 그윽히 내려다보았다. 무슨 이야기를 하려는 것인가?

"아마 거짓말일 거야. 중국의 오현금(五絃琴)에 문무(文武) 두 현을 더한 것이 칠현금(七絃琴)이라는 악기인데, 오늘의 거문고는 신라 때 백결 선생이 처음부터 여섯 현으로 만든 독창 악기라니까. 만약 이 전설이 근거가 있는 것이라면 백결 선생의 거문고 창

제설은 거짓말이 되어야 할 판이지. 이 이야긴 칠현금에서 무현이 없어져서 육현금이 생긴 것처럼 되어 있으니까."
팔기는 이야기의 끝 부분에 이르러 다시 혼잣말투가 되어갔다.
"그들은 잃어버린 소리를 찾기 위해 악기를 매만지고만 있었던 게 아니지. 악기로보다도 더 훌륭한 소리를 찾아낸 거야. 그런데 우린 지금 너나없이 이렇게 조율만 하다가 악기가 다 망가지고 제 소리는 영영 다시 찾을 수 없게 되어버리는 거 아닐까……"
말을 마치고 나서 팔기는 한동안 허탈스런 표정으로 가만히 앉아 있었다. 나는 그의 이야기를 듣고 있었을 뿐 그 뜻을 굳이 해독하려고 하지 않았다. 다만 그가 아까부터 내 단식을 조율의 한 방법이라 몰아세우고, 그것을 끝내버리라 권유해온 이유가 어디에 있다는 것은 확실해진 것 같았다. 그러나 이제 팔기는 더 이상 말이 없었다. 언제까지나 그렇게 입을 다문 채 가만히 앉아 있기만 했다. 말이 없는 것은 이쪽도 물론 마찬가지였다. 우리는 둘 다 그렇게 침묵만 지키고 있었다. 그러다가 드디어 팔기가 자리를 일어섰다. 그제서야 나도 그를 따라 몸을 조금 일으켜보려고 했다. 그러나 이미 뼈마디 하나하나가 풀어져 물러나 있는 것처럼 힘이 모아지질 않았다. 그것을 보고 팔기가 손을 저었다.
"그냥 누워 있어. 그리고 이 꼬마 동진 아직 좀더 삼촌 곁에 남아 있어줘야겠군. 하룻밤쯤 동무를 해주고 싶지만 난 외려 방해가 될 테고."
그러면서 팔기는 방 문고리를 잡았다. 그러나 팔기는 곧 문을 나서지 않았다. 뭔가 잠시 망설망설하더니 다시 돌아섰다.

"소식이나 전하고 가지. R신문 김 형이 신문살 그만뒀어. 잠시 좀 쉬고 싶다고 말야. 아마 지금쯤은 시골로 내려가 있을 거야."
그리고 나서 팔기는 다시 한참 내 표정을 살피다가 말을 이었다.
"그리고 넌 아마 단식에 필요한 걸 다 알아보지 않고 올라왔을 테니, 내가 몇 가지 주의사항을 일러주지. 이건 내가 나중에 한번 쯤 다시 와서 더 자세한 걸 일러줘야겠지만, 중요한 건 미리 알아 둬라. 무엇보다 우선 회복기에 들어서선 당분 같은 걸 절대로 피 하도록. 음료수도 될수록 당분류가 들어 있는 것은 피하는 게 당 연하구. 그리고 어느 경우도 공포감을 갖지 말라는 거야. 한 달쯤 굶어봐야 인체에는 대단한 탈이 없는데, 대개의 사고는 공포감에 서 생기는 거라니까. 기력이 있거든 가벼운 산보도 하고. 그리고 아마 구토증이 있었겠지? 그것도 단식을 하면 누구나 생기는 증세 라니까 염려하지 않는 것이 좋을 게다. 좀 오래가는 사람도 있고 곧 끝나는 사람도 있다니까. 구역질이 나와도 너무 겁을 먹지 말 고. 가끔 소금물이나 조금씩 마시고."
나는 놀랐다. 녀석의 말이 내 증상과 대개 다 들어맞고 있는 것 도 그랬지만, 녀석이 어떻게 그런 걸 꼼꼼히 알아왔는지 녀석과는 도대체 어울리지가 않는 일이었다. 나는 힘없이 웃었다.
"신기하군. 어디서 주워들은 것들인지."
"궁금한가? 궁금하다면 말해주지."
팔기는 다시 나를 한참 들여다보았다. 그리곤 이윽고 결심이 선 듯 말했다.
"그 배영인이라는 아가씨, 네가 여기로 와버린 뒤 그 아가씨가 날 찾아왔어. 찾아낼 수 있으면 가서 일러주라고. 지금 그런 걸 알아가지고 말야."

"영인이?"

나는 눈을 껌벅이며 팔기를 쳐다보았다.

"그래, 그 여자다. 하지만 안심해라. 그 여잔 네가 있는 곳을 알아도 찾아오려고 하진 않을 테니까. 너한텐 자기가 이롭지 않을 거라고 스스로 그렇게 말할 정도였으니까."

말을 마치고 나자 팔기는 이번에야말로 정말 나에게서 몸을 돌이켜 세워버렸다.

"자, 그럼 고집대로 해봐라. 생각 내키면 한 번 더 오겠다."

눈치만 살피고 앉아 있던 신이 녀석이 얼핏 그 팔기를 따라 나갔다. 문밖에서 잠시 팔기의 말소리가 들려오더니 발소리와 함께 차츰 집 밖으로 멀어져갔다. 그리고 한참 만에 신이 녀석만 다시 내게로 돌아왔다. 놈은 이번에도 아무 일이 없었던 듯, 잠시 어디 용변이라도 다녀온 듯 슬그머니 다시 제자리로 미끄러져 들어갔다. 그리고 이내 묵연한 표정이 되었다.

26

"신아!"

날이 어두워질 무렵 잠시 뜰을 거닐고 들어온 나는 아래 발치께에 그림자처럼 쭈그리고 앉아 있는 녀석을 조용히 불렀다.

"예."

녀석을 불러놓고 내가 시선을 거두어버렸으므로, 놈은 여느 때의 고갯짓 대신 목구멍소리 대답을 했다. 금세 기어 들어가는 소리였다.

"일루 올라와봐."

녀석이 부적부적 내 머리 쪽으로 올라왔다.

"날 봐. 삼촌을."

녀석이 마지못해 눈을 들어 나를 힐끗 바라보았다.

"아무렇지도 않지 않아. 배가 고프니까 조금씩 아프긴 하지만 무섭진 않아. 그리고 이젠 며칠뿐이야."

그러나 녀석은 아무 대꾸도 없다.

"신인…… 삼촌 무섭지 않지?"

그제서야 녀석은 고개를 두어 번 끄덕였다.

"그래, 그럼 조금만 여기에 삼촌하고 같이 있어, 응? 그리고 오늘 삼촌은 조금 일찍 잘 테니까 이따 밥 먹고 너도 자, 응?"

또 고개를 주억거린다. 무섭지 않을 리가 있나. 팔기의 말대로 너무 잔인한 고문이 되는지 모른다. 하지만…… 조금만 견디면 이제 모든 게 결판이 날 것이다. 조금만 견디면. 나는 눈을 감았다. 그러자 갑자기 기력이 온통 다 내려앉아버리는 것 같았다. 육신은 모두 어디론가 분해되어 날아가버리고, 오직 머리통 하나만 남아 누워 있는 것처럼 아래쪽이 허허했다.

배영인―, 문득 그 여자가 떠올랐다. 그리고 R신문의 김 형이 지나갔다.

조율― 팔기의 말대로라면 그들도 조율을 하고 있음이 분명했다. 줄이 끊어져 다시는 소리를 낼 수 없게 될지 모를 난폭한 조율들을. 그 지훈이나 김 형은 특히 그렇다. 영인도 지금 그러는 것인지 모른다.

그러면 나의 단식은? 나는 머리를 저으려고 했다. 내가 언제나 조율이라는 것을 조금은 못마땅해해왔기 때문인지 모른다. 나는 내가 지금 조율을 즐기고(우리는 늘 그렇게 말했었지) 있다고 생각되지는 않았다. 나는 머리를 흔들었다. 그러나 조금도 머리가 움직인 것 같지 않았다. 그 머릿속이 점점 어두워져오고 있었다. 눈을 떠봤다. 역시 눈앞이 어두웠다. 나는 결국 내 조율을 부정하지 못한 채 환각이 제멋대로 풀어져나가는 것을 보고 있을 수밖에 없었다.

거대한 조율실— 거기에는 이제 수많은 사람들이 가로세로 아무렇게나 몸을 뻗고 늘어져 있었다. 그들에겐 한 사람도 생기가 남아 있어 보이지 않는다. 그들이 아직 조율사라는 것을 알아볼 수 있는 것은 모두가 가슴에 자신의 악기를 꼭 껴안고 있기 때문이다. 그중의 어떤 사람들은 벌써 숨이 끊어지고 반쯤 썩어서 악취를 풍기고 있었는데, 그 시체들 역시 제각기 자신들의 악기를 하나씩 안고 있다. 하지만 그 악기들은 대부분 형편없이 망가져 이제는 아무 소리도 못 내거나 아주 괴상한 소리를 조금씩 낼 수 있을 뿐이다. 또 다른 사람들은 그 악기를 안은 채 잠이 들어 있거나 아직도 그 악기에서 소리를 내보려 애를 쓰고 있었다. 보다 더 딱한 것은 그 시체에서 뿜어져 나오는 지독한 냄새를 피하여 조율실을 빠져나가려고 하는 축들이었다. 그들은 마치 어떤 영화에서 방향감각을 잃은 거북이들이 슬프게 목을 빼고 길을 헤매 다니던 것처럼 꾸무럭꾸무럭 출구를 찾아 움직이고 있었으나, 그 움직임은 자꾸 엉뚱한 쪽을 향하고 있다. 그나마의 기력조차 다해버린 친구들은 다만 그 꿈틀거림에 불과한 몸짓을 마지막으로 그 자리에 목을 축 늘어뜨려버리는 광경도 있다. 기력이 팔팔한 사람은 한 사람도 없었다.

그 어두컴컴한 조율실 한구석에서 나는, 다른 사람들과 똑같이 바야흐로 마지막 죽음을 기다리고 있는 듯 기운을 잃고 늘어져 있는 한 조율사를 발견하고, 잠시 그곳에다 눈길을 멈추었다. 그 조율사는 자기 악기를 부숴가지고 이웃 조율실의 벽을 후비다가 역시 기력이 다해 볼품없이 그 자리에 늘어져 있었다.

—친구여! 당신은 일부러 악기를 부쉈구료?

—소리는 내가 가지고 있는 것이오. 악기는 그 소리를 전할 뿐. 사람들에게 영원히 소리를 전할 수 없는 이 조율실 안에서 악기는 필요가 없는 것이오! 밖으로 나갈 수만 있다면 다른 악기를 구해서라도 소리를 다시 전할 수 있으련만.

—그렇다면 당신은 벌써 이곳을 나갔어야 하지 않소?

—아시다시피 이곳은 들어오는 문이 하나뿐이오. 나가는 문은 없소. 그렇게 자신만만한 듯 말하고 있는 당신도 이젠 우리와 마찬가지로 이곳을 다시 빠져나갈 수 없소. 당신도 이곳에 우리와 함께 갇힌 거요.

나는 깜짝 놀라 주위를 둘러보았다. 그리고 문득 몸을 떨기 시작한다. 과연 조율실에는 출구가 없었다. 연구실로 가는 문은 물론, 썩은 냄새를 피해 바깥으로 나가는 문도 없다. 나는 비로소 그들이 아무도 문을 찾아내지 못한 이유를 알 수 있었다.

—알겠소? 나갈 문이 없소. 우리는 평생 이 안에만 살아 왔소. 이제 당신도 마찬가지요.

—그러면 문을 만들어야 하지 않소? 스스로 출구를 뚫어야 하지 않소?

나는 치를 떨며 소리쳤다. 그러자 조율사는 가만히 손을 들어 자신이 후비다 만 벽 쪽을 가리킨다.

—난 이제 더 어떻게 할 수가 없소. 젊은 친구, 당신이 계속해

보구료. 난 바깥세상이 어떤 것인지도 벌써 잊은 지 오래요.
이상스런 일이었다. 이야기를 듣고 보니 나 자신도 그때 바깥세상 일이 기억에서 깜깜 멀어져갔다. 도대체 아무것도 기억을 해낼 수가 없다. 그러자 그가 다시 말했다.
―그럴 거요. 이젠 기다리는 수밖에 없소. 그때나 가서 다시 보는 수밖에. 그것이 영영 오지 않더라도 그때나 가서……
―그때가 언제입니까?
나는 여전히 떨리는 목소리로 물었다.
―확신을 가질 순 없었지만, 나는 지금까지 내내 환생을 기다리고 있었던 거라오.
여태까지 머리를 숙이고 있던 사내가 그때 비로소 나를 쳐다보았다. 나는 또 한 번 깜짝 놀란다. 그리고 사내의 얼굴을 뚫어져라 쏘아본다. 환생, 환생…… 주름이 잡히고 늙어 보이기는 했지만, 사내의 얼굴은 지금까지 조율실을 두루 구경하고 있던 바로 나의 그것이 아닌가. 이윽고 나는 목청이 깨질 듯한 고함 소리를 내지르며 조율사에게서 물러났다. 그리고는 안간힘을 다해 달아나기 시작했다. 사내가 벌떡 일어나 나를 쫓아오는 것 같았다. 뭐라고 자꾸 나를 불러대는 것 같았다. 그런데 어느 순간, 그 소리가 뜻밖에 내 귓전 가까이까지 다가와 있었다.
―삼촌!
그리고 누군가가 나의 몸 어느 부분을 세차게 잡아 흔드는 것을 느꼈다. 그것은 분명 지금까지의 그 사내는 아니었다. 그러나 나는 그것이 누군지를 알아낼 수가 없다. 거기서 갑자기 나의 시간이 정지했다. 또는 엄청나게 많은 시간이 한꺼번에 밀어닥치고 있었다. 그 시간에는 낮과 밤이 없었다. 아침의 밝음과 저녁의 어두움도 없었다. 그러면서도 영원하고 순간적인 것이었다. 이제 그것이 나를 안아들이고 있었다. 나는 그 영원하고 순간적인 시간의 품속으로 조그맣고 천진스럽게 안겨 들어가고 있었다. 검고 두꺼운 장막이 내 의식의 상단부부터 천천히 아래로 덮쳐 내려오고 있었다.

해설

작가의 재탄생

이수형
(문학평론가)

1967년의 한국 사회

　작가 연보상에서 『조율사』는 『씌어지지 않은 자서전』 「소문의 벽」과 비슷한 시기에 발표된 작품이지만,[1] 집필 시기를 따져 추정해볼 때는 이청준의 첫 장편소설이라고 할 수 있다. 1967년의 한국 사회를 배경으로 하는 『조율사』는 그 무렵에 탈고되어 한 잡지사로 넘겨졌으나, 김현의 증언에 따르면 "모 잡지인에 의해 근 4년이나 발표가 보류"된 끝에 1972년에야 빛을 볼 수 있었다.[2] 『조율사』가 정확히 1967년의 상황을 반영하고 있다고 말할 수 있는 이

---
1) 『조율사』는 『문학과지성』 1972년 봄~가을호에 연재되었고, 『씌어지지 않은 자서전』과 「소문의 벽」 역시 1972년 단행본 『소문의 벽』으로 묶여 출간되었다.
2) 김현, 「생활과 예술의 갈등」, 『한국작가·작품해설집』, 삼성출판사, 1973, p. 437. 『조율사』의 발표가 보류된 전후 사정에 대한 자세한 내막은 알 수 없으나 이 에피소드는 「소문의 벽」에 거의 그대로 등장한다.

유는 다음과 같은 장면 때문이다.

쌍가락지, 올빼미, 바꿔치기 등등 자유당 시절의 유물들이 되살아나고, 빈대표, 유령표, 기표 감시 따위의 새로운 전통을 착착 기록하면서, '6·8공명선거'는 전무후무한 막걸리 선심 속에 비틀비틀 막이 내렸다. 그리고 학생들이 거리로 쏟아져 나왔다. 〔……〕 어쨌든 축하인지 규탄인지 모를 그 학생들의 시위는 쉬 끝나지 않을 기세였다. 학생들이 거리로 나간 채 학교 문은 닫혔고, 거리는 연일 최루가스와 경찰봉이 휩쓸었다. 정국이 단숨에 경화되어간다고 했다……〔……〕 그런데 그 잡지에선 이 사태와 정국 수습에 관해 시내의 거의 모든 대학 교수들에게 설문을 발송한 바 있었다. 6·8사태의 책임 소재와 이 비상 정국 수습 방안에 대한 의견, 그리고 국회에서 개헌선 의석을 돌파한 여당과 야당에 대한 충고, 이런 것이 그 설문의 질문 내용이었다.
"잘 써내려고 하지들 않을 겝니다. 독촉을 하십시오."
회수 책임을 맡은 내게 편집장은 여러 번 그렇게 충고했다. 그러나 나는 그때마다 자신있게 머리를 저었다.
"독촉할 필요가 있을까요?"
대답해주리라고, 대답해줘야 한다고 나는 믿고 있었다. (pp. 94~95)

1967년 5월 대선에 이어 곧바로 치러진 6·8총선에서는 여당의 개헌선 확보를 위해 금권·관권 선거가 자행되었고, 그 결과 1964,

65년의 한일회담·협정 반대 시위에 이은 대규모 시위가 연일 이어졌다. 위 장면은 국회가 장기간 파행되고 휴교령이 내려진 상황에서 잡지사에 근무하는 주인공 '나'가 대학 교수들에게 시국에 관한 설문을 실시하려다 낭패를 본 사건을 다루고 있다. 실제로 이청준은 대학 졸업을 앞둔 1966년 1월부터 잡지『사상계』편집부에서 근무했거니와 한때 정론을 주도했던『사상계』는 이 무렵 정부의 탄압으로 그 기세가 위축되었고 발행인 장준하는 6·8총선에 옥중 출마하는 상황에까지 이르게 되었다.

'나'의 장담과 달리 설문지가 회수되지 않은 것은『사상계』를 비롯한 주요 일간지에 대한 언론 탄압으로 인해 지식인의 미디어 실천의 장이 봉쇄된 당시 사정 때문이다. 그뿐 아니라『조율사』에서 '나'는 "한 소설 작품의 반미 사상 고취 여부에 관한" "문학인 재판 사건"이 지면을 달구고 있는 상황을 언급하기도 한다.[3]『분지』필화 재판에 변호인 측 증인으로 참석하기도 했던 이어령이 "정치권력의 에비, 문화기업가들의 지나친 상업주의의 에비, 소피스트케이트해진 대중의 에비"를 거론하면서 "어린애들처럼 존재하지도 않는 막연한 '에비'를 멋대로 상상하고 스스로 창조의 자유를 제한"하고 있는 문화계의 상황을 비판한 데 대해[4] "오늘날의 '문화의 침묵'은 문화인의 소심증과 무능에서보다도 유상무상의 정치권력의 탄압에 더 큰 원인이 있다"고 김수영이 반박함으로써 불온시

---

3)『분지』가 북한의 언론 매체에 재수록되어 작가 남정현이 구속된 것이 1965년 7월이고, 반공법 위반으로 징역 7년이 구형되고 선고유예 판결이 내려진 것이 1967년 5, 6월이다.
4) 이어령, 「'에비'가 지배하는 문화」,『조선일보』, 1967. 12. 28.

(不穩詩) 논쟁이 전개된 것 역시 이 무렵이다.[5]

조율하는 사람들—
그것은 참으로 기이한 환영이다. 가령 여기 어떤 악단이 있다. 그들은 청중이 없어서든지 적당한 장소를 얻지 못해서라든지 오래도록 연주회를 갖지 못한다. 또 그 이유를 그들의 연주곡목이 어떤 특정 집단의 비위에 거슬리는 것뿐이어서 언제나 연주 허가를 받지 못한 때문이라 생각해도 무방할 것이다. 〔……〕 이제 악사들은 무작정 연주회만 기다리고 있을 수 없게 된다. 그들은 다시 소리를 잃어버리지 않기 위해 때때로 악기를 돌보고 손봐야 하는 것이다. 〔……〕 자기들은 연주회를 가지려는 악사임을 잊어버리고, 조율이 자신들의 본래 몫이었던 것처럼 착각을 하게 된다는 말이다. 그리하여 이제 이들은 조율에만 열중하고 조율에만 만족한다. 언제까지나 연주회를 갖지 못하고, 그 연주회의 꿈조차 잃어버린 영원한 조율사들—(pp. 31~32)

제목 '조율사'를 낳은 한 시인의 상상이 1967년의 정치와 언론·문화가 처한 상황을 암시하고 있다는 점은 쉽게 짐작할 수 있다.[6] 김수영이 "최근에 써놓기만 하고 발표를 하지 못하고 있는" 불온

---

5) 김수영, 「지식인의 사회참여」, 『사상계』 1968년 1월호, p. 93.
6) 당시 상황을 암시하는 또 다른 상상은 물론 신문관과 전짓불 모티프이다. "어떤 청년 운동단체의 간부직원인 G는 어느 날 저녁 하루의 일과를 끝내고 집으로 돌아오다 문득 이상한 환상에 빠져든다. 〔……〕 그는 결국 그 신문관의 정체를 알 수 없는 불안스런 위구심(危懼心) 속에 진술을 시작한다. G가 자신의 과거를 신문관 앞에 고백하게 된

한 시가 있다고 고백했던 것처럼, 『조율사』에서도 역시 작가들은 글을 발표하지 못하고 조율만 일삼다가 급기야는 연주의 꿈조차 잃어버릴 지경에 이른다. "그런데 하루아침 그 조율사들 중 한 사람이 잃어버린 반음을 찾아냈다는 소문이 있었고, 드디어는 그것이 헛소문이 아니라는 것이 밝혀"진다. 신인 비평가 지훈이 '비극적 숙명을 거부하는 한국 지식인의 비극'이라는 부제가 붙은 글을 발표한 것이다. 그 글에서 지훈은 "지식인이란 그가 성찰해온 진실과 이 실천성의 요구를 포괄할 수 있을 때라야 비로소 그의 시대에 대한 참된 이념의 창조자가 될 수 있"으며 "따라서 이 지식인의 실천성의 요구는 그의 창조 작업과 별개의 것이 아니며, 그 안에서 동시에 이행되어가야 한다"는 사실을 역설한다. 그리고 그러한 숙명적 과제를 거부하는 데서 한국 지식인들의 비극이 시작되고 있다는 점을 비판한다. 주위 사람들은 지훈의 글에 자책감을 느끼고 '나' 역시 마찬가지이나 『조율사』의 전개는 또 다른 방향 하나를 드러낸다.

소설질은 자기 바깥의 사람들이나 잘못된 세상과의 싸움의 양식을 취할 수도 있지만, 그렇지 못할 때는 그 자신이나 자신 속의 갈등, 허위의식 같은 것들과의 반성적 양식을 취할 수도 있을 터이기 때문이다. 그리고 전자의 경우가 더없이 투철하고 힘 있는 용기를

경위는 대략 그러했다. 그런데 그렇게 해서 시작된 G의 과거는 어찌 된 셈인지 온통 그 전짓불하고 상관된 일뿐이다." 이청준, 「소문의 벽」, 『소문의 벽』, 문학과지성사, 2011, pp. 225~27.

필요로 하는 소설의 길이라면, 후자의 경우 또한 그에 못지않게 중요한 우리 삶의 한 덕목으로서의 깊은 자기 성찰력, 그리고 그 허위의식과 같은 내면의 적을 향한 참된 고뇌와 정직한 투쟁이 요구되는 또 하나의 소설의 값진 길인 때문이다.[7]

가령 언론의 자유를 위한 싸움, 또 그 싸움이 필연적으로 도달할 잘못된 정치권력과의 싸움은 "더없이 투철하고 힘 있는 용기"의 소산이다. 그리고 그 길과 함께 "자신이나 자신 속의 갈등, 허위의식 같은 것들과의 반성적 양식"을 지향하는 또 다른 소설의 방향이 있다. 후자를 다소 경멸적인 어조로 문학의 자율성이라고 단정할 필요는 없을 것이다. 왜냐하면 그러한 반성 또한, 단지 문학이라는 분리된 제도나 영역에서만 유효한 '순수한' 행위라기보다는, 삶과 현실의 또 다른 진실에 이르는 길이기 때문이다.

첫 장편의 의미

『조율사』의 주인공 '나'는 잡지 편집자인 동시에 소설가이다. 잡지 편집자로서도 낭패를 보고 있지만 "근 1년 동안 소설을 한 편도 쓰지 못하고" 있어 소설가로서도 위기에 봉착해 있다. 그 이유에는 물론 글을 쓰지 않고 조율만 일삼는 당시의 상황도 중요하게

---

7) 이청준, 「내 허위의식과의 싸움」, 『작가세계』 1992년 가을호, p. 176.

작용하지만, 연애의 실패나 시골에 있는 가족과의 불화 같은 개인적인 사정도 한몫을 한다.

> 방학 때 집으로 내려가면 나는 어리둥절할 만큼 치켜세워졌고, 어머니와 형은 민망스러울 만큼 기대에 들떠 있었다. 그러나 나는 판사나 경찰서장이 되리라는 마을 사람들과 어머니와 형의 기대를 외면하고 대학 진학을 문학부로 작심하고 말았었다. 만약 내가 가족에 대해, 또는 친척이나 마을에 대해 어떤 식으로든 부채를 지고 있었다면, 나는 정말로 법과를 가서 지금쯤 판사나 검사 나리쯤 되었을지 모른다. 그러나 나는 그렇지 못했다. 〔……〕 나는 그 기대에 배반했다. 배반하기 위해서보다 나는 그 기대의 중압감에서 해방이 되었다. 그리고 제법 홀가분한 기분으로 엉뚱하게 문학부를 지망하고 말았었다. (pp. 47~48)

가난한 집안에서 자란 '나'는 출세하기를 바라는 가족들의 기대를 '배반'하고 문학을 전공한다.[8] '나'가 문학부를 선택한 데에는 진실한 내적 동기가 있었겠지만, 가족의 기대를 저버렸다는 점에서 그 선택은 가족에 대한 배신이다. 그리고 서울에서 소설가로

---

8) 김승옥은 이청준과의 첫 만남에 관해 다음과 같은 기록을 남긴 바 있다. "한편으로는 뜻밖이라는 느낌을 가졌다. 독문학을 할 친구같이 뵈지 않았던 것이다. 전남 지방에서는 가정 형편이 어려운 수재들은 대개 판검사를 목표로 법대에 진학하는 것이 통례이었기 때문이다. 나는 이청준이도 그러려니 생각했던 것이다. 아니 그래야 할 친구로 생각했던 것이다. 내가 그런 뜻의 말을 했더니 그는 별다른 대답 없이 웃기만 했다." 김승옥, 「산문시대 이야기」, 『뜬 세상에 살기에』, 지식산업사, 1977, pp. 210~11.

살아가기 위해서 '나'는 지속적으로 가족들의 기대를 모른 체해야
한다. 이런 측면에서 볼 때, '나'가 서울 중산층 집안 출신인 은경
과 만나고 있는 것 역시 가족들을 배신해야만 가능해진다. 그래서
고향을 다녀온 '나'는 "은경만을 열심히 생각했다. 그리고 거기 방
해가 되는 것에서는 애초부터 단호하게 외면해버렸다"라고 힘주어
말한다.

김현이 적절하게 지적했듯이 '나'가 직면한 문제는 "시골 사람들
의 도시에서의 적응성 여부에 관계"되는 것이다. 그리고 1960년대
에 전 사회적으로 파급력을 갖기 시작한 산업화·도시화가 한국
현대 사회의 삶과 풍속을 규정한 바 크다는 점에서 시골 사람들의
도시에서의 적응성 여부는 단지 『조율사』의 주인공 '나'만의 문제
가 아니다. 대표적인 1960년대 작가로 알려진 서정인과 김승옥 역
시 시골 출신 서울 유학생이라는 이력을 공유하고 있거니와, 「강」
이나 「환상수첩」 「무진기행」 등에 깔린 그들의 개인적 정서는 인구
의 대부분이 고향을 떠나 도시에서 생활하면서 부딪치는 새로운
삶의 방식을 선도적으로 포착함으로써 보편적 감수성의 위치를 획
득할 수 있었다.

맨 처음 시골에서 서울로 오던 날 나는 해가 질 무렵에 서울역에
내렸어. [……] 나는 그날 먼 누님뻘이 되는 친척집으로 갔는데,
그렇게 해서 처음 본 누님이 나에겐 또 너무 예뻤어. 내 손길이 도
저히 닿을 수 없는 아름다움의 표상처럼 말야. 대뜸 절망감 같은 것
이 느껴지더군. 게다가 지나치게 상냥스럽고 친절한 누님의 말씨는

나를 형편없이 부끄럽게 했지 뭐야. 〔……〕 이런 모든 것들이 나를 형편없이 절망시키고 만 거야. 도저히 꿈도 꿀 수 없는 세계가 거기 있었단 말이지. 나는 어렴풋이나마 어떤 복수를 결심했어……
(p. 62)

『키 작은 자유인』 등에서 조금씩 변형되어 반복적으로 등장하는 위의 장면은 『조율사』에서는 지훈의 고백에 의해 드러나지만 이청준 소설의 시골 출신 주인공들에게 공유되는 원장면이라고 할 수 있다. 그들은 자신을 좌절시킨 현실에 복수하기 위해 소설을 쓰기 시작한다.[9] 물론 그 복수가 자신이 받은 상처를 현실에 되돌려주는 직접적인 형태로 이루어지는 것은 아니다. 가령, '나'는 소설 속에서 이별을 맞는 주인공들로 하여금 "아픔을 감추고, 인간이란 으레 그런 게 아니냐는 듯 달관하는 얼굴로 마지막 인사를 나누게" 한다. 행복과는 거리가 먼 그 주인공들은 "미움을 타도록 되어 있는 사람들"이다. 그런데 '나'는 왜 소설에 그런 주인공을 등장시키는가? 고독하고 소외된 도시인들의 삶을 소설화함으로써 더 이상 상처 받지 않고 또 그럼으로써 자신에게 상처를 입힌 현실에 복수하기 위해서이다. 그것은 동시에 시골에 있는 가족에 대한

---

[9] "그러고 보면 내가 그 도회살이에 섞여들지 못한 것은 그 도회가 나를 끼워주지 않아서 보다 그 원죄와도 같은 내 시골내기로서의 초라한 열등감의 허물이 더 컸는지도 모른다. 그래 그 고질병 때문에 지레 그 도회살이에 대한 복수심과 자기보상의 방책(현실적 힘 없음에 대한 자기 회복과 확인, 확보의 이상주의적 기제)으로 이 소설이라는 것을 쓰고 싶어졌는지 모른다." 이청준, 「나는 왜, 어떻게 소설을 써왔나?」, 『오마니』, 문학과의식, 1999, p. 192.

배신을 전제하는 것이기도 하다.

'나'의 소설 쓰기가 근 1년째 중단된 이유에는 외적인 요인도 있지만, 자신의 소설 쓰기에 대한 근본적인 고민이라는 내적인 요인도 크게 작용하고 있다. 작가의 첫 장편으로서의 『조율사』는 이후의 소설들에서 보다 본격적으로 형상화될 여러 모티프들을 간직하고 있으며, 이런 점에서 복수로서의 글쓰기라는 주제는 「지배와 해방」이라는, 소설로 씌어진 작가의 소설론을 예기하고 있다. 「지배와 해방」에서 자신의 소설론을 강연하던 소설가 이정훈은 누군가로부터 "독자들은 당신의 소설에서 복수를 당하기 위해 당신의 글을 읽는 거냐"라는 질문은 받는다. 과연 그렇지 않은가? "작가의 글과 독자와의 관계는 그런 일방통행적인 파괴 관계보다는 상호 창조가 가능한 조화로운 대결이나 화해의 관계여야" 하지 않은가?

"나쁜 자식. 그러고도 소설을 썼어? 가장 가까운 사람들의 진실을 배반하면서도 네게 무슨 진실이 있다고 말하겠어? 나쁜 놈, 그들을 모조리 버리고 싶은 거지? 잊고 싶은 거지? 잊어지나? 진실이란 게 네놈식의 관념이야? 천만에. 알아둬라. 가족처럼 가까운 사람들의 소박한 기대라도 함부로 배반하지 않으려는 구체적 숨결과 행위의 연속…… 그런 것이 진실이라는 거야. 너에 대한 그 사람들의 기대가 너 자신을 지킬 수 없게 만들고, 그래서 그 사람들의 기대 앞에 네 자신의 진실이 질식당해 죽고 말 거라 말하고 싶어질 때라도, 너는 그 기대를 조금씩이라도 교정시켜줄 수 있는 성실하고 애정 어린 설득을 시험해보지 않는 한 네놈에겐 아직 어떤 배반의 구실도 주어질 수 없는 거란 말이다."(p. 156)

등단한 지 몇 년 되지 않은 젊은 작가 이청준은 『조율사』에서 소설가인 '나'와 비평가인 지훈의 대화 형식을 빌려 바로 자기 자신의 고민을 드러내고 있다. 가난한 시골에서의 삶, 그리고 거기서 떠밀려 올라와 맞닥뜨린 고달픈 서울에서의 삶에 좌절하고 상처 입은 작가는 복수하기 위해, 보상받기 위해 소설을 쓰기 시작했다. 그런데 그러한 소설 쓰기는 가족에 대한 배신이고 독자에 대한 배신이며 끝내는 자기 진실에 대한 배신을 낳을 것이다. 작가는 비평가의 입을 빌려 말한다. "가족처럼 가까운 사람들의 소박한 기대라도 함부로 배반하지 않으려는 구체적 숨결과 행위의 연속"이 바로 진실이라고. 이러한 깨달음을 통해, 가까이는 『조율사』에서 '나'가 그토록 부정하려고 했던 어머니에 대한 빚이 『눈길』에서 "숨겨진 빚 문서"로 다시 등장해 아침 햇살 아래 아름다운 화해를 이끌어냈을 것이며, 보다 멀리는 『당신들의 천국』과 『서편제』를 비롯한 이청준의 대표작에서 배신과 복수를 꿈꾸던 자들이 마침내는 용서와 화해에 이를 수 있었을 것이다.

소설가의 재탄생

앞에서도 말했듯 작가의 첫 장편으로서 『조율사』는 이청준 소설

의 많은 모티프들을 간직하고 있지만, 다른 한편으로는 그런 모티
프들이 아직은 본격적으로 형상화되지 못해 설익은 관념으로 제시
되기도 하고 이야기의 전개가 다소 산만한 느낌을 주기도 한다.
주인공인 '나' 스스로도 "내 이상한 강박증"이라고 인정할 만큼
『조율사』의 곳곳에서 단식과 외종형에 대한 진술이 반복되는 것도
그런 사례로 보일 법하다.

    그것은 또 다른 내 이상한 강박증이었다. 사람은 누구나 행운을
만났던 기억보다는 낭패의 경험을 더욱 오래 지니고 있게 마련이다.
나에게도 역시 낭패의 기억들은 수없이 많았다. 그런 낭패를 겪을
때마다 나의 내부에서는 반드시 두 가지 반응이 동시에 일어나곤 했
다. 그 하나가 지금까지 지루하게 설명해온 단식 결행에 대한 다짐
이었다. 그리고 다른 하나는 어떻게 생각하면 나를 더욱 난처하게
만드는 절망감 같은 것이었는데, 그것이 바로 지금 말한 나의 외종
형 규혁 씨에 관한 것이었다. (p. 37)

    위의 인용에서처럼 '나'는 낭패를 겪을 때마다, 좌절과 상처를
당할 때마다 단식과 외종형을 떠올린다. 말하고 글 쓰는 것이 억
압되는 현실 앞에서, 시골의 가족이나 서울의 애인과의 불화에서
'나'는 계속 낭패를 겪을 수밖에 없고 단식과 외종형을 떠올릴 수
밖에 없다. 그런데 '나'에게 단식이란 "가사 상태로 들어가기 전의
절망에 가까운 공포감과 회복기의 진통"이며, "언제나 죽었다는
소문이 있고, 그리고는 또 살아 있다는 풍문과 함께 새로운 죽음

이 전해지곤 하는" 외종형이란 '나'에게 "불사조 거인 같은 신비한 존재"로 여겨진다. 요컨대, '나'에게 단식과 외종형이란 다시 태어남의 상징이다. 그렇다면 단식과 외종형에 대한 강박적 진술은, 아직 자신의 책 한 권 갖지 못한 20대 후반의 젊은 소설가 이청준이 안팎에서 감지하는 소설 쓰기의 위기의식과 이를 극복한 소설가로 재탄생하려는 의지를 함축하고 있다고 볼 것이다.

여태까지 머리를 숙이고 있던 사내가 그때 비로소 나를 쳐다보았다. 나는 또 한 번 깜짝 놀란다. 그리고 사내의 얼굴을 뚫어져라 쏘아본다. 환생, 환생…… 주름이 잡히고 늙어 보이기는 했지만, 사내의 얼굴은 지금까지 조율실을 두루 구경하고 있던 바로 나의 그것이 아닌가. 이윽고 나는 목청이 깨질 듯한 고함 소리를 내지르며 조율사에게서 물러났다. 그리고는 안간힘을 다해 달아나기 시작했다. 〔……〕 거기서 갑자기 나의 시간이 정지했다. 또는 엄청나게 많은 시간이 한꺼번에 밀어닥치고 있었다. 그 시간에는 낮과 밤이 없었다. 아침의 밝음과 저녁의 어두움도 없었다. 그러면서도 영원하고 순간적인 것이었다. 이제 그것이 나를 안아들이고 있었다. 나는 그 영원하고 순간적인 시간의 품속으로 조그맣고 천진스럽게 안겨 들어가고 있었다. (pp. 251~52)

마침내 단식에 돌입한 '나'는 조율실의 환영을 떠올린다. 이미 시체가 되어 썩어가거나 반쯤 숨이 끊어진 조율사의 무리들 속에서 '나'는 죽음을 기다리고 있는 듯 늘어져 있는 한 조율사를 발견

한다. 그는 조율실에 갇혀 죽음을 기다리는 미래의 '나'이다. '나'는 도망친다. 그리고 "영원하고 순간적인 시간의 품속으로 조그맣고 천진스럽게 안겨 들어"간다. 마치 자궁 속의 태아처럼. 그 존재는 시간의 품속에서 아마도 새로운 소설가로의 재탄생을 꿈꿀 것이다. 우리는 쉼 없이 이어져온 이청준의 작품 세계 속에서 그 꿈이 단지 꿈에 그치지 않고 어떻게 실현되어왔는지를 익히 확인할 수 있다.

〔2011〕

자료

텍스트의 변모와 상호 관계

이윤옥
(문학평론가)

「조율사」

| 발표 | 『문학과지성』 1972년 봄호~1972년 가을호.
| 최초의 단행본 수록 | 『조율사, 꽃과 소리』, 삼성출판사, 1972.

1. 실증적 정보
1) 초고

작가의 육필 초고가 남아 있다. 초고는 발표작과 몇 가지 점에서 다르다.
① 초고에서 윤은경은 남은일, 지훈은 김훈, 송 교수는 정 교수였다. 이청준은 초고를 수정할 때 이름들을 바꿀 생각이었던 것 같다. 이름의 일부분에 붉은 줄을 긋고 새 이름을 썼다.
② 초고에서 지훈과 아우는, 어머니가 아니라 두 오빠의 밥을 해주며 학원에 나가는 누이동생과 함께 산다. 이런 설정은 「소문의 벽」과 비슷하다.
③ 한강교 근처에 있는 다방 〈강〉은 초고에서 다방 〈정말?〉이다. '나'의 말대로 '의문부호가 붙은' 이 특이한 이름이 바뀐 이유는 알 수 없다.

* 텍스트의 변모를 밝힘에 있어 원전의 띄어쓰기 및 맞춤법을 그대로 살렸음을 일러둔다.

④ 발표작에서 지훈은 '나'가 찾아갔을 때 어항과 거울을 갖고 있다. 지훈이 줄곧 손에서 놓지 않고 들여다보는, 물고기 한 마리가 헤엄치는 어항과 거울은 중요한 상징물이다. 그런데 초고에서는 어항을 전깃줄이 대신하고 있다. 지훈은 '전깃줄을 꼭 구겨 쥐고 있다.' 이 전깃줄은 발표작에서 헌 수화기와 전깃줄로 바뀐다.

⑤ 초고에서 배영인은 자살을 기도한다. 단식을 하는 '나'에게 팔기가 전해주는 말에 따르면, 배영인은 '나'가 산으로 떠난 다음 날 약을 먹었다. 그녀의 생사에 관해서 더 다른 언급은 없다.

⑥ 초고에는 교수들에게 6·8부정선거에 대한 견해를 묻는 설문지를 보낸 대학교 이름이 구체적으로 언급되어 있다.

⑦ 지훈이 발표한 글 「비극적 지식인론」은 발표작보다 초고의 내용이 훨씬 폭넓다. 그래서인지 처음에 지훈의 글은 「행방불명된 한국문학」이었다. 초고에 남긴 메모로 미루어 이청준은 이 글을 쓸 때 정명환의 글을 참고한 것 같다.

2) 텍스트의 발표 과정

『조율사』는 『문학과지성』에 1972년 봄호부터 1972년 가을호까지 연재되었다. 발표 시기로 보면 『조율사』가 『이제 우리들의 잔을』보다 나중이다. 하지만 『조율사』는 이청준이 1966년 여름 집필을 시작해 1967년 초 완성한 첫 장편소설이다. 그러니까 이 작품은 발표되기까지 무려 5년을 기다려야 했다. 이청준은 그 사정을 「소문의 벽」과 수필 「원고료 운반비」, 1994년 단행본에 수록된 작가의 말(「다시 태어남에의 꿈」)에서 간략히 언급한다. 김현의 「60년대 작가 소묘」에 따르면 『조율사』는 '모 잡지인에 의해 근 4년이나 발표가 보류되었'다.

- 수필 「원고료 운반비」: 그 『조율사』가 활자화된 것은 그로부터 5~6년 뒤 주위 친구들 몇몇이 한 독지가의 힘을 빌려 창간한 계간 문학지에서였다.
- 「다시 태어남에의 꿈」: 졸작 『조율사』는 나의 20대 후반(27, 8세), 월간

사상계사에 봉직하던 때 초고를 썼고, 그 4, 5년 뒤인 1971년 계간 『문학과지성』지의 봄호부터 가을호까지 세 번에 걸쳐 나눠 발표하였다(＊여기서 '1971년'은 1972년의 오기이다).

3) 이전 발표 작품과의 연관성

『조율사』와 「전쟁과 악기」 「소문의 벽」은 소재와 주제에서 뿌리가 같다. 발표 순서만 보면 『조율사』가 앞선 두 글을 장편으로 다시 쓴 작품이라 할 수 있다. 하지만 실제로는 『조율사』가 먼저 씌어지고 「전쟁과 악기」 「소문의 벽」이 차례로 뒤를 이었다. 그 사정에 대해 이청준은 「다시 태어남에의 꿈」에서 이렇게 말한다. 텍스트의 발표 과정 참조.

- 「다시 태어남에의 꿈」: 이 『조율사』는 발표 과정(뒤에 단편 「전쟁과 악기」, 중편 「소문의 벽」들을 다시 써서 이 작품보다 먼저 발표하게 된 일들과 관련이 있음)이나 소위 원고료 운반 과정(거의 전액을 탕진하게 된 사정은 다른 글에서 쓴 일이 있다)들에 새삼 쓴웃음을 금할 수 없을 만큼 여러 가지 각별한 사연이 깃들어 있어, 지독히도 척박하고 암울스럽던 내 젊은 시절과 함께 별스럽게 깊은 애증이 함께해온 작품이라는 것이다.

4) 수필 「원고료 운반비」: 1994년 간행된 산문집 『사라진 밀실을 찾아서』에 실린 수필로, 『조율사』의 발표와 원고료에 대한 일화가 중심이다. 거기에 따르면 당시 이청준이 몸담은 사상계사의 원고료는 원고지 한 장당 3백 원이었는데, 『조율사』는 한 장당 1백 원으로 계산되었다. 그 원고료마저 '열 명도 더 넘는 글동네 친구들'의 짓궂은 행태로 탕진하게 된다. 가난했던 이청준은 그때 심정을 이렇게 회고한다.

- 「원고료 운반비」: 그때 어둠 속에서 그 광경을 보고 서 있던 나는 글쓰는 일과 내 자신이 얼마나 열패스럽고 허망스러워 보였던지. 울고 싶은 심사가 아니었다면 필경은 내가 개아들이었을 것이다./하지만 나는 이제 그 일을 언짢아하거나 원망스러워하지 않는다. 돌이켜보면 그땐 누구나 대개 그런 식으로 살았었고, 또 그럴 수밖에 없었던 때였으니까. 혹 주위에서

출판사라도 차렸다 하면 누구든지 계약서 대신 소주 한 잔 나누는 것으로 책을 묶어줘도 아무 뒷탈이 없던 시절이었으니까.

5) **전기와 연관성**: 이청준은 『조율사』를 1966년 여름 사상계사에 다닐 때 쓰기 시작했다. 사상계사는 그가 대학 졸업 후 처음 들어간 잡지사로 잡지 발행부수가 급격히 떨어지는 등 사정이 몹시 어려운 상태였다. 그의 월급은 6천 원이었는데 '그나마 회사의 사정이 좋지 않아 급료 지급이 몇 달째나 미뤄지고 있는 형편이었다.' 당시 '점심을 주지 않는 2인 합방 하숙비가 5천 원'이었다. 이청준에게 그 무렵은 '열 살 아래의 세 조카아이들을 남겨두고 30대 중반에 형님이 일찍 세상을 버린 뒤, 노모를 비롯한 시골집 식구들이 정처를 잃고 뿔뿔이 흩어져 이곳저곳 인척집을 떠돌고 있는데도 속수무책, 나 또한 생활에서나 글일에서나 제자리를 못 잡고 막막하게 떠돌면서 그 살인적인 무력감 속에 내 육신의 병통(위궤양)을 감내해내기에도 힘이 부치던 시절'이었다. 이런 처지와 경험이 『조율사』에 그대로 담겨 있다.

2. 텍스트의 변모

1) 『문학과지성』(1972년 봄호~1972년 가을호)에서 『조율사, 꽃과 소리』(삼성출판사, 1972)로

 * 『조율사』는 계간지 연재가 끝날 무렵 첫 단행본이 출간되었다.
 - 88쪽 2행: 방향에서 → 〔삭제〕
 - 117쪽 11행: 자신할 수는 없지만 그 회복기의 진통, 새로운 생명의 탄생을 의미한다는 그 진통에 대해서 나는 희망을 가지고 있기도 했다. → 모든 것이 끝나고 이젠 더 이상 아무것도 기다릴 것이 없을 때 우리들에겐 아직도 죽음이 남아 있어 그것을 만나기 위해 마지막 준비를 서두를 수 있다는 것은 참으로 고마운 일이다. 희망일 수 있다. 단식이라면 더욱 그렇다.

- 178쪽 4행: 그렇달 수 있겠지요? → 〔삭제〕

2) 『조율사, 꽃과 소리』(삼성출판사, 1972)에서 『조율사』(홍성사, 1984)로

* 예전에는 없던 27장(章)의 구분이 생기고, 다방 〈기적〉의 위치가 청량리역 부근에서 신촌역 쪽으로 바뀐다.

- 8쪽 21행: 밀크를 → 우유 한 잔을
- 10쪽 15행: 5분 → 6분
- 13쪽 6행: 녀석의 이름은 워낙 섹시한 데가 있어서. → 녀석의 이름엔 워낙 성적(性的)인 연상 작용이 강해서요.
- 28쪽 3행: 15일, 15일, 45일 → 10여 일, 14일, 40여 일
- 29쪽 17행: 휭휭했다. → 썰렁하였다.
- 35쪽 3행: 신촌 P형 → 정릉 P
- 37쪽 17행: 규혁 형과 함께 → 그 아비도 어미도 없이 자란 손주 아이와
- 47쪽 11행: 법관 → 판사나 경찰서장
- 59쪽 2행: 쇼트커트 → 스커어트
- 87쪽 6행: 서쪽 → 동쪽
- 91쪽 13행: 게다가 그 즈음 상당한 흥분 속에서 시간을 보내고 있었다. → 〔삭제〕
- 102쪽 9행: 2時間 → 時間
- 113쪽 22행: 산비탈만 계속 내려다보고 있었다. → 〔삽입〕
- 121쪽 11행: 그것은 어떤 의식에도 선행하는 것 같다. → 〔삭제〕
- 133쪽 17행: 그들의 고뇌가 전염되어 온 것일까. → 〔삭제〕
- 155쪽 14행: 일주기 → 이주기
- 215쪽 16행: 두려움을 정직하게 견디는 수밖에 없었다. → 〔삭제〕
- 221쪽 12행: 우리들의 조율로 소설에 관해서 생각하는 것 → 우리들의 조율에 관해서 생각하는 것

3) 『조율사』(홍성사, 1984)에서 『조율사』(장락, 1994)로

* 작가의 말「다시 태어남에의 꿈」이 더해진다.
- 10쪽 15행: 6분 → 5분
- 28쪽 3행: 14일 → 15일
- 100쪽 16행: 외서 → 일본책
- 134쪽 6행: 어제 → 그제
- 152쪽 1행: 뼈붙이 → 피붙이
- 215쪽 15행: 두려움을 정직하게 견디는 수밖에 없었다. → 〔삽입〕

4) 『조율사』(장락, 1994)에서 『조율사』(열림원, 1998)로

* 시인 '송'이 시인 '정'으로 바뀌고, 장의 구분은 16장과 17장이 합해져 총 26장으로 줄었다. 작품이 전체적으로 대폭 수정되었는데, 텍스트의 변모를 밝힘에 있어 의미 변화가 크지 않은 부분은 생략했다.

- 7쪽 18행: 무슨 죄라도 지은 사람처럼 → 운좋게 비어 있는
- 8쪽 16행: 눈알을 자주 이상하게 굴려대며 아무에게나 마구 '이 속된 것들아'하고 꾸짖어대고 싶은 형세들이 심했다. → 어엿한 산인(山人) 행세가 심했다.
- 11쪽 8행: 그런 경우 누구나 그렇듯이 나는 내 상상력의 취미에 따라 녀석을 실컷 못되게 만들어놓고 나중에는 그를 만나기만 해도 혼자 화를 내버리는 식이었다. → 나중에는 어디서 그를 스쳐 만나기만 해도 까닭 없이 짜증이 나고 화가 동했다.
- 14쪽 15행: 언어의 충돌 → 의미의 충돌
- 15쪽 13행: "……."/무슨 생각이 들었는지 녀석도 말없이 웃으면서 나를 다시 쳐다본다. → "아까 이 형을 보고 이미 짐작하고 있었지만, 이자가 괜히 오늘 모일 사람을 다 밝히지 않아 혹시 또 다른 사람이 있나 했지요."/녀석도 여태 좀 간가민가 싶은 데가 있었던지, 팔기를 빗대가며 새삼 내게 겸연쩍은 변명을 해왔다.
- 16쪽 14행: 그러나 이제는 일부러 장난을 벌였다가 뜻밖에 난처해진 어

린아이처럼 서둘며 자리를 일어서려고 했다. → 이젠 그쯤에서 자리를 일 어서려 했다.
- 37쪽 5행: 그것은 이상한 나의 버릇이었다. → 그것은 또 다른 내 이상한 강박증이었다.
- 53쪽 7행: 바로 내 기분의 변덕주기, 골 깊은 조울주기 같은 것이다. → 〔삽입〕
- 53쪽 16행: 혹시 눈에 보이지 않는 계기가 있어 한번도 그것이 나에게 의식된 일이 없었다면, 나 역시 다른 사람과 경우가 같다고 할 수 있을지 모른다. → 〔삭제〕
- 66쪽 3행: 나를 누르고 있는 것과 나는 굉장한 힘으로 싸우고 있다고, 그것들과 싸우고 그리고 나의 배반으로써 그것들을 기가 죽게 하고 파멸시키고 있다고 생각했지. → 나를 억누르고 있는 것과 나는 참으로 지혜롭게 싸우고 있다고, 그 고의적인 나의 방심과 방관 속에 나름대로 괴롭고 영리하게 싸우고 있다고 생각했지.
- 79쪽 19행: 하지만 그것은 꼭 한 음뿐이다. 그 음 하나는 특히 중요한 것이 아니라 해도 상관없다. 그러나 그 음을 포함해야 하는 모든 화음은 불가능해져버린다. 악기는 반신불수가 되어버린다. 혹 연주 비슷한 것이 있으면—그러니까 그것은 연주라고 할 수 없지만—모든 연주는 그 음이 제외된 다른 소리들로만 행해지는 것이다. 그 음을(그 음은 어떤 반음이라고 하면 더욱 좋겠다) 악기들이 잃어버리게 된 최초의 원인은 그 반음의 조화를 잘 이해하지 못하는 사람들이 세계의 규율을 복잡하게 만들 필요가 없다고 해서라거나 또는 연주자 자신들의 어떤 불편 때문에서라 해도 좋을 것이다. → 그 음가는 특히 중요한 것이 아니래도 상관없다. 아니, 이해의 편의상 그것을 악기들 고유의 '반음가' 소리라고 하면 좋겠다. 그리고 애초 악기에 녹이 슬도록 그 반음을 연주하지 않게 된 내력을, 그 반음의 역할을 잘 이해하지 못하는 사람들이 음계의 규율을 복잡하게 만들 필요

가 없다고 해서라거나, 또는 연주자 자신들의 어떤 불편 때문에서라 해도 좋을 것이다.

- 80쪽 5행: 하여튼 악사들은 얼마 동안 그 반음을 아주 등한시 하게 된다. → 그러나 악기는 그 한 음가를 잃음으로 하여 모든 화음이 불가능해진 다. 반신불수 꼴이 된 악기. 그래 혹 연주 비슷한 것(그것을 온전한 연주라고 할 수 없으니까)이 있으면, 그 연주는 반음이 제거된 다른 소리들로만 이루어지게 마련이다.
- 82쪽 12행: 그들은 그가 속한 사회를, 또는 그 사회 속에 속한 어떤 개인을 종과 횡으로 깊이 관찰하여 그 본질을 가장 정당하게 파악하려고 노력하며, 그 가장 미세한 움직임에도 누구보다 민감하게 반응하여 그러한 관찰과 반응에서 얻어진 감동을, 또는 사고의 결과를 새로운 질서 속에서 재창조해나가는 것이다. → 그들은 그가 속한 사회를, 또는 그 사회에 속한 개개인의 본질적 존재상황을 정밀하게 이해하려 노력하며, 그 실존적 유의성에 누구보다 민감하게 대응해 가는 사람들이다.
- 84쪽 16행: 뛰어난 각성 → 예언자적 각성
- 88쪽 6행: 뿐만 아니라 참된 지식인은 어느 경우에도 먼저 시민을 배반할 수가 없다. 모든 것이 밝혀지고 난 다음에 사람들은 말할 것이다. 우리들은 정말 몰랐으니까 그리하였소. 하지만 당신들은 알면서도 그랬단 말이오. → 그리하여 끝내 불행한 파선을 맞게 되는 경우 사람들은 성을 내어 책임을 물을 것이다. 우리가 이런 꼴이 된 것은 당신들 때문이오. 우리와 다른 노를 저은 당신들의 책임이오.
- 90쪽 11행: 작품 발표의 지면을 한두 번 얻은 것을 무슨 문학 자격증쯤으로 여기면서, 보편적 질서에서 스스로를 격리시켜 그것을 오히려 자랑스럽게 여기면서 치사스런 소녀적 감상과 저능아다운 유머와 기행(奇行)으로 독자를 유혹하기에 바빠 어느 구석에서 영혼이 질식하는지조차 모르고 있는 자들이 있어 그런 편견을 빚어주고 있었다는 것을 생각하면 견딜 수

가 없었어. 먼저 그런 안일한 생각에 빠진, 있으나마나 한 무리들을 추방하고 그리고 어려움 속에서도 우리의 조그맣고 외롭고 그러나 귀중한 땅을 지키고 싶었고 그것이 무엇일까를 생각하려고 했었지. → 견딜 수 없는 일이지만 그런 자들은 영혼의 질식을 알지 못하지. 어디서 어떻게 그런 일이 생기는지도…… 나는 내 작지만 외롭고 소중한 땅을 지키고 싶었지. 그런 것이 무엇일까를 생각하려고 했었지.

- 91쪽 20행: 자기의 일을 다른 사람에게 털어놓을 수만 있다면 그건 그리 슬픈 일은 아니지. → 너흰 알 거 없어. 사는 일엔 종종 그럴 때도 있는 거야.
- 93쪽 11행: 하나의 신화 → 구원의 신화
- 96쪽 14행: 이런 때는 하필 나의 앞에 이런 여자가 앉아 있다는 불운감을 절절히 되씹지 않을 수 없었다. → 〔삭제〕
- 97쪽 3행: 시원스런 해답을 내놓은 적이 없었다. → 교활한 임기응변 아니면 음흉한 정략이나 술수 아닌 것이 없었다.
- 97쪽 13행: 하지만 어쨌든 그건 갸륵한 거다. 연습하면 더 나아질 거다. 선행은 흉내를 내는 것만으로도 상줄 만한 거라니까. 하여튼 신문을 보기란 역겨운 데가 많은 일이다. 그렇다고 아예 외면을 할 수도 없는 물건이다. 그리고 가끔은 지나쳐서는 안 될 중요한 소식을 보게 되기도 하였다. 그래 싫든 좋든 신문을 읽게 되긴 하였다. 혹은 가끔 생각을 해보게 하기도 하였다. 그러나 기사는 대체로 그 정도. → 역겹기는 경제나 문화면도 대개 마찬가지였다…….
- 100쪽 16행: 일본책 → 외서
- 127쪽 12행: 그러나 글을 쓸 수는 없었고, 그래서 결국 다른 사람을 통해 자기를 한번 확인해본 거죠. 그 확인 행위의 대역으로 내가 뽑힌 것뿐이지요. → 그러나 그의 원래 목소리를 기억해 주는 사람은 없고, 그래서 결국 주윗분들의 관심을 빌려, 거기 기대어 자신을 확인해 본 거겠죠. 주

윗 사람들의 관심도 그만 역을 한 거구요. 하지만 확인역은 역시 일종의 임시 대역일 뿐이에요. 자기 몫이 없는 역이지요. 자기 몫이 없는 역이 그 일로 너무 길게 노심초사할 일도 없겠구요……. 나 역시 두 사람 사이엔 그 확인의 대역일 뿐이었어요. 나도 처음부터 그걸 알고 있었구요.

- 140쪽 18행: 용렬한 인간들—그게 나의 숨겨진 느낌이었다. → 하지만 나의 상념은 물론 거기서 끝날 수가 없었다.
- 141쪽 15행: 위대한 배반이라고나 자위를 해야지요. → 그게 아는 자 앞선 자의 운명일 테니까요.
- 153쪽 13행: 나는 그 친구가 죽을 때까지 그렇게 나의 건강을 확인하려 그를 찾아다녔다. → 그가 언제나 나를 기다린 것만 해도 그랬다.
- 159쪽 7행: 사람들은 그 글 한편으로 예술과 생활의 화해가 어떻게 가능한가를 알게 될 거라는 거예요. 그때는 모든 갈등이 스스로 예술 속에 아름답게 조화되어 오도록 하겠답니다. → 〔삭제〕
- 161쪽 9행: 그러나 그건 또한 기다림이기도 하였다. → 〔삽입〕
- 161쪽 16행: 강에서의 그 마지막 되돌아보기 다짐도 서로간에 때가 지나간 지금 그녀가 그런 일로 새삼 자리를 마주하겠을 리는 없었다. → 〔삽입〕
- 161쪽 21행: 우리는 서로의 인간성까지를 경멸하지 않으면서 헤어진 것으로 믿습니다. → 우리는 서로 아직 인간적 경멸감을 못 지닌 채 헤어진 것으로 믿습니다.
- 164쪽 13행: 적어도 오늘 그녀가 다시 나를 만나려 한 것이 내 소설이나 헤어짐에 대한 마음의 부담 때문에서만은 아니었을 게 분명했다. 어쩌면 그 이상의 깔끔한 결벽성이 곁들여졌을지도 모르지만. 하지만 어쩔 수 없었다. → 〔삽입〕
- 176쪽 21행: 어린애 얼굴 → 밤의 얼굴
- 178쪽 2행: 정신노동 → 책상 타고 앉아서 머릴 굴리는 일

- 191쪽 15행: 그러나 나는 그러지 않으려고 했다. 나에게는 아직 해야 할 일이 있으니까 그때까지는. 그러면서도 그 일이 무엇인가를 생각하려고 하지는 않았다. 아니 그 일이란 이제 확실했다. 사실 벌써부터 그것은 확실한 것이었다. 다만 나는 그것을 생각할 때마다 어떤 두려움이 먼저 앞섰고, 그 두려움 때문에 나는 될수록 그것을 생각지 않으려 하였고, 그런 식으로 하루하루 날짜를 미루고 있었다./하루 이틀 그런 식으로 또 며칠인지가 훌쩍 지나갔다. 이젠 정말 일부러라도 그 일을 열심히 생각해야 했다. 뭔가 송구스런 생각마저 들었다. 막연한 변명만으로는 더 이상 그러고 있을 수가 없었다. 그리고 마침내 내가 해야 할 일을 내가 부산으로 오기로 하면서 생각했던 일을 머릿속에서 확실히 끌어내었을 때 나는 정말 바보스런 웃음을 흘리고 말았다. → 무슨 구실을 찾아야 했다. 이 은밀한 날들을 좀더 끌어갈 구실을 찾아야 했다. 그 구실이 곧 떠올랐다.— 그래, 내게는 해야 할 일이 있었지. 내가 해야 할 일, 바로 부산까지 내려온 목적—. 그것이 비로소 내게 확연해진 것이다./하지만 나는 막상 그 일이 두려웠다.

- 191쪽 22행: 그러면서도 한편으로는 그 두려움 같은 것이 여전히 가시지를 않았다. 생각이 확실해진 만큼 그 두려움도 더 확실해졌다. 그리고 막연했다. 그러나 막연한 일은 내가 이곳에 머무를 수 있는 변명거리로는 족한 것이었다. 무엇인가 하기로 했다. 결과는 상관없는 일이었다. 내가 이곳까지 와서 하릴없이 놀고 있다는 생각, 그렇기 때문에 조금씩 불안해지려는 징조에서 벗어날 수 있으면 그것으로 그만이었다. → 그런 두려움은 사실 새삼스러운 것이 아니었다. 서울을 떠날 때부터 이미 자신 속에 숨겨 온 두려움이었다. 규혁 형은 이번 내 여행의 구실이자 부채였다. 나는 처음부터 그 규혁 형의 일엔 자신이 없었고, 그 결과도 두려웠다. 그런 두려움이 나를 그렇듯 막연히 기다리게 했음이 분명했다. 규혁 형의 일을 생각할 때마다 그 두려움이 앞서 버린 때문에 나는 될수록 그 일을 외면

한 채 하루하루 날짜만 미뤄 온 것이었다./그러니 나는 아직도 망설이지 않을 수 없었다. 일이 확실해진 만큼 두려움도 더 컸다./하루 이틀 또 시간이 훌쩍 지나갔다./이제는 더 이상 망설이고 있을 수가 없었다.

- 200쪽 19행: 그러나 만약 은경이 나의 상상대로가 아니라면? → 내게 대한 감정을 자기 식으로 주체하기 힘들어 그랬을 것 같았다. 그것이 배반이든 반발이든 그녀의 약혼도 미국행의 결심도 모두……. 그래서 그녀를 찾아가기로 했었다. 그래 찾아가 말하리라. 그리고 용서를 구하리라. 그러면 은경도 나를 용서할 수 있을까. 그녀도 내게 함께 용서를 구해 올까? 술기가 오를수록 나는 이상한 자신감까지 더해 갔다. 만약에 은경이 용서하지 않는다면? 그녀가 정말로 미국으로 가겠다면?

- 201쪽 6행: 그 다음부터는 복통과 취기를 가누지 못해 이를 악물면서 중얼거렸을 뿐이었다. 뭐라고 했는지는 똑똑히 기억해낼 수가 없다. 확실한 것은 그때 은경이 몹시 원망스러웠다는 것뿐이다. 참담스런 느낌으로 아마 나는 그녀를 원망하고 있었을 것이다. 왜 이렇게 술을 먹게 내버려두었느냐. 나의 위장은 이제 가망이 없다. 왜 나를 이토록 늦어버리게 됐느냐. 이젠 모든 것이 너무 늦어버렸질 않느냐. 하지만 지금이라도…… 지금이라도 너는 나에게 말해야 하지 않느냐. 무슨 술이 그렇게 심하세요. 저를 위해서라도 이젠 술을 삼가세요. 아아, 왜 그렇게 말하지 않느냐……./잠인지 혼수상태 속에선지 하여튼 내가 정신이 다시 들기 시작한 것은 기차가 거의 수원을 지나고 있을 때였다. 그러나 나는 이제 술을 깨고 나서도 취중의 상념들을 씻어버리려고 하질 않았다. 은경을 만나리라 다시 한번 속으로 다짐을 했었다. → 다음부터는 그 복통과 취기를 가누지 못해 이를 악물고 차를 내리기만 기다렸다. 복통이 가라앉은 것은 차가 수원을 지날 때쯤서부터였다. 하지만 그런 꼴로 간신히 서울역까지 닿아 차를 내릴 때도, 그리고 하릴없이 사무실을 찾아들 때까지도 나는 아직 그 은경의 생각을 버리지 않고 있었다./그런데 이젠 다 뒤죽박죽 꼴

이었다. 그 은경에 대한 생각들까지 새삼 다 허망하고 생뚱스럽게만 느껴졌다./하지만 아직도 나는 눈을 바로 뜨고 팔기나 그곳 상황과 맞서기가 두려웠는지 모른다.
- 212쪽 13행: 나는 이야기의 방향을 크게 우회했다. → 나는 곧바로 계획을 털어놓기 시작했다.
- 228쪽 12행: 그것이 임종의 고통이라고 나는 자주 말한 일이 있지만 → 그것을 소멸과 재생을 위한 생명의 진통이라고도 말해 왔지만
- 244쪽 5행: 조율! → 〔삭제〕

3. 인물형

1) 나: '나'는 소설을 쓰지 못하는 소설가다. 이청준 소설에는 「줄광대」 이후 소설을 쓰지 못하는 소설가나 소설가 지망생이 꾸준히 나온다.

2) 지훈: 『젊은 날의 이별』의 주 인물도 지훈이다.

3) 시인 정: 시인 '정'은 「전쟁과 악기」의 시인 '송'이다. 『조율사』에서도 시인 정은 본래 시인 송이었는데, 1998년 단행본에서 바뀐다. 장편 『조율사』에는 단편 「전쟁과 악기」에 없는 송 교수가 중요한 조율 담당자로 나온다. 이청준은 두 인물이 같은 성씨를 쓰는 데 불편함을 느꼈을 수도 있다. 「전쟁과 악기」『조율사』 두 작품에서 무(武) 현이 제거된 악기 이야기는 시인 송과 시인 정이 들려준다.

4) 미스 윤: '나'의 친구 팔기는 은경을 '미스 윤'이라 부른다. 등단작 「퇴원」을 시작으로 미스 윤은 이청준의 소설에서 특별한 인물이다.
- 수필 「미스 윤, 지친 영혼의 귀항지」: 초기 작품들이 대개 그렇게 마련이지만, 그때 주인공은 아마 그 시절 나의 좌절과 꿈을 대신하고 있었기가 십상일 터이다. 그리고 미스 윤은 그 무렵 내가 만나기를 꿈꾸며 기다리던 여자이기가 십상일 터이다. 〔……〕 그윽한 눈길과 말없는 암시와 공감의 여자, 그리고 그 암울스럽던 절망의 늪에서 나를 다시 삶의 거리로

되돌아가게 해 준 여자, 그러므로 미스 윤은 나의 삶과 문학의 새로운 출항지(出港地)가 되어 준 셈이다.
5) **외종형**: '나'의 외종형은 「목포행」의 육촌형과 같은 계열의 인물이다.

4. 소재 및 주제

1) **조율과 조율사**: 이청준은 조율사를 '한 악기의 빠른 소릿값과 질서를 찾아주는 전문가'와 '본 연주에 임하기 전에 매번 자기 악기의 소리가 정상인가를 점검하는 간단한 시험연주를 행'하는 연주자들로 본다. 그 두 가지 의미에서 이청준은 자신과 동세대들의 삶을 '영원한 조율사'의 그것으로 진단한다.『조율사』처럼 조율실인 다방〈기적〉을 중심으로 조율사들의 이야기가 전개되는「가위 잠꼬대」를 보면 조율과 조율사가 무엇인지 잘 알 수 있다.

- 「가위 잠꼬대」: 다방 '기적'은 이를테면 그런 말의 파산자들의 집합소였다. 〔……〕 말이 말할 수 있는 것을 말하려 하고, 말이 말할 수 있는 방법을 잊지 않으려 자기들끼리 말 연습을 하는 것— 그게 이를테면 조율이라는 것이었다. 그리고 다방 '기적'은 그래 우리들의 조율실이 되었고, 글을 쓰지 못하는 글장이들은 말의 방법을 끊임없이 추억하는 마지막 말의 조율사가 된 것이다.

2) **단식**: 이청준은 젊은 시절 단식에 집요한 관심을 가졌고 실제 체험하기도 했다. 단식과 그에 따른 구역질, 단식 때 마시는 식염수에 대한 일화는『썩어지지 않은 자서전』에 그대로 반복된다. 거기에서 단식은 이준과 왕을 마치 한 인물처럼 이어준다.「뺑소니 사고」는 거짓 단식을 둘러싼 이야기다.

- 「다시 태어남에의 꿈」: 내게 그것은 내 모든 육신과 정신의 '현재'를 버리고 위험스럽기 그지없는 유사죽음의 강을 건너 새로운 탄생에의 가능성에 자신의 삶을 걸고 나서는 단식단념(斷食斷念)을 생각하고 그것을 일정기

간 시행해보았을 정도였다.
- 「뺑소니 사고」: ─ 밥 굶는 것, 우리 속에 들어와 있는 모든 부정한 것 사악한 것 몰아내고 깨끗한 우리 영혼 되찾으려는 싸움입니다. 그래서 우선 우리 바깥에서 들어오는 것에서부터 우리를 지키려는 싸움이 이 밥 굶는 싸움인 것입니다.

3) **다방 〈기적〉**: 발표작에서 청량리역 부근에 있던 다방 〈기적〉은 1984년 단행본에서 신촌역 광장을 내려다보는 곳으로 위치가 바뀐다. 〈기적〉은 『조율사』뿐 아니라 「전쟁과 악기」에 이어 「가위 잠꼬대」에서도 소설의 핵심 공간이다. 그곳은 조율사들이 사는 조율실, '글 한 줄 못 써내는 글장이들이 모여들어 입으로 글을 엮고 가는 저 암울스런' 곳이다.

4) **산행**: 수필 「나이의 빛」에 따르면, 이청준은 군대를 제대하고 5년간 산에 다녔고 그 경험이 「등산기」를 쓰게 했다. 다른 수필 「등산에 대하여」도 「등산기」의 소재를 직접 언급하고 있다. 거기에는 산행을 다니는 사람들에 대해 『조율사』와 같은 생각을 보여주는 부분이 있다(8쪽 15행).
- 수필 「등산에 대하여」: 등산에선 가장 위험시하는 일이지만 자칫하면 그런 음흉스런 자기 과시의 객기나 감정의 과장이 곁들이기 쉬운 곳이 또한 산이기 때문이다./산을 다녀온 사람들을 거리에서 보면 하루 사이에 갑자기 신선(神仙)이나 되어 돌아온 듯 의기양양한 표정들이 많다. 신선이 되어 돌아온다면 더 반가울 일이 없다. 하지만 신선이 되어오지 못했어도 그리 섭섭해 할 처지는 아니다. 적어도 과장과 거짓 표정만 배워 오지 않는다면 말이다.

5) **글을 쓰지 못하는 작가들**: 「전쟁과 악기」「소문의 벽」「목포행」 등 이청준의 작품에는 글을 쓰지 못하는 작가들이 많다. 그들은 왜 (못) 쓰는가? 이청준은 이 질문에 오랫동안 끈질기게 매달린다. 그 모색은 작가들로 하여금 글을 쓰지 못하게 하는 외부의 감시와 억압에서 시작해 점차 말 자체에 대한 탐구로 이어진다. 연작 '언어사회학서설'은 그 모색의 한

결과라 할 수 있다(12쪽 9행).
- 「전쟁과 악기」: 그런데 알 수 없는 일이 한 가지 있었다. 녀석들은 모두 시인 아니면 소설을 쓰는 위인들이었다. 그것은 녀석들 자신도 부인하려 하지 않았다. 한데도 이들은 어찌 된 셈인지 도대체 글을 쓰지 않았다.
- 「가위 잠꼬대」: 정훈 들은 이미 소설이고 시고 글들을 전혀 쓰지 못하고 있었다. 말들은 이미 실체와의 약속 단계에서 벗어나 제멋대로 세상을 떠돌고 있어 소설이고 시고 사람이 시도하는 어떤 통일적인 구조 속에 놓일 수가 없기 때문이랬다.

6) **배앓이**: 『조율사』를 쓸 무렵 이청준은 위병에 시달렸다. 배앓이는 「퇴원」「귀향연습」 등 다른 작품에도 나오는데, 몸을 앓는 단순한 병을 넘어 상징으로 기능한다(23쪽 7행, 170쪽 4행, 201쪽 5행).
- 「퇴원」: "위궤양이 싫으시담 더 멋진 병명을 붙여드릴 수도 있을 거예요. 가령 자아망실증 환자라든지……"
- 「귀향연습」: i) 이 모든 증상 가운데에서도 가장 신경질나고 견딜 수 없는 것은 역시 배앓이였다. 걸핏하면 뱃속이 찌부듯해오면서 통증이 시작되었다. ii) 아니 그 모든 기간을 통해서 내 배앓이는 점점 더 증세가 심해지고 버릇은 더욱 완벽해져갔다. 군대 생활 몇 년 동안 그 배앓이 버릇 때문에 내가 얼마나 애를 먹어야 했던가는 상상조차 하기 싫은 일이다.

7) **악기와 연주**: 『조율사』에서는 악기가 직접 사람을 가리키기도 한다. 세계의 기문진경(奇聞珍景)을 모아놓은 영화 속 사람들은 '인간 악기'고, 캐나다에 유학 온 필리핀 아가씨는 '괴상한 악기'다. 이런 사람 악기들을 사용한 연주는 폭력을 내재하는 등, 일반적인 연주의 뜻을 벗어난다(35쪽 23행, 169쪽 6행).

8) **분신**: 이청준은 분신 모티프를 「가수」 등 여러 작품에서 다양한 방식으로 다룬다. 『조율사』에도 지훈과 '나'의 분신이 나온다. 지훈은 생활과 문학 사이에서 둘로 찢기고, '나'는 단식의 막바지에 죽어가는 늙은 조

율사인 또 다른 '나'를 본다. 단식이 지난 삶의 소멸과 새로운 부활의 꿈이
라면, 내가 나의 분신을 보는 것은 의미심장하다(45쪽 11행, 251쪽 14행).

9) 개인사: 3장에 서술한 '나'의 개인사는 『이제 우리들의 잔을』의 진걸
과 거의 같다.

10) 빚: '나'는 가족을 포함해 고향에 대한 빚이 없음을 깨닫고 문학부
를 지망하는 배반을 감행한다. 부채의식을 둘러싼 이 사고는 「새가 운들」
을 거치며 점차 깊어진다. 그 끝에 있는 「눈길」은 빚에 대한 인상적인 이
야기다(47쪽 13행).
- 「눈길」: 생각지도 않았던 곳에서 갑자기 묵은 빚 문서가 튀어나올 것 같
은 조마조마한 기분이었다. 노인이 치사하게 그 묵은 빚 문서로 나를 궁
지에 몰아넣으려 덤빌 수도 있었다./ㅡ그래 보라지. 누가 뭐래도 내겐 절
대로 빚진 게 없으니까. 그래 본들 없는 빚이 생길 리가 있을라구.

11) 유행가: 삶의 현장에서 몸으로 익힌 노래가 진짜 노래다. 시대를
따라 변하는 유행가라고 다르지 않다. 팔기의 노래에 '사람의 가슴속을
깊이 파고드는 애조'가 서린 것은 그것이 진짜이기 때문이다. 「현장사정」
은 유행가에 대한 글이다. 「현장사정」에서 인호가 부르는 유행가도 팔기
의 노래처럼 진짜다(69쪽 13행).
- 「현장사정」: i) 시골 유행가라고 하면 어딘지 어폐가 있는 말일지 모른다.
도회지에선 유행가가 건축과 방송국과 술집들에서만 억척스럽게 불리어
진다. 하지만 시골에선 푸나무꾼 숨어 들어간 녹음 짙은 산골에서, 아낙
네들이 김을 매는 콩밭 이랑 사이나 눈 내리는 겨울밤 동네 총각들의 사
랑방 구석들에서 그것이 간절하게 불리어졌다. 시골의 유행가는 보다 천
천히 그리고 오래오래 불리어지면서 가난과 한탄과 설움이, 때로는 작은
즐거움이나 꿈이 깃들기 시작했다. 생활의 내력과 추억이 어려들었다. 세
월의 때가 묻어들었다. ii) 역시 유행가는 인호 네놈이 불러야 제맛이다.
네놈의 그 청승맞은 노랫소리를 듣고 있으면 난 괜히 눈물이 나올 것 같

단 말야.
12) **호랑이와 고양이**: 수필「호랑이와 고양이」에 따르면, 자기를 닮은 것은 싫어하고 반발하는 경향이 있어 호랑이가 제일 싫어하는 동물이 고양이라고 한다. 마찬가지로 늑대는 개를 싫어하고 고릴라는 사람을 싫어한다. 이처럼 닮은 것들이 서로 싫어한다는 표현은 다른 작품에도 있다 (68쪽 16행).
- 『이제 우리들의 잔을』: 고릴라가 가장 싫어하는 것이 사람이라던가. 호랑이는 자기를 닮은 고양이를 가장 미워한다고 했다.
- 『인간인 2』: 헌데 네놈은 무엇이관대 그 어른의 일을 그리 못 봐 하고 조급해하느냐. 승냥이가 개짐승을 미워하듯, 사람이 잔내비 노는 꼴을 기휘하듯, 그 어른이 네놈의 얼굴이라도 닮아 지니셨더냐.

13) **작가의 예언능력**: 지훈은 지식인의 실천성을 시대 상황에 대한 예언자적 각성과 과감한 결단이라고 한다. 작가는 지식인이다. 이청준은 「마기의 죽음」을 시초로「매잡이」「예언자」『자유의 문』등 여러 작품에서 소설의 예언적 기능과 소설가의 예언자적 속성에 대해 말한다(84쪽 15행).
- 「매잡이」: i) 말하자면 민 형의 이야기는 곽 서방의 운명에 대한 일종의 예언이었다. 게다가 그 예언은 너무도 정확했다. ii) 하지만 무엇이 민 형으로 하여금 곽 서방의 운명에 대한 그런 정확한 예언을 하게 한 것일까. 작품에서 예언은 작가 자신의 어떤 필연성의 요구다.
- 『자유의 문』: 전 어차피 남의 이야기를 듣고 그것을 베끼는 것으로 소설을 쓸 수 있는 위인은 못 되니까요. 저는 바로 제 소설 속에 자신을 던져 넣어서 그 소설을 살고 그것을 써내온 위인이거든요. 전 이 산을 찾아올 때 이미 각오가 되어 있었습니다. 제 자신이 직접 사건의 한 부분을 맡게 되는 한이 있더라도 전 기어코 제 소설을 여기서 어르신과 함께 끝내고 말 겁니다.

14) **반음 연주**: 온음이나 반음만으로는 '온전한 음곡의 연주'를 할 수

없다. 이청준이 「금지곡 시대」에서 지적했듯, 한쪽의 제거는 '일도양단식 이분법적 선악관과 그에 따른 사물 인식의 획일적 단면성'을 보여주는 것이다. 그것을 모를 리 없는 지훈이 반음만으로 된 연주를 했다면? 이 질문에 대한 대답은 그가 쓴 글 「비극적 지식인론」에 있을 것이다(89쪽 22행).

15) 거인: '나'의 외종형은 죽음의 소문에서 늘 다시 살아나는 불사조 거인이다. 이청준의 작품에는 '키 작은 자유인'처럼 다양한 형태의 거인이 있다(93쪽 8행).

- 「키 작은 자유인」: 그 거침없는 호방성 외에도 남의 삶 위에서 자신의 삶을 이루고 누리려 하지 않음, 그 아들의 삶과 죽음마저 자기 삶의 이룸이나 누림거리로 삼지 않음―그것이 내게 그 김 영감의 모습을 거인의 그것으로 지니게 한 것인지 모른다. 그것이 지금까지도 무턱대고 나를 종종 감동케 하고 있는지 모른다.

16) 신화: '나'는 실패를 겪을 때마다 소문 속에서 늘 죽었다가 다시 살아나는 외종형에게서 새로운 힘을 얻어 일어선다. '나'는 단식을 시도하기에 앞서 불사조 같은 외종형을 찾아 부산으로 간다. 「목포행」의 육촌형과 「용소고」의 용(털보), 「비화밀교」의 종화, 『신화를 삼킨 섬』의 아기장수는 모두 불사조들이다. 그들은 매번 죽음에서 부활해 사람들에게 삶을 살아가게 하는 꿈과 힘을 준다. 불사조인 그들은 희망의 신화라 할 수 있다. 그렇기 때문에 그들을 섣불리 사실의 세계로 끌어내서는 안 된다. '나'는 지금처럼 외종형을 '어떤 불멸의 환상으로 지니고' 있어야 한다. 그래서 영인은 '나'에게 오랜 환상에 손상을 입히지 말고 돌아오라고 충고한다(93쪽 12행, 194쪽 4행).

- 「목포행」: 육촌형의 소식은 제게 언제나 죽음뿐이었어요. 그리고 그 죽음의 소식은 거기서 끝나지 않고 사실이 확인되기도 전에 늘 먼젓번 죽음에서 당신이 다시 살아나 있곤 한 꼴이었지요. 그래 당신이 죽었다는 소식은 거꾸로 그새 어디선지 당신이 다시 살아 계셨다는 소리가 될 밖에요.

- 「용소고」: "용이란 한번 물 위로 모습을 드러내 보이고 나면 그걸로 그 물을 떠나 사라져야 하는 법이거든. 정체를 드러내는 것이 바로 숨어 살아야 하는 운명을 지닌 용이란 동물의 끝장인 거지. 그러니 이 절골에 다른 용이 다시 숨은 둥지를 틀고 들어앉게 된 것 역시 매우 당연한 일이구······."

17) **광고란**: 「해공의 질주」에서 작가인 '나' 역시 캐주얼 신, 고급 사교장, 소화제 등의 광고가 실린 신문 광고란을 읽는다(96쪽 23행).

- 「해공의 질주」: 나는 그 신문의 광고란을 훑고 있던 자신을 발견한 나머지 그것을 베끼는 것이, 오히려 글을 쓰기도 쉽고 읽기도 편하리라는 데에 나의 창의가 상도한 것이었다.

18) **직장 동료**: 존재 자체만으로 '나'를 괴롭히는 직장 동료 아가씨는 「보너스」의 미스 김, 『썩어지지 않은 자서전』의 미스 염과 겹치는 부분이 있다.

19) **부스럼과 흠집**: 『조율사』에서 '나'의 얼굴과 몸에 생긴 부스럼이나 흠집은 일부러 찾아내 보려고 애쓰는 사람에게만 보이는 다분히 상징적인 결함이다. 하지만 「귀향연습」에서는 더 나아가, '나'는 온갖 질병에 시달리며 그 결과 실제로 흉한 외모를 갖게 된다(123쪽 2행).

- 「귀향연습」: i) 한마디로 나를 지나간 질병들은 이제 내게서 가장 흉악한 모습으로 종합되고 완성되려는 듯 내 외모마저 형편없이 망가뜨려놓고 있었다. ii) 병고와 생활에 씻긴 내 흉한 몰골, 누렇게 떠오른 얼굴색과 흐리멍텅 충혈된 눈빛과 까슬까슬하고 노랗게 바랜 머리털과 그나마 무더기로 탈모가 되어 천박스럽게 벗겨진 이마와, 멋스럽거나 귀해 보이는 데라고는 눈곱만큼도 찾아볼 수 없는 손발가락과 팔꿈치와 가슴과 팔다리와······

20) **엄살**: 신문사 기자 김은 지훈의 광증을 문학하는 사람의 엄살로 폄하한다. 「소문의 벽」에서 박준의 광증 역시 안형에 의해 흉내에 불과한 엄

살로 여겨진다. 수필 「허위의식과의 싸움」을 보면 이때 '엄살'이 무엇을 말하는지 알 수 있다(135쪽 6행).

- 「소문의 벽」: 그러다가 공연히 미치광이 흉내까지 내게 되구…… 엄살이 너무 심한 탓이죠.
- 수필 「허위의식과의 싸움」: 6·25 전후의 그 사상적 위장술은 하나밖에 없는 제 목숨을 구하는 일이었거니와, 60년대의 우리 소설에 있어서 당시 로선 지나치게 위악적이란 평판에다 '과장된 엄살기'로 폄하되기도 하였던 젊은 세대들의 무력감과 좌절감의 과도한 노출은 그 무렵 전후세대들이 새롭게 지향해나간 개인의식과 개성의 고양에 큰 보탬이 되기도 하였다.

21) **민권청부업자**: 사람들은 자신들의 말, 권리만 다른 사람들에게 내맡기고 편히 잠드는 것이 아니다. 그들은 자신들의 죄마저 스스로 책임지려 하지 않는다. 「행복원의 예수」에서 예수는 그들의 죄를 온통 떠맡고 오로지 용서와 구원만 돌려줘야 한다(139쪽 2행).

22) **자위능력을 가진 선(善)**: 「병신과 머저리」의 원형인 습작 「아벨의 댓쌍」은 자위능력을 가진 선(善)의 탄생에 대한 이야기다. 선은 자위능력을 가져야 비로소 선이라 할 수 있다(147쪽 10행).

- 습작 「아벨의 댓쌍」: 그것은 질투였다. 신은 그것을 영원한 저주로 단죄하고 말았지만 자위능력이 없는 아벨은 실상 선이기 전에 인간이 서식하는 이 지상에서의 사멸과 굴종을 의미할 뿐이었다.

23) **거울 보기**: 거울 속에는 '나'가 있다. 거울 보기는 내가 나를 보는 것이다. 사진 보기도 마찬가지다. 그래서 거울과 사진은 분신 모티프와 연결된다(154쪽 10행, 203쪽 11행, 204쪽 8행).

- 「퇴원」: i) 거울을 들여다보노라면 잃어진 자기가 망각 속에서 살아날 때가 있거든요. ii) 거울 속에서 나는 참으로 오랜만에 나의 얼굴을 보았다.

24) **탈출구**: 수필 「상황과 문학」에 따르면 탈출구가 없는 닫힌 상황이 현대문학의 특징이자 운명이다. 그래서 압록강 같은 탈출구가 있었던 일

정 때 문인들이 지금보다 행복하다(173쪽 6행).
- 「목포행」: 한데 낭만으로 말하면 일제 때의 문학인들 쪽이 훨씬 앞서 있었던 것 같아요. 여러 가지 설명이 가능하겠지만, 그들이 그럴 수 있었던 것은 그들에겐 압록강이나 두만강이 있었다는 게 한 가지 이유가 되지 않을까 싶어요. 압록강이나 두만강 건너편에 넓은 망명지가 있었다는 뜻이지요. 탈출구가 있었다는 말씀입니다.
- 「문단속 좀 해주세요」: 그런 위인들을 상대로 해서는 소설쟁이 역시 늘 실패를 거듭했을 수밖에 도리가 없었을 것이다. 오히려 가혹한 복수나 당하기가 십상이었을 것이다. 위인이 그토록 도망갈 구멍을 아쉬워하는 걸 보면 충분히 짐작이 가는 일이다.

25) 재미: 기차 속 여자처럼 『씌어지지 않은 자서전』에도 늘 재미를 추구하는 여자들이 나온다(176쪽 17행).
- 『씌어지지 않은 자서전』: 이 세느에서는 모든 일이 재미있다, 시시하다 식의 두 갈래 뜻으로밖에 말해지지 않는 것 같았다. 모든 일의 뜻이 재미가 있느냐 없느냐로만 가려졌다. 마담도 그 말을 자주 했고 낙서집에도 그 재미없다, 시시하다는 말이 유난히 많았다. 윤일까지도 그런 말을 쓴 일이 있었던 것 같았다. 도대체 이곳에선 진지하다든가 엄숙하다든가 하는 따위의 말은 용납이 되지 않는 것 같았다. 그런 것 모두가, 아름답다든지 난처하다든지 하는 말이 다 그렇듯이, 그 재미있다 없다 식으로 간단히 말해졌다.

26) 소설쟁이: 이청준의 작품에서 소설가와 시인은 자신들을 소설쟁이, 시쟁이, 노래쟁이로 부른다. 마찬가지로 작가는 글쟁이가 되고, 작가이지만 글을 쓰지 못하는 사람인 조율사는 말쟁이가 된다(186쪽 18행).
- 「새와 나무」: 그동안 그는 수없이 많은 시(사내는 그 시라는 것이 어떤 것인지 자세한 것은 잘 알 수가 없다고 했지만)를 써낸 시쟁이(사내도 그게 시인을 말하고 있는 줄은 알았지만, 그 시쟁이 자신이 자기를 늘상 그렇게 부르

고 있었다 하였다)였기 때문에 그 시로써 그의 향토를 빛내 왔으며 그로 인하여 시나 시인을 모르는 사람들도 그의 이름만은 대개 기억하고 있는 위인이었다.
- 「가위 잠꼬대」: 말장이들(글을 쓰지 못하니까 말장이랄밖에) 사이에서의 폭력의 거래는 자신들의 말에 대해서조차 절망하고 만 극한적인 불신의 표시였다.
- 「해변 아리랑」: ─노래장이 이해조./그는 생전에 늘 여기와 앉아서 그의 바다의 노래를 앓고 갔다.
- 수필「작가의 작은 손」: 1975년 초여름께의 어느날 오후. 글장이〔作家〕몇 사람이 수송동 뒷골목의 한 작은 대포집 구석에서 모처럼 반가운 사람을 만나고 있었다.

27) 굴레:「굴레」의 '나'는 특정 지방 출신에 편모슬하라는 태생의 굴레 때문에 취직을 하지 못한다. 그런데『조율사』에서는 직장 또한 굴레라는 것을 보여준다(208쪽 21행).